미라네 집

김옥곤 소설

미라네 집

—

초판 1쇄 2011년 3월 25일
지은이   김옥곤
펴낸이   김영재
펴낸곳   책만드는집

—

주소   서울 마포구 합정동 428-49번지 4층 (121-887)
전화   3142-1585·6
팩스   336-8908
전자우편   chaekjip@naver.com
출판등록   1994년 1월 13일 제10-927호
ⓒ 김옥곤, 2011

—

—

ISBN 978-89-7944-356-1 (03810)

미라네 집

김옥곤 소설

아마 저기 어디쯤일 땐데
바다 쪽의 언덕 위로 유럽풍의 뾰족한 지붕을 가진
이담한 집 한 채가 나타난다

책만드는집

| 차례 |

역광 속으로

쉴 새 없이 카메라의 셔터를 누르면서도 자신이 도리어 다른 누군가의 피사체가 되고 있다는 사실을 알게 되면 괜히 맥이 빠져버린다. 옥산서원을 떠나 독락당의 계곡에서 다시 카메라를 잡았을 때였다. 자꾸 누군가의 시선이 느껴졌다. 피서객들과 관광객들이 스쳐 가는 오솔길에서도 그 눈길은 계속 따라오는 것 같았다. 주위를 둘러볼 때마다 할머니 한 분이 눈에 들어왔지만 대수롭지 않게 여겼다.

계곡을 건너 마음을 가다듬고 독락당 앞에 섰을 때도 마찬가지였다. 등 뒤에 할머니의 기척이 느껴졌다. 우연이겠지 하고 나는 할머니에게 관심이 없다는 듯 계곡 건너편으로 고개를 돌렸다. 동호회의 젊은 회원 몇이 독락당의 전경을 렌즈에 담고 있는 모습이 나무들 사이로 보인다. 며칠 전 내린 비에 계곡물이 조금 불어나 있었다. 물소리를 삼킬 듯이 매미들이 찢어지게 울어댄다. 출사에 열중한 회원들은 시간이 흐를수록 여기저기 흩어져 간다. 앞서거니 뒤서거니 하던 최 형과 나도 거리가 차츰 멀어져 갔다. 오후 시간도 언제 훌쩍 지나갈지 모른다. 회원들 모두 풍경에 푹 빠진 것 같았다. 독락당에 오르고 보니 최 형이 여성 회원들을 이끌고 한발 앞서 와 있었다. 경주역에서 우리를 태우고 온 여성 회원 둘은 어느새 최 형과 친해졌다. 촬영을 하면서도 스스럼없이 농담을 주고받을 정도다. 서울역에서부터 동행한 최 형은 카메라 때문에 알게 된 사람이다. 서로 연배가 비슷하고 최 형이 워낙 호인이라 낯가림이 심한 나 같은 사람과도 잘 어울렸다.

안내문을 읽는 두 여성에게 최 형이 끼어들었다. 그의 입에서 회재 선생이 낙향하여 독락당에서 은둔할 때 첩을 데리고 살았다는 일화가 술술 흘러나온다. 경주역에서 핸들을 잡았던 여성 회원이 어머, 선생님, 어쩌면 여기엔 그런 기록이 없는데요, 지척에 본처와 가솔을 두고 그럴 수가, 하고 여자로서의 불만을 드러냈다. 그러면서도 그들은 무슨 연예인의 사생활이라도 상상하는 듯 잔뜩 호기심 어린 표정을 짓는다. 최 형은 이언적 선생이 살았던 집 앞에서 그런 얘기를 하는 자신이 마음에 켕겼던지, 당시의 관습으로는 그런 일이 당연했을 거라고 발뺌을 한다. 그렇다고 그게 그분의 학문적 업적에 티끌만 한 흠이 될 수는 없다고 두 여성을 달래듯 수습한다. 최 형은 얼른 안내문에서 떨어져 나오며 목소리를 낮춰 내게 속삭이듯 말했다.

"저기, 저 할머니 좀 이상하지 않아. 계곡에서부터 우리 뒤를 따라오는 것 같거든. 이 선생을 자꾸 보는 것 같아서 하는 말인데, 혹시 아는 할머니신가. 아, 이 선생은 경주 출신인데도 여기가 초행길이라고 했던가. ……근데 모시 적삼과 양산이 참 잘 어울리시네."

할머니는 역광 속에 서 있었다. 양산까지 쓰고 있어 얼굴 윤곽이 잘 드러나 보이지가 않는다. 역광이라서 그럴까. 최 형의 말처럼 하늘색 양산을 받쳐 들고 모시 적삼을 입은 할머니의 자태가 무척 곱다. 할머니가 등지고 있는 계곡과 그 너머 수액이 오른 나무들이 마치 한 타래의 풀어 헤친 빛다발처럼 모시 적삼과 양산을 에두르고 뽀얗게 피어오른다.

최 형이 슬그머니 목에 걸고 있던 카메라를 손에 잡는다. 측광을 하거나 플래시를 쓰지 않고도 그는 역광촬영을 아주 잘했다. 이런 장면을 놓칠 리 없다. 순간이지만 할머니가 최 형의 셔터보다 더 빨랐다. 할머니의 뒤태를 살짝 가린 하늘색 양산이 빛 속으로 사라져간다. 그것도 아주 금방.

놓쳤어. 최 형은 혀를 찬다. 그는 순간 포착을 잘했다. 젊은 회원 누군가 최 선생님은 풍경 사진보다 파파라치가 더 잘 어울릴 것 같아요, 하고 핀잔을 주던 말이 떠올랐다. 파파라치는 기다릴 줄도 알아야 하는데 그는 포기도 아주 잘했다. 언제 그런 일이 있었냐는 듯 다시 독락당을 돌아보며 촬영에 빠져들었다.

나는 왠지 할머니가 궁금해졌다. 최 형의 말을 듣고 보니 할머니한테 이상한 구석이 있긴 있어 보였다. 서원과 독락당 촬영은 이쯤에서 끝내고 애초부터 찾고 싶었던 정혜사지 쪽으로 혼자서라도 먼저 가보고 싶었다. 최 형에게는 다른 곳으로 옮기겠다는 뜻으로 손짓을 하고는 독락당을 벗어났다. 찾으려고 한 것은 아니지만, 할머니의 모습은 보이지 않았다. 마을 입구에서부터 〈농촌 체험 학습장〉이란 팻말이 걸려 있는 조립식으로 지은 집들이 눈에 들어왔다. 여름방학이 거

의 끝나가는 시기라 그런지 농촌 체험을 하러 오는 학생들이 별로 없
어 보였다. 여기저기 기웃거려봐도 아무래도 낯선 마을이었다. 새마
을 열차를 타고 오면서 최 형이 이번 출사 여행지가 초행길이냐고 물
을 때 막상 뭐라고 말하기가 어려웠다. 그냥 음, 하고 고개를 끄덕이
고 말았지만 만일 내가 기억하는 사진 속의 그 탑이 정혜사지십삼층
석탑이라면 생판 초행길은 아닌 셈이다. 워낙 오래전 일이라 기억이
가물가물한 데다 머릿속에 남아 있는 것이라고는 하늘을 이고 서 있
는 탑과 울창한 거목뿐이지만 말이다.

　명퇴를 앞두고 있던 지난해 가을이었다. 교무실 옆자리의 역사를
가르치는 권 선생이 경주를 답사하고 왔다면서 모니터에 띄운 사진
들을 보여주었다. 그 무렵 한창 디지털 사진 동호회에 들어가 사진
촬영에 재미를 붙이고 있던 나를 배려해주느라 그랬던 것 같다. 문화
재에 대한 탁월한 식견에다 사진에도 일가견이 있던 권 선생인지라
나는 그가 보여주는 사진들을 부러움이 섞인 눈으로 감상했다. 경주
가 고향이라 그런지 사진들이 내게 더 친근하게 다가왔다. 권 선생은
마우스 휠을 굴려가며 사진을 한 장씩 넘겼다. 사진 보기가 모두 끝
나고 내 자리로 돌아가려는데 머릿속에 남은 한 장의 사진이 주춤 걸
음을 붙들어 맸다. 여러 장의 탑 사진 중에도 유난히 눈에 들어오는
사진이 한 장 있었던 것이다. 권 선생에게 다시 그 사진을 보여달라
고 했다. 권 선생은 사진을 보여주며 해설까지 덧붙였다. 정혜사지십
삼층석탑이라고, 경주시 안강읍 옥산리에 있는 국보급 문화재지요.
탑이 아주 단아한 게 매우 독특하답니다. 나는 그 탑 주변에 키가 큰

고목이 없더냐고 물었다. 철책 넘어 은행나무들이 있었지만 노거수 같은 오래된 나무는 아니던걸요. 그럼 이 탑하고 비슷하게 생긴 탑이 다른 곳에도 있는가 하고 다시 물어보았다. 권 선생은 내가 관심을 가져주는 것만 해도 흡족했던지, 얼굴에 웃음을 지었다. 아마 이렇게 생긴 탑은 우리나라에서 여기 한 군데밖에 없을 겁니다. 사진 동호회 분들하고 이쪽으로 출사를 한번 가보시지요. 주변에 옥산서원하며 좋은 곳이 참 많거든요, 선생님.

권 선생한테 부탁해서 내가 휴대하고 다니는 USB 메모리에 탑 사진을 저장해달라고 했다. 나는 집에 가서도 탑 사진을 보고 또 보았다. 권 선생 말대로 인터넷이나 문화재 관련 서적을 아무리 뒤져봐도 탑 주변에 큰 나무가 있다는 기록은 없었다. 내가 고등학교에 입학한 그해 봄 아버지가 돌아가셨다. 아버지의 장례를 치르고 난 다음 어머니가 유품 정리를 하던 중 책갈피에 끼워져 있던 그 탑 사진이 방바닥에 툭 떨어졌다. 어머니는 사진을 꾸기듯이 집어 들었다. 다른 유품을 태울 때 어머니는 그 흑백사진도 함께 불태워 버렸다. 불 속에서 사진이 오그라들면서 탑 앞에 다소곳이 서 있는 양장 차림의 유치원 선생도 조금씩 타들어갔다. 아버지가 그 사진을 찍을 때 나는 옆에 웅크리고 앉아 렌즈가 두 개 달린 아버지의 길고 네모진 두눈박이 사진기를 신기하게 올려다보고 있었다. 아버지의 큰 등과 작은 아이의 머리 위로 시원하게 바람이 불어왔다. 천 년은 자랐을 것 같은 큰 나뭇가지들이 출렁거리며 작은 나뭇잎들이 부딪는 소리가 아득하게 귓속을 간질거렸다.

독락당 뒤편의 주차장을 가로질러 정혜사지로 가는 안내판 앞으로 곧장 걸어갔다. 방향 표시가 그려진 안내판에도 탑에 대한 설명 외에 노거수 같은 것은 없었다. 열차를 타고 내려올 때 최 형에게 물어봐도 정혜사지에 그렇게 큰 나무는 없을 거라고 했다. 마침 슈퍼마켓이 하나 눈에 띄어 그쪽으로 갔다. 음료수 한 병을 꺼내 마시면서 혹시나 하고 가게를 보는 아주머니에게 말을 던졌다.

"아주머니, 저기 정혜사지에 탑 말고 오래된 나무 같은 것은 없나요. 키가 큰 나무."

"거기 은행나무 말인가요. 그게 엄청 크게 자랐어요."

아주머니는 뜻밖의 말을 들려주고는 계산대에서 일어나 상품에 라벨 붙이는 일을 하느라 말을 끊는다.

"처음이신가 본데, 저리로 죽 올라가시면 좌측으로 탑이 보이거든요. 아, 저 할머니 따라가시면 되겠네. 요즘은 왜 저기에 자꾸 가실까, 할머니도 참."

아까 독락당에서 보았던 할머니다. 할머니는 이웃 마을에라도 가시는 듯 양산을 받쳐 들고 한가로운 걸음걸이다. 내가 할머니를 물끄러미 지켜보자 아주머니가 혀를 끌끌 차며 말을 잇는다.

"치매가 있으신 할머니예요. 여기저기 돌아다니시긴 해도 말썽 부리지 않고 착하세요. 손녀가 모시러 올 시간인데, 오늘은 좀 늦어지네."

아주머니는 잠시 멈췄던 라벨 붙이는 일을 계속한다. 나는 슈퍼마

켓의 차양 밖으로 나갔다. 잠시 실내에 있어서 그런지 바깥 공기가 더 덥게 느껴진다. 할머니는 이 더운 날에 뙤약볕 길을 왜 힘들게 걸어가실까. 모시 적삼을 입고 양산을 쓰긴 했지만 노인네가 저렇게 돌아다니는 건 아무래도 무리일 것 같다. 빳빳하게 풀 먹인 모시옷 속의 마른 어깨가 한 뼘처럼 작다. 그 아래 양산에서 흘러내린 그림자가 반원을 그리고 있어 그런지 할머니의 등이 약간 굽어 보인다. 가겟집 아주머니의 말처럼 할머니가 치매라면 과거의 기억은 어느 정도 남아 있는 것일까. 할머니는 어쩌면 당신의 희미해져 가는 기억을 되살리려고 꼿꼿이 걸어가고 있는지도 모른다. 나는 정혜사지의 은행나무를 서둘러 보고 싶었지만 될수록 천천히 걸었다. 할머니의 걸음이 너무 느려 보통 걸음으로 걸어가도 곧 앞지를 것 같아서였다. 만일 할머니가 어떤 기억의 끄나풀을 놓치지 않으려고 혼신을 다해 길을 걷고 있다면 어떻게든 그걸 방해하고 싶지가 않았다.

탑 사진 때문에 요즘 부쩍 어릴 적 기억을 자주 떠올리게 되었다. 바쁘게 살 때는 전혀 생각지도 않았던 일이다. 기억이란 반추를 하면 할수록 새록새록 되살아나는 것일까. 아버지는 나를 유치원에 입학시키던 해 지프형의 시발차를 한 대 사들였다. 대구에 출장 갈 일이 많아서였다고 한다. 내가 다녔던 유치원은 시내 중심가의 포교당에서 운영했던 사설 유치원이었다. 형과 누나가 걸어 다니면서 졸업했던 곳이니까 방적 공장과 붙어 있던 우리 집에서 그리 먼 거리가 아니었다. 걸어서 충분히 유치원까지 갈 수 있는데도 아버지는 나를 자주 태워주었다. 취학하기 전 자녀를 유치원에 보내는 일이 거의 없던 시절이었다. 친구 한 명 없이 아이 혼자 유치원에 걸어서 가도록 하는 게 안쓰러워 그랬을 법도 하다. 아버지는 아이를 포교당 앞에 내려주고 돌아갈 때가 잦았다. 어떤 날은 포교당 안에 들어가 스님을 만날 때도 있었다. 그러다 유치원 선생님과 마주치는 날은 서로 허리를 굽히고 깍듯이 인사를 했다. 그러던 어느 날이었다. 아이가 차에 올라타고 막 떠나려고 하는데 유치원 선생님이 뛰어와 차 문을 탕탕 쳤다. 핸들을 잡고 있던 아버지는 차에서 내려 선생님을 뒷좌석에 태웠다. 아이는 아버지의 옆자리인 조수석에 앉아 있었다. 아버지가 뒷좌석이 비치는 백미러를 올려다보며 뭐라고 한마디 툭 던졌다. 그러자 젊은 여자의 맑은 웃음소리가 비눗방울처럼 차 안에 가득 찼다. 차를 타고 달리면서도 아버지와 선생님은 많은 말을 나누었다. 그러고는 어디를 얼마나 달렸는지 모른다. 그날의 기억은 거기서 멈춰버렸다. 마치 역광에서 찍은 사진처럼. 어둠 속 같은. 기억들.

할머니가 양산을 접고 길가에 앉는다. 할머니 뒤로 보이는 풀숲에서는 엉겅퀴가 바람에 키를 재듯 다투고 있다. 천천히 걸었는데도 나와 할머니 사이는 한 걸음도 되지 않는 거리까지 좁혀져 있었다. 주춤 걸음을 멈추고 서버렸다. 할머니가 고개를 돌리고 올려다본다. 햇볕에 맨얼굴이 그대로 드러난다. 이마와 눈가에 가느다란 주름이 거미줄처럼 퍼져 있으나 해맑은 얼굴빛이다. 독락당과 계곡에서 느꼈던 바로 그 눈빛이다. 서늘하고 그윽하다. 치매라고는 믿어지지 않을 정도로 눈에 초점이 잡혀 있다. 나를 뚫어지게 보고 있어 시선이 따가울 정도다. 그냥 웃음을 지을 수밖에 없다. 할머니도 입술이 벙긋

16

해진다. 할머니 옆에 털썩 주저앉았다.

"쉬어 가시게요, 할머니?"

고개를 끄덕이신다. 할머니의 숨소리가 어깨에 느껴진다. 다른 쪽 어깨에 메고 있던 카메라를 무릎 위에 올려놓았다. 최 형이 쓰던 '니콘 D200'이다. 명퇴를 하기 전에 뭔가 몰두할 일을 찾던 중 대학에 다니는 둘째 딸이 카메라를 배우길 권했다. 그 애들이 말하는 이른바 똑딱이(스냅 촬영용인 자동 디지털카메라)를 갖고도 내가 찍으면 사진이 살아난다는 것이다. 딸아이는 DSLR 카메라를 하나 구입해 당장 시작해보라고 용기를 주었다. 어릴 적 아버지에 대한 기억을 되살리고 싶지 않아서였을까. 나는 그동안 카메라를 갖고 싶었지만 의식적으로 멀리해 왔던 게 사실이다. 딸아이의 말을 듣고 나자, 그래 이런 나이에 무엇을 주저할까 싶었다. 딸아이가 인터넷의 중고 시장에 들어가 괜찮은 카메라를 하나 찾아냈다. 카메라 주인이 이메일을 보내달라고 해서 알게 된 사람이 바로 최 형이다. 같은 서울에 살고 있어 직접 만나보니 잡지사의 사진기자 출신이었다. 전문성이 있는 데다 거래까지 시원시원해서 마음에 들었다. 그렇게 최 형을 만나고부터 사진에 대해 많은 것을 알게 되었다. 아직도 배우는 중이지만 풍경 사진 동호회에도 그의 권유로 들어갔다. 처음에는 젊은 회원들 틈에 끼어들기가 어색해 머뭇거렸지만 차츰 사진에 대한 열정이 솟아올랐다. 명퇴한 후부터 최 형이 출사를 가자고 하면 전국 어느 곳이라도 따라다녔다. 이번 경주의 출사 여행은 워낙 장거리이고 서울 지역은 최 형과 나 둘뿐이라 새마을 열차를 이용하기로 했다. 인근 지역의 여성 회원에게 열차 시간에 맞춰 경주역 앞에 차를 대기시키도록 한 것도 최 형의 생각이었다.

갑자기 할머니의 손끝이 내 손등을 스치는 바람에 흠칫 놀랐다. 할머니가 한 손으로 카메라를 덥석 잡은 것이다. 나는 카메라를 떨어뜨리지 않으려고 엉겁결에 두 손으로 카메라와 할머니의 손을 움켜잡았다. 무척 야윈 손이다. 할머니는 손을 빼내지 않은 채 카메라의 렌즈를 당신의 얼굴을 향해 돌리려고 애를 쓴다. 입술을 들썩이지만 말이 되어 나오지 않는다. 나도 모르게 어린아이를 달래듯 물었다.

"할머니, 사진 찍고 싶으세요. 찍어드릴까요?"

그러자 할머니는 손을 풀고 고개를 끄덕인다. 나는 할머니에게 떨어져 나와 한쪽 무릎을 세운 채 카메라를 손에 잡았다. 뜻밖에 할머니는 앉은 그대로 두 발을 모으고 고개를 약간 치켜든 채 포즈를 취한다. 사진을 많이 찍어본 자세다. 카메라의 뷰파인더 안에 할머니의 상체를 먼저 올려놓아 보았다. 어깨 너머로 자주색 엉겅퀴 꽃들이 햇빛 속에 너무 강렬하다.

아버지는 사진을 찍을 때 파나마모자를 비스듬하게 썼다. 팔을 길게 늘어뜨리고 양복의 넥타이 끝자락쯤에서 두눈박이를 두 손으로 꽉 잡은 채 네모진 사진기 속의 파인더를 내려다보며 촬영을 했다. 나중에 아이가 커서 아버지가 애칭으로 불렀던 두눈박이가 이안二眼 레프 사진기인 롤라이플렉스라는 것을 알게 되었다. 아버지는 몇 대의 사진기를 갖고 있었고 그중 두눈박이를 가장 애용했다. 유치원 선생님이 시발차를 타는 날은 두눈박이가 차 한구석에 몰래 감춰져 있게 마련이었다. 사진 촬영은 경주 시가지를 벗어나 한적한 장소에서 이뤄지고는 했다. 두 분만 차를 타고 사진을 찍으러 다닌 적은 거의 없었던 것 같다. 봄부터 여름 한 철 동안 아버지는 유치원 선생님을 만날 때면 아이를 꼭 차에 태우고 다녔다.

 야생화가 피어 있는 들판에 아이가 그림자처럼 서 있다. 원피스를 입은 선생님이 옆에 엎드려 깍지 낀 두 손으로 자신의 얼굴을 동그랗게 받쳐 든 채 아이를 올려보고 웃는다. 맑은 계곡물에 맨발을 담근 채 아이에게 물을 끼얹는 손과 긴 팔, 여자의 허리선을 타고 미끄러져 내리는 포말 같은 실루엣. 미루나무 샛길을 아이와 손을 잡고 걷는다. 검정 치마와 하얀 저고리를 입은 여선생이 걸을 때 검정색 단화가 햇빛을 받아 반짝거린다. 성장한 여인이 양산을 비스듬히 쓰고 혼자 물가에 서 있다. 그 위로 투명한 대기를 뚫고 물비늘처럼 흩어지는, 번쩍이는 한낮의 양광. 해가 설핏한 오후 긴 그림자를 끌고 침묵처럼 서 있는 탑. 그 아래 다소곳이 서 있는 양장 차림의 여인. 넓은 하늘을 가릴 만큼 울창한 나뭇잎을 출렁이며 서 있는 거목도 근처에 보인다. 나무에 등을 기댄 채 두 팔을 벌리고 잇몸이 드러나도록 웃는 여자의 하얀 목 아래로 짙은 음영이 주름치마의 끝자락까지 흘러내린다. 이런 기억의 편린 같은 흑백사진들을 나는 방적 공장 사무실 안쪽의 암실이 있는 아버지의 작업장에서 몰래 보고는 했다. 그 사진들을 볼 때마다 아이는 아버지와 유치원 선생님과 자신만이 아는 비밀을 들춰보는 것 같아 가슴이 두근거렸다. 다른 누구보다 어머니한테 들켜서는 절대 안 된다는 걸 아이는 이미 터득하고 있었다. 아이는 방적 공장에서 견사를 뽑는 직공 중 누군가 아버지의 사무실 안을 뒤적거려 사진들이 쏟아져 나오지 않을까 걱정될 정도였다.

유치원 선생님은 옷을 자주 바꿔 입었다. 대구에 갈 때면 아버지는 선생님에게 꼭 새 옷을 사주었다. 아버지가 볼일을 보는 동안 여자와 아이는 백화점 안을 둘러보며 시간을 보냈다. 아버지가 볼일을 마치고 오면 중국 음식점에 가서 요리를 시켰다. 아이는 자장면을 잘 먹었다. 여자는 손수건을 꺼내 아이의 입가를 말끔하게 닦아주었다. 그렇게 점심을 먹은 날은 영화관에 갔다. 아이는 두 팔을 위로 올려 아버지와 여자의 부드러운 손을 잡고 걸었다. 아이가 걷다가 장난을 치듯 두 발을 땅에서 떼면 어른들은 손에 힘을 주어 아이를 들어 올렸다. 모두 입가에 웃음이 가득했다. 영화는 대부분 서부영화였다. 어느 날 전혀 다른 영화를 보았다. 잘 웃는 예쁜 여자가 공주로 나오는 영화였다. 거리로 뛰쳐나온 공주가 아버지처럼 양복을 잘 차려입은 아저씨를 만난다. 자막을 따라가지 못했지만 재미가 있었다. 공주가 아이스크림도 먹고 스쿠터를 타고 달리기도 한다. 키 큰 아저씨와 공주가 서로 좋아하는 것 같았다. 영화관을 나오면서 선생님은 영화에 나오는 거기가 이탈리아의 로마라고 말해주었다. 며칠 뒤 유치원 선생님은 영화의 여주인공처럼 머리를 짧게 잘랐다. 아이는 그때 선생님이 정말 예쁘다는 생각을 했다.

엉겅퀴 꽃을 약하게 해야겠다. 줌아웃 하고. 천천히. 숨을 멈추고.

할머니가 신은 하얀 고무신까지 넣어 찰칵, 전신 촬영을 했다.

할머니가 치마끈을 고쳐 매고 일어선다. 양산을 펴 든다. 고무신을 신은 발을 길 위에 내딛는다. 카메라 끈을 다시 어깨에 메고 허리를 펼 때 죽 뻗어 있는 길이 가득 눈에 들어온다. 길바닥이 하얗다. 현기증이 일어날 것만 같다. 시멘트 포장길은 마치 어안魚眼렌즈 속을 통과하는 풍경처럼 한쪽으로 쓰러질 듯 굽어 있다.

나는 여전히 할머니 뒤를 천천히 따라간다. 할머니의 뒷모습을 찍을까 하다가 그만두었다. 마치 무엇을 몰래 훔치는 것 같아 아무래도 내키지가 않는다. 약속한 시간을 꼭 지켜야 하는 사람처럼 할머니의 걸음이 빨라진다. 힘들어 보이지만 익숙한 걸음걸이다. 할머니가 왼편으로 나 있는 작은 길로 접어든다. 나도 걸음을 빨리했다. 마침 정혜사지를 답사하러 온 듯한 젊은 남녀들이 입구 쪽의 은행나무를 뒤로하고 몰려나온다. 그들 중 한 청년이 할머니, 하면서 카메라를 들이대려 하자 할머니는 들고 있던 양산으로 얼굴을 가려버린다. 청년이 머쓱해진 얼굴로 승합차에 올라탄다. 차가 떠난다. 할머니는 다시 양산을 받쳐 들고 은행나무 아래로 걸어간다.

철제 펜스가 둘러쳐져 있는 넓은 공터 가운데 둥긋이 솟은, 풀이 성기게 자란 흙 기단 위로 하늘을 이고 우뚝 서 있는 탑이 보인다. 십삼층석탑이란 선입견만 갖고 이 탑을 보면 누구나 깜짝 놀라게 될 것이다. 언뜻 보면 질 좋은 목재를 매끄럽게 대패질해서 한 층씩 쌓아 올린 작은 목조탑 같다. 탑의 2층부터 갑자기 높이가 정연하게 줄어드는 체감미遞減美 때문일까. 독특하고 단아한 느낌이 든다. 유년 시절부터 내 머릿속 깊숙이 새겨진 그 탑이 분명해 보인다. 그런데도 탑 주변에 있어야 할 노거수가 보이지 않는다. 가겟집 아주머니의 말처럼 입구 쪽에 키 큰 은행나무 몇 그루가 서 있었지만, 한눈에 봐도 그건 아니었다. 그게 엄청 크게 자랐어요, 할 때 좀 이상하긴 했다. 내가 어릴 적에 보았던 엄청나게 큰 그 나무는 어디로 간 것일까. 아니면 대체 그 고목을 나는 어디에서 본 것일까. 마지막 한 조각을 남겨놓고 끝내 맞춰지지 않는 퍼즐 그림처럼 나는 내 기억의 어긋나 있는 시간과 공간의 틈바구니에 끼여 가슴이 답답해져 왔다.

잠시 은행나무 아래에서 쉬고 있던 할머니가 양산을 접어 든 채 석탑 쪽으로 걸어 올라간다. 할머니가 탑 앞에 다소곳이 선다. 마치 사진을 찍기 위한 자세 같다. 순간 이상하게도 어머니가 태워버렸던 유치원 선생님의 사진이 떠올랐다. 아까 엉겅퀴 앞에서 고개를 약간 치켜들던 할머니를 렌즈에 담을 때도 왜 아버지가 떠오른 것일까. 그럴 리 없다고 나는 마음속으로 세차게 고개를 저었다. 하긴 유치원 선생님의 이름 석 자도 가물가물하고 보면, 오래된 기억이란 얼마나 제멋대로인가.

할머니는 지금 어떤 생각을 하면서 탑 앞에 서 있을까. 늦은 오후의 햇빛이 탑과 할머니를 겨냥하는 조명등처럼 강하게 내리쬔다. 그래도 할머니는 양산을 펴려고 하지 않는다. 두 손을 앞에 모은 다소곳한 자세로, 하늘을 이고 서 있는 탑처럼 단아하다. 기우일 뿐이라고 생각하면서도 유치원 선생님이 다시 떠올랐다. 선생님이 우리 집 대문 앞에 서 있었을 때도 저런 모습이었다. 어머니가 집으로 부른 것 같았다. 미닫이 문틈으로 보았는데도 방 안의 광경이 환하게 눈에 들어왔다. 어머니 앞에 선생님이 무릎을 꿇은 채 앉아 있었다. 어머니는 아버지가 감춰둔 사진을 방바닥에 흩어놓고 낮은 목소리지만 따지듯이 선생님을 몰아세웠다. 감췄던 비밀이 들통 난 것처럼 나도 가슴이 뛰었다. 얼마 후 선생님이 한 손으로 흐르는 눈물을 닦으며 방문을 열었다. 아이와 눈이 마주치고도 아무런 말 없이 지나쳐 갔다. 어깨를 들썩이며 선생님은 대문 밖으로 도망치듯 달려나갔다. 중국 음식점의 구석진 방에서 아버지와 선생님이 부둥켜안은 채 울고 있던 장면이 떠올랐다. 아이는 오줌이 마려워 밖으로 나갔다가 2층 계단을 오르내리는 낯선 남자들이 무서워 급히 볼일을 보고 뛰어 올라갔다. 끈끈한 미닫이문을 힘주어 열다가 그 광경을 보게 되었다. 선생님은 얼른 돌아앉았다. 짐짓 아무런 일이 없었다는 듯 시침을 떼는 아버지도 눈이 홍건히 젖어 있었다.

그날 저녁 아버지는 어머니가 시발차 안에서 찾아낸 두눈박이를 마당 가운데로 내동댕이쳐 버렸다. 두눈박이가 비명을 내질렀다. 대청의 처마 끝에 매달린 백열등이 망가진 두눈박이의 찌그러진 상자 안까지 훤하게 밝혔다.

선생님은 다음 날부터 유치원에 나타나지 않았다. 아이가 유치원 선생님을 마지막으로 본 것은 이듬해 가을이었다. 초등학교에 입학하고 1학년 2학기가 되었을 무렵이었다. 아버지가 아이를 포교당으로 데리고 갔다. 포교당에서는 매우 드물긴 했으나 신식 결혼식이 치러질 때가 가끔 있었다. 어머니는 결혼식이 있는지 없는지 모르는 것 같았다. 모닝코트를 입은 신랑과 한복 드레스 차림의 신부가 행진을 시작했다. 설마 했는데 면사포를 쓴 신부가 유치원 선생님이었다. 하객들은 날콩과 팥알을 던졌다. 색색의 테이프가 원을 그리며 날아들었다. 아이는 축하객들 틈에 끼어 있는 아버지를 흘낏 올려다보았다. 아버지의 뜨거운 눈길이 느껴졌다. 그 후로 아버지는 더욱 외출이 뜸해지고 말수가 줄어들었다. 사진기를 손에 잡는 일도 거의 없었다. 어느 날 법원에서 나온 사람들이 공장의 방적기마다 빨간딱지를 붙였다. 집 안에 값나가는 물건이라면 모두 딱지가 붙어 있었다. 학교에서 돌아온 누나는 건반 덮개를 열지 못하도록 봉해져 있는 피아노를 보고 훌쩍거렸다. 방적 공장이 문을 닫았다. 시발차도 경매에 넘어갔고 대구에 출장 갈 일도 없어졌다. 은행 빚과 사채에 시달리게 되자 아버지는 가족을 이끌고 경주 땅을 떠났다. 그동안 몇 차례의 이주와 함께 서울에 간신히 정착할 때까지 아이는 부쩍 몸이 자라났고 유치원 시절의 일들은 까마득히 잊어갔다. 고향에 갈 일도 별로 없었다. 언젠가 한번 보문에 살던 당숙이 돌아가셨다는 기별을 받고 문상을 하러 내려갔던 적이 있었다. 교감 승진을 포기하고 학생들만 가르치기로 마음을 정했을 무렵으로 기억된다. 상갓집 마당에 들어섰을 때였다. 촌수가 멀고 얼굴을 알아보기 어려운 아재 한 분이 반갑게 손을 잡았다. 자넨가. 자네 선친이 걸어 들어오는 것 같아 깜짝 놀랐구먼. 어쩨 그렇게 걸음걸이까지 쏙 빼닮았군그래.

할머니는 아직 그대로 서 있다. 아무리 손짓해 불러도 꼼짝하지 않는다. 치매 걸린 노인네가 뙤약볕 아래 버티고 서 있는 걸 그냥 두고 볼 수가 없었다. 탑 아래로 가서 할머니를 모시고 올까 하다가 사진을 찍어드리면 어떨까 싶었다. 아까 길섶에 앉았을 때도 할머니는 그걸 원했기 때문이다. 카메라를 들고 초점을 할머니에게 맞추었다. 할머니는 마치 기다렸다는 듯 고개를 약간 치켜든다. 셔터를 누르려 할 때였다. 뒤에서 할머니, 하고 부르는 젊은 여자의 맑은 목소리가 날아왔다. 거의 동시에 청바지와 민소매 블라우스를 입은 여자가 할머니한테로 뛰어 올라간다. 여자가 할머니의 어깨를 감싸 안는다. 할머니는 이끌려 내려가지 않으려는 듯 몸을 버틴다. 할머니의 마음을 읽어냈는지 여자가 달래듯 팔짱을 꼈다. 탑 앞에 둘이 함께 섰다. 나는 습관처럼 줌인을 해보다가 짧은 컷 머리의 여자 얼굴이 유치원 선생님과 겹쳐 떠올라 순간 혼란이 일어났다. 거리를 되돌리고 엉겁결에 셔터를 눌렀다.

“이상해요. ……할머닌 사진을 찍기 싫어하셨거든요. 고맙습니다.”

꾸벅 절을 하면서 고개를 들고 웃는다. 여자는 할머니의 손녀였다. 표정이 목소리만큼이나 밝다. 은행나무 사이로 여자가 끌고 왔는지 빨간색 소형차가 보인다.

손녀딸은 할머니의 허리를 두른 채 차가 있는 입구 쪽으로 걸어나간다. 할머니 때문에 서둘러 그런지 찍은 사진을 어떻게 해달라는 말이 없다. 젊은 여성에게 이메일을 물어보는 것도 그렇고 건네줄 명함도 없어 주춤거리다 내 입에서 엉뚱한 말이 튀어나와 버렸다.

“할머니가 혹시, 젊을 때 학교 같은 곳에 계신 적이 있나요?”

내 말에 손녀딸은 우리 할머니를 아시는 분인가 하는 표정을 지었다. 주변을 둘러봐도 사람의 그림자 하나 보이지 않는다. 약간 경계하는 눈빛이다.

"학교 선생님 말씀인가요? 처녀 적이었을 때 우리 할머닌……."

이때 등산용 조끼의 주머니에 넣어둔 휴대폰이 요란하게 울렸다. 잠시 머뭇거리던 손녀딸은 할머니를 모시고 걸어나간다. 나는 최 형의 전화일 거라고 생각하며 휴대폰을 그대로 두었다. 목소리를 높여 손녀딸에게 물었다.

"할머니 어디 사세요. 저 아래 마을인가요?"

"한참 더 가야 해요. 서원 가까이. ……유치원 선생님이었다고요, 처녀 적에 우리 할머니."

나는 다시 묻지 않을 수가 없었다.

"태생은 어디세요. 태어나신 고향 말이에요, 할머니의."

"육통리라고, 안강 읍내예요. 할머니 오늘 병원에 모시고 가야 하거든요. 늦어서 그래요. 고맙습니다, 아저씨."

손녀딸은 뒷좌석에 할머니를 태우고 차 문을 닫았다. 차가 떠날 때 내가 잘못 본 것일까. 차창에 얼비치는 할머니의 두 눈이 그날 밤 마당에 내동댕이칠 때 튕겨져 나간 두눈박이의 렌즈처럼 반짝 빛을 내고 스러진다.

"내 그럴 줄 알았어. 여기 있을 것 같았거든. 전화도 받지 않고. 이 선생, 이젠 아주 사진에 푹 빠지셨구먼."

최 형은 내가 사진에 열중하고 있는 줄로만 알았다. 나는 생각 없이 무턱대고 셔터를 누르는 자신을 깨달았다. 여성 회원 둘은 차에서 내리자마자 삼각대를 세우고 석탑을 몇 컷 찍는다. 다른 회원들은 정혜사지는 여러 번 촬영했던 곳이라며 예정에 없었던 양동마을을 마지막으로 둘러보고 경주 시내에 예약해둔 모임 장소에서 합류하기로 했다고 한다. 그러고 보니 오후 시간도 훌쩍 지나가고 있었다. 저녁 7시경 새마을 열차표를 예매해두었기 때문에 시간이 빠듯한 쪽은 오히려 나와 최 형이었다. 늑장을 부리고 있을 처지가 아니었다. 우리는 서둘러 정혜사지를 떠났다.

차 안에서 나는 안강 읍내에서 육통리가 어디쯤 되느냐고 물어보았다. 운전을 하는 여성 회원이 대뜸 말을 받았다.

"육통리요? 거기 6백 년이나 된 큰 회화나무 있는 곳 아니야."

"그래. 언젠가 한번 가본 적 있어. 6백 년이 아니라 4백 년이라지, 아마. 최 선생님도 그 크고 잘생긴 회화나무 보셨지요?"

여성 회원들의 말에 최 형은 의외로 고개를 저었다.

"거기 회화나무가 정말 좋다고 하던데, 이상하게 늘 지나쳐버렸거든. 가는 길이고 시간도 괜찮으니 잠시 들렀다가 가지, 뭐."

수령이 4백 년 이상이 되는 회화나무란 말에 갑자기 숨이 막혔다. 어쩌면 그 나무일지도 모른다는 생각이 들었다. 가슴이 두근거렸다.

경주에서 올 때와 다른 길을 달렸다. 안강 읍내를 빠져 경주를 거쳐 가는 지방도로라고 한다. 시내버스가 차창을 스치고 지나간다. 차는 안강 읍내로 곧장 들어갔다. 금속 공장이 있는 곳이라 그런지 조용한 소읍의 거리 같지 않은 풍경이다. 시가지에서 한쪽 길로 꺾어져 들어가자 마치 70년대 이전으로 돌아간 듯 낡은 집들이 스쳐 가는 것이 시가지의 풍경과 전혀 딴판이다. 차는 시멘트 포장이 뜯겨 나간 길을 계속 달려 지대가 좀 높아 보이는 소로를 빠져나간다. 길이 거의 끝나는가 싶더니 집들 사이에 작은 공터가 나타나며 우뚝 솟은 거목이 차창 앞으로 확 빨려들어 온다.

회화나무치고는 나뭇잎과 등걸이 짙고 검푸르다. 비록 한 그루의 나무지만 수목참천樹木參天이란 말을 이럴 때 써야 하지 않을까 싶을 정도다. 학자수답게 은연중 풍기는 높은 품격의, 의관을 갖춘 선비처럼 나무는 단정하고 너그럽다. 차에서 내려 나무를 올려다보았다. 늦은 오후의 햇살들이 바람에 출렁이는 가지와 나뭇잎 사이를 뚫고 날아오면서 실밥이 터지듯 빛의 보풀이 일어난다.

"야, 그 나무 정말 대단하군."

최 형의 찬사가 들렸다. 역광을 받고 있는 나무 앞에 그는 자신 있게 카메라를 세웠다. 여성 회원들은 벌써 셔터를 눌러댄다.

나는 카메라에 손을 대다가 멈춰버렸다. 다른 무엇을 통하지 않고 맨눈으로만 나무를 보고 싶었다. 나무를 뚫어지게 보는 동안 내 두 눈도 오래된 렌즈와 같다는 생각이 들었다. 기억이란 얼마나 제멋대로인가. 오랜 세월 동안 나는 정혜사지십삼층석탑과 회화나무가 같은 시간, 같은 장소에 함께 있었던 것으로 기억하고 있었다.

아직 남아 있는 긴 여름 해가 어느덧 나뭇가지 사이에서 뉘엿거린다. 치매에 걸린 할머니를 병원에 모시고 간다며 서둘렀던 손녀딸이 생각났다. 줌인 할 때 다가오던 젊은 손녀의 앳된 얼굴이 주름진 할머니의 얼굴과 겹쳐진다. 흐릿하게 흔들리는 두 사람을 움직거려 회화나무 앞에 세워본다. 둘이 한 몸으로 합쳐지면서 차츰 밝고 선명한 모습의 젊은 유치원 선생님으로 되살아난다. 여자는 두 팔을 벌리고 잇몸이 드러나도록 웃으며, 하얀 목덜미 아래로 짙은 음영이 주름치마의 끝자락까지 흘러내린다. 한곳을 오래 쳐다보았더니 눈뿌리가 아프다. 눈을 감았다 뜨는 순간, 파나마모자를 비스듬히 쓰고 두눈박이 사진기를 내려다보고 있는 아버지의 모습이 떠올랐다. 역광 속에서.

비천, 그 노을 속의 날갯짓

내가 그 아이를 처음 만난 것은 지금부터 3년 전 어느 초여름 날의 늦은 오후, 해가 저물 무렵이었습니다.

그날도 오늘처럼 이렇게 성덕대왕신종의 종각에 놀 빛이 비쳐들고 있었지요. 선도산 마루 위에는 그날따라 놀이 얼마나 곱게 물들었던지 종에 양각된 비천상이 도톰한 볼에 홍조를 떠올리고 있었습니다. 마침 그날은 서울의 K 텔레비전 방송사의 제작팀이 내려와 촬영하던 중이었습니다. 다큐멘터리로 제작된 〈신라의 신비〉라고, 몇 번이나 재방송도 했었는데 아, 보셨다고요? 그렇다면 놀 빛을 배경으로 스님이 종을 치는 장면도 기억하실 테지요.

나는 무슨 일로든지 신종神鐘을 치는 걸 못마땅해합니다. 얼마 전에도 감마선 촬영 검사를 해보았습니다만 종에도 수명이란 게 있거든요. 간혹 어쩔 수 없이 타종하게 될 때가 있긴 있습니다. 그럴 때마다 타종이 끝날 때까지 온몸의 신경을 곤두세웁니다. 그날도 그 사람들이 촬영하는 현장을 처음부터 끝까지 지켜보았습니다. 무리해서 그들이 종을 치면 당장 일을 멈추게 할 요량으로 말입니다.

종각에는 불국사에서 모셔왔다는 허우대가 멀끔한 젊은 스님이 종을 치는 당목撞木을 잡고 서 있었습니다. 종각 옆으로 마이크를 손에 든 리포터 아가씨가 보였고, 종각 밖으로는 ENG 카메라를 어깨에 바짝 붙인 촬영기사와 녹음을 담당한 기사가 잔뜩 긴장한 얼굴빛으로 스탠바이를 기다렸습니다. 멀찌감치 떨어져 있는 감독이 손을 높이 치켜들었다가 내렸습니다.

드디어 종이 울기 시작했습니다. 한 번, 두 번, 세 번…… 당목이 힘껏 당좌撞座를 칠 적마다 종은 박물관 앞뜰의 배롱나무 가지를 헤적거리며, 고도古都를 통째로 하늘 높이 들어 올릴 듯 우렁찬 기세로 울어댔습니다. 그러다가 종소리는 잠결에 칭얼대는 아기처럼 한껏 맥놀이를 치면서 길게 여음을 끌었습니다.

어느새 나는 눈을 감고 있었습니다. 종이 세 번이나 더 울었을까요. 감독이 뭐라고 빽 소리를 내질렀습니다. 감독의 고함에 촬영을 구경하고 있던 사람들까지 정신이 번쩍 들었습니다. 촬영기사는 ENG 카메라를 내려놓았고, 스님은 타종을 멈추었습니다. 종각 아래 몰려 있던 사람들은 하나같이 눈이 휘둥그레졌습니다. 대체 어디에서 불쑥 솟아올랐는지 종각 모서리에 웬 낯선 꼬마가 오뚝 서 있었기 때문입니다.

종을 치던 스님은 어이가 없다는 듯 멍하니 아이를 내려다보았습니다. 꼬마는 옷이라야 짧은 반바지 하나만 달랑 몸에 걸쳤을 뿐입니다. 녀석은 여자애들처럼 생머리를 뒤로 빗겨 질끈 묶은 말총머리였지만 한눈에 봐도 네댓 살짜리 사내애였습니다. 훤히 웃통을 드러내고는 배꼽이 튀어나온 볼록한 올챙이배를 내밀고 서 있어 꼬마의 모습이 참으로 우스꽝스러워 보였습니다. 하지만 누구 한 사람 웃지 않았습니다. 감독의 얼굴이 워낙 심각해 보였기 때문입니다. 아무도 감독의 그 서늘한 분위기를 깨뜨릴 수가 없었거든요.

감독이 뭐라고 투덜거리며 계단을 밟고 올라설 때도 사람들은 마치 영화 촬영장의 소도구들처럼 꼼짝하지 않았습니다. 감독이 한 걸음씩 종각 위로 발을 올려 디딜 때마다 사람들은 마치 마법에서 풀리는 것처럼 굳어진 몸을 뒤틀며 얼굴 근육을 실룩거렸습니다. 그러고는 끝내 웃음을 터뜨리고 말았습니다. 글쎄, 꼬마 녀석이 어느 틈에 바지를 내리고 대추 알만 한 고추를 꺼내 감독에게 마구 오줌을 갈겨 댔지 뭡니까.

오줌 줄기가 제법 세차게 포물선을 그렸습니다. 감독은 꼬마의 오줌발을 피해 뒷걸음질 쳤습니다. 오줌 방울이 돌계단을 타고 통통 튕겨 내리다가 뚝 끊겼습니다. 아이는 잽싸게 바지를 올리고는 잔뜩 심술이 난 두 볼을 실룩거리며 성난 표정을 지었습니다. 한데 그 모습이 도리어 귀엽고 우습게만 보였습니다. 카메라 감독과 녹음기사는 고장 난 테이프 돌아가는 소리처럼 ㅋㅋㅋㅋㅋ 이상한 웃음소리를 뱉어냈습니다. 리포터 아가씨는 마이크를 잡은 손으로 입을 가린 채 간신히 웃음을 참아냈습니다.

그제야 종각에 있던 스님이 정신이 든 것 같았습니다. 스님은 당목을 잡았던 억센 손으로 꼬마를 덥석 잡아챘습니다. 아이를 번쩍 들어 옆구리에 꼈습니다. 녀석이 두 다리를 바동거리며 와 하고 울음을 터트렸습니다. 우리는 타종이 다시 시작된 줄 알았습니다. 아이의 울음소리가 종소리만큼이나 워낙 우렁차고 컸으니까요.

"금동아. 뚝 그쳐, 뚝."

그때 누군가 한 사람이 달려와 스님한테서 아이를 받아 안았습니다. 그 사람은 박물관의 관리과에서 일하는 유난히 눈썹이 짙은 직원이었습니다. 그 직원이 아이를 어르고 달랬습니다. 녀석은 울음을 그치기는커녕 더 요란하게 불자동차처럼 울어댔습니다. 그때였습니다. 어디서 달려왔는지 어떤 젊은 여자가 아이를 빼앗듯이 가로챘습니다. 누가 말릴 틈도 없었습니다. 여자는 손바닥으로 아이의 볼기짝을 세게 연거푸 내려쳤습니다. 아이는 금방 숨이 끊어질 듯 자지러졌습니다. 여자가 뭐라고 소리를 내지르자 아이가 울음을 뚝 그쳤습니다. 여자는 아이를 둘러업고 구경꾼들 틈을 헤집고는 도망치듯 빠져나갔습니다.

아이가 사라지자 종각 주변은 일순 고요 속에 잠겼습니다. 아이의 울음소리만 우리의 귓전에 환청처럼 남아 길게 맴놀이 쳤습니다. 박물관 안뜰의 머리 없는 돌부처들도 가부좌를 튼 채 숨을 죽이는 것 같았습니다.

"자, 갑시다아, 다시 한 번."

감독의 이 한마디가 떨어지지 않았더라면, 사람들은 그 자리에 정지된 채 영원히 석상처럼 굳어져 버렸을지도 모릅니다.

멈췄던 촬영이 계속되었습니다. 촬영기사가 ENG 카메라를 바짝 어깨에 올려붙였습니다. 녹음기사는 기기를 조작하고, 리포터 아가씨는 단단히 마이크를 손에 잡았습니다. 종각에서 신종을 마주한 스님은 선도산의 짙은 놀 탓인지 붉게 긴장한 얼굴빛이었습니다. 스님이 당목을 힘껏 잡아당겼습니다.

신종이 다시 울기 시작했습니다. 당목이 당좌를 때리자 유곽乳廓의 유두乳頭들이 가늘게 떨며 구름 같은 연화蓮華에서 소리 꽃이 뭉게뭉게 피어올랐습니다. 동시에 네 개의 비천상은 천의 자락을 하늘거리며 긴 허리를 움직거렸습니다. 이어 소리 꽃들은 음관音管을 타고 물맴이처럼 맴을 돌다가 용뉴를 힘차게 차고 올랐습니다. 그때마다 신종은 장엄한 용울음을 토해놓았습니다.

종소리에 취해 잠시 눈을 감았던 나는 사람들 틈을 슬그머니 빠져나왔습니다. 왠지 아까 말썽을 부렸던 그 아이와 여자가 궁금해서였습니다. 이리저리 두리번거리던 나는 고분관 옆의 뜰에 전시된 석조石槽 위에 앉아 있는 아이와 여자를 보았습니다.

내가 그들 가까이 다가가자 아이의 어머니로 보이는 그 젊은 여자가 일어나 고개를 푹 숙였습니다.

"죄송해요, 관장님."

여자는 내가 관장이라는 걸 알고 있었습니다.

"관장님. 이 여자, 여기 휴게소에서 일하고 있습니다. 아이를 집에 떼어놓고 오기 어려운 형편이라……."

언제 달려왔는지 눈썹이 짙은 관리과의 그 직원이 내가 묻지도 않은 말을 대신 해주었습니다. 가까이에서 보니 여자를 어디선가 본 것 같았습니다. 가꾸지 않은 얼굴인데도 피부가 곱고 단정해 보였습니다. 여자는 서울 말씨를 썼지만, 억양이 어색했고 볼수록 누굴 닮았다는 생각이 자꾸 들었습니다. 그래서 나도 모르게 물었습니다.

"사시는 데가, 어딥니까?"

"양지마을입니다, 관장님."

관리과의 직원이 또 거들었습니다. 제복을 입은 그의 가슴에 붙은 명찰이 눈에 들어왔습니다. 박정우라. 나는 박정우의 말을 무시하고 다시 여자에게 물었습니다.

"거기 언제부터 사셨수?"

"올해 서울에서 내려왔어요."

여자는 마치 심문을 받는 사람처럼 머리를 조아렸습니다. 나는 이쯤에서 멈출까 하다가 한마디만 더 물어보기로 했습니다.

"서울 태생은 아니신 것 같은데, 혹시 이쪽 어디."

"맞습니다, 관장님. 저기 선도산 자락 밑에, 서악 어디더라."

"이 사람, 자네한테 물은 게 아니잖아. 서악 어디라면."

"……미륵동입니다."

여자가 좀 이상한 느낌이 들었는지 고개를 들고 나를 보았습니다.

나는 여자의 얼굴을 다시 한 번 찬찬히 뜯어보았습니다. 아무래도 낯익은 얼굴입니다.

"그럼 어머니 성씨는?"

"최씹니다. 경주 최씨라고 들었어요."

맞구나. 운예 누님의 딸이. 그렇다면 이 여자가 성자로구나. 나는 지그시 눈을 감았습니다.

"저희 어무이를 아십니꺼?"

여자는 금방 두 눈에 눈물을 글썽거렸습니다. 박정우라는 직원은 멀뚱멀뚱해진 표정을 하고 성자와 나를 지켜보기만 했습니다.

"음. 알지요. 이름이, 성자였던가?"

"예……."

성자의 얼굴에 놀 빛이 번지며 엷은 웃음이 떠올랐습니다. 그 모습이 영락없는 운예 누님이었습니다.

성자에게 무슨 말을 들려줄까 하고 나는 잠시 망설였습니다. 이제 울음을 그치고 나를 빤히 올려다보는 금동이와 눈이 마주치자 나는 아이의 머리를 쓰다듬어 주었습니다.

성자에게 다시 말을 걸려는데 학예사 한 사람이 뛰어왔습니다.

"관장님, 여기 계셨군요. 인터뷰를 해야 한답니다. 빨리 가시죠."

그날은 그들 모자와 그렇게 만나고 헤어졌습니다.

인터뷰를 마치고 취재팀을 떠나보내고는 나는 할 일이 좀 있다면서 혼자 남았습니다. 학예사들까지 모두 나가자 관장실의 불을 끄고 서쪽으로 난 창의 블라인드를 올렸습니다. 간혹 그렇게 하고 창밖으로 선도산을 바라보고는 합니다. 그날도 선도산은 수묵화처럼 펼쳐져 있었습니다. 어둑해진 산 아래로 반딧불 같은 작은 불빛 몇 개가 반짝거렸습니다. 그 불빛들 위로 운예 누님의 얼굴이 떠올랐습니다.

운예 누님의 머리에는 진달래꽃이 꽂혀 있었습니다. 맑은 냇물에 두 발을 담그고 빨래를 하는 누님을 보고 나는 숨이 멎는 듯했습니다. 비록 여덟 살짜리 소년의 눈이었지만 운예 누님의 보얀 얼굴은 선도산을 붉게 물들인 진달래꽃보다 훨씬 아름다워 보였습니다.

그해 봄 4월의 어느 날이었지요. 나는 우리 동네의 큰 아이들을 따라 선도산에 참꽃(진달래꽃)을 따러 갔습니다. 우리 동네에서 서천은 금방이었지만 여덟 살 어린 소년이 서천다리를 건너 선도산이 있는 서악까지 걸어가기에는 좀 먼 거리였습니다. 더구나 그 무렵은 민심이 흉흉한 데다 문둥이가 아이를 잡아간다는 나쁜 소문까지 떠돌던 때였습니다. 아버지는 외아들인 내가 문밖에만 나가도 어딜 가느냐고 물어볼 정도로 단속이 심했습니다.

그런 귀한 아들이 아무 말도 없이 사라졌으니 아버지는 가슴이 덜컥 내려앉았을 것입니다. 어떻게 물어 아이들이 참꽃을 따러 간 것을 알아냈지만, 김유신 장군 묘가 있는 수도산 쪽인지 아니면 선도산인지를 몰라 허둥거렸다고 합니다.

아버지는 급한 김에 동네에서 찐빵 가게를 하는 벙어리 아저씨네 오토바이를 빌려 탔다고 합니다. 그런데 그 오토바이란 것이 자전거에 엔진을 하나 달랑 붙인 것으로, 얼마나 소리가 요란했던지 온 동네가 떠나갈 듯이 시끄러웠습니다.

벙어리 아저씨네 오토바이 자전거를 빌려 탄 아버지는 단숨에 서천다리를 건너 서악으로 달렸습니다. 먼저 선도산 쪽을 찾아보기로 한 것입니다.

아버지는 한참이나 산속을 헤매다가 마침내 산등성이 높이 올라가 있는 우리 일행을 찾아냈습니다. 그때 나는 진달래 꽃밭 가운데 있었습니다. 참꽃 잎을 얼마나 따 먹었는지 입술은 붉다 못해 자줏빛으로

40

물들었습니다. 한창 흐드러지게 핀 진달래 꽃밭은 참으로 볼 만했지요. 참꽃에 취해 정신이 없었습니다. 온통 그렇게 정신을 빼앗기고 있었는데 옆에 있던 아이 하나가 내 옆구리를 쿡 찔렀습니다. 그 아이가 골짜기 아래를 손짓해 가리켰습니다.

"상옥아—."

분명히 나를 부르는 소리였습니다. 한 번 더 부르는 소리를 들어보니 분명히 아버지의 목소리였습니다. 나는 겁부터 났습니다. 그건 다른 아이들도 마찬가지였습니다. 평소 아버지는 아이들을 매우 엄하게 다루었기 때문입니다. 큰 아이 하나가 내 손을 잡아끌면서 말했습니다.

"야, 상옥아. 내려간다 캐라, 퍼뜩."

아버지가 산을 타고 급히 올라오고 있었습니다. 아이들이 빨리 내려가라고 뒤에서 재촉질을 했습니다. 뜻밖에 아버지는 나를 보고도 화를 내지 않았습니다. 아니, 얼마나 반가웠던지 나를 덥석 가슴에 부둥켜안았습니다. 그새 아이들은 어디로 숨어버렸는지 아무도 눈에 띄지 않았습니다.

골짜기 아래에는 벙어리 아저씨네 오토바이 자전거가 세워져 있었습니다. 아버지는 나를 오토바이 안장 뒤에 태우고 부릉부릉 시동을 걸었습니다. 엔진 소리가 얼마나 요란한지 가슴 가득 안은 진달래꽃들이 춤추듯 흔들렸습니다. 아버지가 큰 소리로 물었습니다.

"배고프제."

"아, 아입니더."

그렇게 말했지만 내 배 속에서 꼬르륵 소리가 났습니다. 오토바이 자전거는 좁은 산길을 용케 요리조리 잘도 달렸습니다. 아버지가 오토바이를 멈춘 곳은 마을이 가까이 보이는 어느 냇가였습니다. 웬 처녀가 혼자 빨래를 하고 있었습니다. 거기서 운예 누님을 처음 만났습니다. 운예 누님은 그때가 열네 살이었는데도 내 눈에는 다 자란 처녀처럼 보였습니다.

"아재요. 야가 상옥입니꺼. 잘생겼니더."

그 처녀가 나를 보고 엷은 웃음을 지었습니다. 그 웃음에 대해서는 나중에 말할 기회가 있겠지만, 처녀의 삼단 같은 머리에 꽂혀 있는 진달래꽃을 보자, 아찔 현기증이 일어났습니다. 동시에 냇물에 잠긴 처녀의 하얀 종아리와 맨발이 맑은 물살을 가르며 내 눈앞으로 출렁이며 흔들려왔습니다.

"밥 남은 거 있나, 운예야."

아버지의 말에 나는 정말 배가 고팠습니다.

"아마 있을 겁니더. 근데 깡보리밥이라 상옥이가 묵겠십니꺼."

처녀는 빨래를 챙겨 넣은 양철 동이를 머리에 이고 앞장을 섰습니다.

절구통에 무엇을 찧고 있던 처녀의 어머니가 달려 나와 아버지를 반갑게 맞아주었습니다. 아버지한테 육촌 형님뻘이 된다는 처녀의 아버지는 무슨 병이 있는지 깡마르고 쇠약해 보였습니다.

나는 그날 운예 누님 집에서 먹었던 꽁보리밥을 평생 잊지 못합니다. 식은 보리밥 한 덩어리에 반찬이라야 졸인 된장 한 가지가 전부였지만 그게 꿀맛이었습니다. 내가 밥을 먹는 동안 누님의 사내 동생들이 방 안을 기웃거렸습니다. 머리에 종기가 난 작은 아이가 짧은 베적삼 밑으로 배꼽이 튀어나온 배를 쑥 내밀고는 맨발로 우두커니 서 있었습니다. 나보다 두세 살 많아 보이는 큰 아이는 허연 코를 빼문 채 검정 고무신을 신은 발로 마당을 뛰어다녔습니다.

그러고 보니 처녀의 옷차림도 무척 남루해 보였습니다. 아까 냇가에서 보았던 모습과는 너무 달라 보였습니다.

"에구, 상옥아, 니 배가 대기 고팠구나. 우짜믄 좋겠노. 어무이요, 밥 남은 거 더 없능기요."

"됐다, 운예야. 그라고 형수요. 전에 말했던 거 말이씨더. 운예 말입니더."

밥숟갈을 놓자 금방 졸음이 밀려들었습니다. 누가 두 팔로 나를 감싸 안고는 방바닥에 눕혀주었습니다. 얼핏 눈을 떴다가 감았을 때 진달래꽃이 어른거리다 사라졌습니다. 아버지가 하는 말이 귓전에 들려왔습니다.

"그믐날 다시 와서 운옐 데려가겠심니더. 형수한테는 섭섭지 않게 해드릴 테고요. 이담에 좋은 자리 생기면 저희가 출가도 시켜줄 겁니더. 상옥이 엄마가 다 그렇게 약조를 했다 아입니꺼."

처녀가 우리 집으로 온다는 것이었습니다. 두 달 전엔가 여동생을 업어 키우던 부덕이 누나가 집을 나가버리자 어머니는 집안일을 무척 힘들어했습니다.

얼마를 잤는지 모릅니다. 아버지가 나를 흔들어 깨웠습니다. 나는 다시 오토바이 자전거 뒤에 올라탔습니다. 오토바이는 요란한 엔진 소리를 내지르며 산길을 달렸습니다. 골짜기 바위 틈새에 피어 있는 진달래들이 오토바이 소리에 놀라 붉은 꽃잎들을 마구 흔들어댔습니다.

아버지와 내가 서천다리를 달려 집으로 돌아왔을 때 동네에는 난리가 나 있었습니다. 벙어리 아저씨가 오토바이를 기다리다 얼마나 화가 났던지 가슴을 치며 골목길을 길길이 뛰어다녔습니다. 동네 사람들은 벙어리 아저씨의 그런 행동을 재미있다는 듯 구경만 했습니다.

그로부터 며칠이 지난 뒤였습니다. 내가 학교에서 집으로 돌아왔을 때 하얀 저고리에 검정 치마를 입은 처녀가 대문을 열어주었습니다. 머리에는 진달래꽃이 보이지 않았습니다. 어머니는 그 처녀한테 운예 누님이라고 부르도록 했습니다. 바람이 나서 집을 나간 부덕이 누나한테는 그냥 누부야라고만 했는데 말입니다.

선도산 마루의 노을이 점점 짙어갑니다.

운예 누님이 세상을 떠난 지 어느덧 햇수로 4년째입니다. 내일은 음력으로 5월 초아흐레, 운예 누님의 기일忌日입니다. 누님은 길지 않은 자신의 생애를 홀로 쓸쓸하게 마감했습니다.

누님의 큰동생은 뇌염을 앓고 난 뒤 천치가 되어버렸습니다. 작은동생은 월남전에 참전하고 반년도 되지 않아 전사했습니다. 전사 통지서를 받은 누님의 어머니는 충격이 컸던 탓인지 남편 뒤를 따라 세상을 떠났습니다. 누님에게 자식이라고는 늦게 낳은 성자 하나뿐이었습니다. 그 애마저 열다섯 되던 해에 가출을 해버려 10년 세월이 넘도록 소식이 없었습니다. 게다가 도굴꾼으로 전국을 떠돌던 누님의 남편은 그 당시 교도소에서 복역 중이었으니 누님이 마음고생을 오죽이나 했겠습니까.

공주박물관에 있을 때였지요. 누님이 돌아가셨다는 전화가 걸려왔습니다. 아무도 누님의 시신을 거두어줄 사람이 없었으니까요. 경주에 내려와 동국대학병원 영안실에 안치된 시신을 확인하고 장례를 치렀습니다. 누님이 부탁했던 대로 시신을 화장하고 유골을 선도산 골짜기에 뿌려주었습니다.

성자가 금동이를 데리고 나타난 것은 누님이 죽은 이듬해 바로 이 무렵이었습니다. 그날 이후부터 이상하게도 박물관의 분위기가 달라지기 시작했습니다. 더 정확히 말하면 금동이가 에밀레종각에서 방송사 PD를 향해 오줌을 갈긴 뒤부터였습니다. 전에는 직원들 모두 하나같이 엄숙한 표정이었습니다. 관장인 나부터 얼굴에 웃음이 없었거든요. 그러던 것이 금동이가 박물관 안 여기저기를 쏘다니면서부터 직원들 얼굴이 활짝 밝아지고 웃음소리가 터져 나오기 시작했습니다.

지금은 공사하느라 메워지고 없지만, 박물관 안뜰에는 수련이 피어 있는 연못이 하나 있었습니다. 연못에는 어른 팔뚝만 한 잉어가 여러 마리 헤엄치며 노닐었습니다. 한번은 글쎄, 아이가 잉어와 놀겠다며 연못에 풍덩 뛰어들어 난리가 났습니다. 아이를 건져 올렸을 때, 녀석은 금빛 잉어를 한 마리 부둥켜안은 채였습니다. 물에 빠진 생쥐 꼴을 하고도 아이는 방글방글 웃었습니다. 그 모습이 얼마나 귀여웠던지 관광객들이 카메라를 들고 셔터를 눌러댔습니다.

또 한 번은 이런 일도 일어났습니다. 박물관을 견학 온 유치원 아이 몇 명이 감쪽같이 사라져버린 사건입니다. 본관 전시실에서 얌전히 줄을 지어 관람하고 있던 아이들 중 일부가 뚝 끊겨 사라져버린 겁니다. 유치원 선생님과 직원들이 아이들을 찾아 나섰습니다. 본관의 제2전시실에서부터 별관인 고분관과 안압지 유물관을 샅샅이 뒤졌으나 아이들은 그림자도 보이지 않았습니다.

한참이나 시간이 흐른 뒤 아이들을 찾았다는 소리가 들려왔습니다. 어이없게도 아이들은 박물관 안뜰에 전시된 돌부처 뒤편에서 소꿉놀이를 하고 있었습니다. 우리 직원들이 달려갔을 때였습니다. 꼬마들은 머리 없는 돌부처의 목 위에 자신들의 머리를 올려놓고는 날름 혀를 내밀었습니다. 금동이와 아이들은 어느새 친해져 온갖 놀이에 정신이 빠져 있었습니다.

한데 지금 생각해도 이상한 것은 그렇게 장난질을 치는데도 금동이를 싫어하는 직원은 아무도 없었다는 것입니다. 아니 오히려 금동이가 며칠씩 잠잠하게 있으면 괜히 몸이 근질근질해지고 아이가 곧 무슨 일이라도 저질러주길 은근히 바랄 정도였습니다.

간혹 그 아이가 에밀레종각이나 전시실의 돌계단에 꼼짝하지 않고 몸을 웅크린 채 앉아 있을 때가 있습니다. 그럴 때, 그 아이의 뒷모습이 너무나 안쓰러워 보였습니다. 직원들은 이상한 슬픔에 빠져들었습니다. 그러다가 그 아이가 다시 활기를 찾아 장난질을 시작하면 직원들 얼굴에도 환하게 웃음이 되살아났습니다. 그런데 다섯 살짜리 아이의 장난질치고는 지나치다 싶은 일 하나가 벌어졌습니다. 그건 바로 토우土偶 사건입니다.

해마다 5월이 되면 초등학생들을 대상으로 박물관의 유물을 보고 그림을 그리거나 찰흙을 빚어 만드는 대회를 열어왔습니다. 세계박물관의 날인 5월 18일을 전후로 이 행사를 해왔는데 그해 5월에는 사정이 생겨 6월로 대회가 연기되었습니다. 어쨌거나 대회는 예년과 마찬가지로 요란하지 않으면서도 열띤 경쟁 속에서 진행되었습니다.

찰흙 공작은 다른 박물관에는 없는 종목입니다. 근데 이게 그림 그리기 못지않게 여간 재미가 있지 않습니다. 신라 토기와 토우에는 당시의 생활상이 잘 나타나 있습니다. 남자들은 전쟁에 나가거나 사냥과 고기잡이에 매달렸으니 토기 제작은 자연히 여자들의 몫이었습니다. 물론 아이들도 함께 둘러앉아 진흙을 주물렀겠지요. 토우 같은 유물은 상당수가 여자와 아이들이 빚었을 가능성이 충분히 있습니다.

토우장식항아리土偶裝飾長頸壺 같은 것은 부녀자들의 섬세한 손놀림과 아이들의 거침없는 손동작이 함께 이뤄낸 걸작품일 수도 있다는 얘기입니다. 나는 아이들이 어릴수록 신라 것과 닮은 형태의 토우를 잘 빚어낸다는 걸 금동이를 통해 알게 되었습니다.

반면에 고학년 어린이들은 찰흙으로 불상을 빚거나 불국사나 첨성대 같은 조형적인 조각물을 만들길 좋아합니다. 그날 나는 찰흙으로 불상을 빚고 있는 큰 아이들 틈에서 무엇인가를 열심히 주물럭거리고 있는 금동이를 보았습니다. 아이들을 보살피던 직원도 녀석이 하는 모양이 귀여웠던지 쫓아내지 않았습니다.

나는 녀석을 모른 척하고 그냥 지나치려 했습니다. 그런 생각으로 한쪽 발을 금동이가 구부리고 있는 등 뒤로 옮겼을 때였습니다. 아이가 열중해서 만들고 있는 토우가 얼핏 눈에 들어왔습니다. 순간 나는 깜짝 놀라고 말았습니다. 빠른 손놀림으로 아이가 빚고 있는 것은 남녀가 엎드린 자세로 성교하는 토우의 형상이었기 때문입니다. 그 옆에는 성기를 곧추세운 남자상 몇 개가 벌렁 누워 있는 것도 보였습니다. 함께 둘러보던 학예사와 교사들도 그걸 보고는 벌어진 입을 다물지 못했습니다.

금동이의 손놀림은 신기할 정도로 빨랐습니다. 그 손놀림은 어떤 경지에 이른 장인의 그것 같아 보였습니다. 찰흙을 쥐었는가 하면 어느새 놓아버리고, 비틀었는가 하면 슬쩍 뭉개버리는, 누가 옆에 있건 없건 아랑곳하지 않는 거침없이 재빠른 아이의 손놀림! 지금도 그 장면을 떠올리면 뭐라 설명할 길이 없습니다.

출토된 신라 토우 중에는 남녀가 성교하는 장면을 묘사한 것이 10여 점 됩니다. 그 가운데는 남녀가 알몸으로 두 팔을 서로 힘껏 껴안고 아랫도리를 단단히 밀착한 것이 있는가 하면, 성행위만을 강조하거나 성기를 과장되게 표현한 것, 여인이 엎드려 있는 뒤에서 과장된 성기를 내밀며 다가가는 장면도 있지만, 그 모양이 조금도 외설스럽다는 느낌은 들지 않습니다. 아니 오히려 그런 모양들이 단순하고 익살스러운 표현에서 빚어진 건강한 성애의 기쁨으로 뭉쳐 있습니다.

"아아니, 이 녀석. 이게 무슨 해괴망측한 짓이람."

언제 따라왔는지 박정우가 또 나섰습니다. 그가 아이의 작품을 뺏으려고 손을 뻗치는 것을 나는 말렸습니다. 아이는 고개도 들지 않고 찰흙 빚는 일에만 열중해 있었습니다. 나는 눈짓으로 사람들에게 조용히 물러나자고 했습니다.

제한된 시간이 끝나고 심사가 시작되었습니다. 학예사 한 명과 지역에서 화가와 조각가로 활동하고 있는 미술 교사 두 분이 심사를 맡았습니다. 심사위원장인 나는 참관만 하기로 되어 있었습니다.

금동이가 만든 작품이 화제에 올랐습니다. 심사위원 중 한 분이 금동이는 초등학생이 아니라서 아예 수상의 대상에 낄 수 없다고 잘라 말했습니다. 조각하는 미술 교사가 비록 초등학생은 아니지만 금동이에게 특별상을 하나 만들어 주자는 제안을 했습니다. 그러나 다른 미술 교사와 학예사는 머리를 저었습니다. 금동이가 만든 토우를 도저히 전시할 수 없다는 것입니다. 학부모들이나 외부 사람들이 관람할 때 얼마나 난감해할까 하는 것이 그 이유였습니다. 두 사람의 주장에 밀려 금동이에게 특별상을 주자는 제안은 끝내 받아들여지지 않았습니다.

나는 그들의 결정을 존중해주기로 했습니다. 그렇지만 속으로는 웃음이 나왔습니다. 고분관의 전시실에는 금동이가 빚은 것보다 더 노골적인 성행위 묘사를 한 토우들이 전시되어 있기 때문입니다. 그것들을 보고 이상하다고 생각하는 사람은 아무도 없었으니까요.

시상식이 끝나고 아이들의 작품이 본관의 로비에 전시되었습니다. 물론 금동이의 작품은 한 점도 보이지 않았습니다. 한데 정작 사건은 다음 날 아침에 일어나고 말았습니다.

그날 아침에도 나는 자전거를 타고 출근을 했습니다. 아파트 정문에서 자전거 페달을 밟기 시작하면 금방 화랑초등학교가 나타납니다. 등굣길 어린이들의 밝고 환한 얼굴은 참 보기 좋습니다. 아이들이 재잘거리는 소리는 새소리처럼 내 귀를 즐겁게 합니다.

여유가 있으면 그 길은 그냥 걷는 것이 더 낫지만, 자전거를 타고 출근하는 것도 기분 좋은 일입니다. 잠시 달리고 나면 네거리가 보이면서 금방 사방이 탁 트입니다. 나는 거기서부터 페달을 힘차게 밟습니다. 남쪽으로 보이는 남산과 서쪽의 선도산, 동쪽으로는 명활산이 넉넉한 팔을 둘러 감싸 안은 분지 가운데를 달리고 있으면, 마치 내가 이 세상의 중심이 된 듯한 착각에 빠져듭니다.

자전거 바퀴가 이리저리 움직일 때마다 윙윙거리며 돌아가는 우주 팽이처럼 경주라는 땅덩어리가 기우뚱거립니다. 멀리 남산도 기울고 선도산과 명활산도 따라 기웁니다. 세차게 돌아가는 자전거의 바퀴살은 아침 햇살을 잘게 쪼개서 맑은 대기 속으로 휘파람처럼 날려 보냅니다.

분황사가 뒤로 물러가고 드넓은 황룡사 터가 옆으로 기울어집니다. 물그림자가 내 머릿속을 적실 것 같은 안압지가 스쳐 지나갑니다. 곧장 박물관이 눈앞에 다가옵니다. 박물관 정문을 지키고 있는 직원과 눈짓으로 인사를 나눕니다. 자전거가 멈춰 서는 곳은 에밀레 종각 옆입니다. 자전거에서 내려 잠시 신종을 우러러봅니다. 먼빛으로 보이는 선도산을 향해 눈인사를 보냅니다. 그러고는 평범한 나의 하루가 시작되는 것입니다.

관장실에 들러 그날의 일정을 훑어보고 별다른 일이 없으면 박물관을 한 바퀴 둘러봅니다. 오전 9시는 관람객이 적고 조용합니다. 관람하기 참 좋은 시간입니다. 내가 무심코 본관 건물 쪽으로 눈길을 주었을 때였습니다. 제복을 입은 관리직 직원 한 사람이 본관의 돌계단을 허둥지둥 뛰어 내려오는 모습이 눈에 띄었습니다. 대체 무슨 일인가 싶어 나도 모르게 그쪽으로 발길을 돌렸습니다.

그 직원은 고분관 쪽으로 냅다 뛰어갑니다. 그 뒤를 직원 몇 사람이 계단을 타고 급히 내려오다 나를 보고 멈칫거렸습니다. 내가 무슨 일이냐는 듯 그들을 쳐다보았습니다.

"관장님, 큰일 났습니다. 토우가, 토우가……."

토우가 대체 어떻게 되었다는 말인가.

"여기저기서 토우가 막 쏟아져 나옵니다, 관장님."

토우라니. 무슨 말인지 대체 알아들을 수 없었습니다. 다른 직원 하나가 말을 거들었습니다.

"그게 진짜가 아니고, 관장님. 아무래도 금동이가 만든 그것 같은데요. 전시실 곳곳에서 나오고 있습니다."

나는 그들과 함께 고분관부터 가보았습니다. 먼저 달려간 직원이 찰흙으로 빚은 토우 몇 점을 손에 들고 있었습니다. 그건 한눈에 봐도 금동이가 빚었던 것이었습니다. 사람의 형상뿐만 아니라 개구리와 뱀 모양을 한 것도 있었습니다. 토우는 전시실의 유리 진열장 사이의 틈새에 끼어 있기도 하고, 바닥의 구석진 곳과 기둥 아래, 환기창과 전시함 뒤편에 숨어 있기도 했습니다. 또 어떤 것은 진열장의 유리 벽에 금방 떨어질 듯이 아슬아슬하게 매달려 있었습니다.

무엇보다 큰일은 직원들이 그것들을 모두 찾아내 치워버리기도 전에 관람객들이 밀려드는 것이었습니다.

"엄마, 이것 봐."

관람객 중에 금동이 또래의 아이가 성기를 곧추세운 토우 하나를 손에 들고 생글거립니다.

"에그, 녀석아. 냉큼 이리 내."

젊은 엄마가 그것을 뺏어 직원에게 넘겨주고는 얼굴이 빨개졌습니다. 그러면서 키득 웃음소리를 뱉어냈습니다. 이제 관람객들도 토우를 찾기 위해 전시실 안을 휘젓고 다녔습니다.

본관과 제2별관인 안압지관에서도 고분관과 똑같은 일이 벌어지고 있었습니다. 무엇보다 그 많은 토우를 금동이가 언제 만들어 직원들 몰래 감춰두었는지 정말 귀신이 곡할 노릇이었습니다. 마치 보물찾기를 하듯 관람객과 직원들은 토우를 찾아 전시실 안을 샅샅이 훑고 다녔습니다. 어쨌거나 빨리 일을 수습해야 했습니다. 직원들과 나는 관람객에게 일일이 사과했습니다. 하지만 관람객 중 누구도 토우 일로 따지거나 화를 내는 사람은 없었습니다. 아니 오히려 그 일을 재미있어하고 즐거워하는 분위기였습니다.

어떻게 겨우 일을 수습하고 한숨을 돌렸을 때였습니다. 고분관 앞에서 금동이가 우는 소리가 들려왔습니다. 직원들과 나는 놀라서 달려갔습니다. 성자가 금동이를 엎어놓고 손바닥으로 엉덩이를 때리고 있었습니다.

"죽자, 죽어. 우리 같이 죽어버리자. 죽어버리고 말자, 응?"

금동이는 한 손에 찰흙으로 빚은 토우를 꼭 쥔 채 놓지 않았습니다. 성자가 다시 볼기를 치자 아이가 으앙 소리를 내질렀습니다. 그때 두 시간마다 한 차례씩 들려주는 에밀레종 소리가(녹음한) 슬프게 울렸습니다.

선도산 마루의 노을은 꽃구름과 어우러져 춤을 춥니다. 노을빛은 금동이가 갖고 떠난 그 슬픔의 빛깔처럼 짙고 붉습니다. 도로 건너편의 반월성 언덕에 뿌리를 박고 비스듬히 서 있는 나무들은 관람객들이 떠난 텅 빈 박물관 뜰을 내려다보며 명상에 잠겨 있습니다.

운예 누님이 우리 집에 오고부터 나는 하루하루가 정말 새롭고 즐거워 어쩔 줄 몰랐습니다. 내 아래로 세 살짜리 여동생 하나만 있어서 그런지 누님한테서 친동기간 같은 따스한 정을 느꼈습니다.

누님은 소리 없이 잘 웃었습니다. 비록 입가에 엷은 웃음을 짓는 것으로 그쳤지만, 그 웃음은 온 집안을 연꽃처럼 가득 채웠습니다. 어머니는 운예 누님의 웃음을 보고 선도산의 돌부처가 웃는 것 같다고 했습니다.

나는 대학에 들어가 불교미술을 전공하면서부터 전국의 불상을 찾아다녔습니다. 이곳의 경주 남산에도 수없이 올라갔습니다. 이상하게도 그 많은 남산의 돌부처한테서는 운예 누님이 짓던 웃음을 찾지 못했습니다. 그 후 어느 날 선도산의 아미타삼존대불阿彌陀三尊大佛을 마주했을 때였습니다. 나는 어머니의 직관력이 얼마나 정통했는지를 깨달았습니다.

선도산은 남산과 달리 돌이 많지 않은 산입니다. 남산과 비교하면 보잘것없는 산처럼 보일지도 모릅니다. 산 높이래야 겨우 해발 380미터인 그 산은, 그러나 신라 사람들에게는 아주 중요한 의미가 담겨 있는 산입니다.

토함산을 동악東岳이라고 하면 선도산은 서악西岳이란 개념을 갖고 있습니다. 실제 무열왕릉을 중심으로 한 선도산 일대를 경주 사람들은 서악으로 부르고 있습니다. 누구나 알다시피 해는 동쪽에서 떠서 서쪽으로 집니다. 동東이란 그러니까 떠오르는 광명, 즉 생명과 같은 것이고 서西란 지는 해와 같은 소멸, 다시 말해 죽음을 상징합니다. 그래서 아침노을보다 저녁노을이 더 장엄해 보이는지도 모릅니다.

한 걸음 더 불교식으로 침잠沈潛해 들어가면, 동東은 약사여래유리광명정토藥師如來琉璃光明淨土이고 서西는 아미타여래극락정토阿彌陀如來極樂淨土를 상징하는 것입니다. 따라서 신라 사람들이 선도산 너머를 극락정토로 보고 이곳의 산마루에 아미타삼존불을 모신 것입니다.

나는 경주의 남산金鰲山에 오를 적마다 바위 곳곳에 새겨진 부처를 보고 인간의 간절한 염원 뒤에 감춰진 원시적인 욕망을 봅니다. 바위에 새겨진 미완의 선화線畵에는 다음 세대들이 그걸 완성할 수 있도록 여백을 남겨두었습니다. 지나친 비약일지 모르지만 그건 한 세대에서 다음 세대로 이어져 가고 싶은 끊임없는 본능적 욕망의 다른 표현일지도 모른다는 생각을 합니다. 남산은 그래서 선도산보다 현세적입니다.

운예 누님의 웃음이 선도산의 돌부처를 닮았다는 어머니의 직관은 옳았습니다. 나는 아미타삼존대불 중 다른 두 석불보다 아미타여래 입상의 웃음이 운예 누님의 그것과 흡사하게 닮았음을 깨달았습니다. 어느 분은 그 웃음을 고졸古拙한 웃음이라고 표현하기도 했습니다. 나는 그 예스럽고 소박한 웃음에서 뭐랄까, 해거름에 남아 있는 빛 보풀 같은 엷은 슬픔을 느꼈습니다. 표현의 한계를 느끼지만, 말하자면 운예 누님의 웃음은 바로 그런 것이었습니다.

그 당시 아버지는 규모가 제법 큰 방적 공장과 정미소와 철공소를 갖고 있었습니다. 우리 집은 도로변에 있는 방적 공장과 정미소에서 골목길 안으로 쑥 들어가 있었는데 지금은 모두 철거되어 흔적도 찾아볼 수 없습니다. 아마 지금의 노서동 고분군의 호우총에서 더 안쪽으로 들어가서 우뚝 솟아 있는 쌍둥이봉황대雙墳 아래 그 어디쯤일 겁니다. 키 큰 감나무와 살구나무가 우리 집 마당에는 여러 그루 서 있었으니까요.

운예 누님은 어머니와 식모 아주머니를 도와 부엌일을 거들기도 했지만 내 여동생을 업어 키우는 일을 주로 했습니다. 한데 이상한 것은 운예 누님이 우리 집에 오고부터 우리 동네의 골목길이 갑자기 밝아지고, 철공소와 정미소에서 일하는 일꾼들의 표정도 환해지기 시작한 것입니다. 휴전한 지 몇 해가 흘렀지만, 여전히 전쟁의 상처가 아물지 않은 때였습니다. 사람들의 얼굴에 웃음이 없고 어두워 보였습니다. 우리 집의 정미소와 철공소에서 일하는 일꾼 중에는 이북에서 내려온 사람이 몇 분 있었습니다. 그들 중 털보인 해동이 아저씨와 나이가 열여섯이나 일곱쯤이었던 '눈굴다이' 봉학이 형이 유난히 기억에 남아 있습니다.

아버지는 봉학이 형을 김 군이라고 불렀습니다. 일꾼 아저씨들도 그렇게 불렀지만, 동네 아이들은 형이 눈이 크다고 해서 '눈굴다이'라고 했습니다. 봉학이 형은 눈이 서글서글하고 큼직한 게 아주 잘생긴 얼굴이었습니다. 눈이 큰 만큼 눈물도 참 많았습니다. 유행가를 얼마나 잘 불렀던지 〈이별의 부산 정거장〉이나 〈굳세어라 금순아〉를 여자처럼 고운 목소리로 간들간들 불러젖히면 일꾼 아저씨들이 일하던 손을 멈추고 손뼉을 쳤습니다.

아버지는 그런 봉학이 형을 언젠가는 떠날 놈이라며 못마땅해했습니다. 어쩌다 일손을 놓고 노래를 부르다가 아버지에게 걸려들기라도 하면 '눈굴다이' 봉학이 형은 눈물이 쏙 빠지도록 혼이 났습니다. 굵은 눈물방울을 뚝뚝 흘리면서 두 어깨가 축 처져 돌아서던 봉학이 형이었습니다.

노래 부르는 것밖에 잘하는 것이 없었던 봉학이 형은 망치질하는 힘든 일보다는 방적 공장과 철공소와 정미소를 오가는 심부름을 도맡아 했습니다. 근데 그게 얼마나 게을러터지게 심부름을 했던지 내가 봐도 속이 터져 엉덩이를 걷어차 주고 싶을 때가 한두 번이 아니었습니다. 그런데 말입니다. 운예 누님이 오고부터는 봉학이 형이 하루아침에 사람이 확 달라져 버렸습니다. 곰처럼 어기적거리던 굼뜬 행동이 마치 발목에 작은 발동기를 채워놓은 것처럼 엄청나게 빨라졌습니다.

봉학이 형은 방적 공장과 정미소와 철공소를 오고 가면서 우리 집에도 자주 드나들었습니다. 하루는 운예 누님이 내 동생 상숙이를 업고 있을 때 봉학이 형이 나타났습니다. 그때 나는 귀밑까지 얼굴이 붉어지는 누님을 보았습니다.

아마 그 후 열흘쯤 지나서였을 겁니다. 감나무에서 감꽃이 뚝뚝 떨어질 무렵이었습니다. 이른 새벽이었지요. 나는 운예 누님을 따라 감꽃을 주우러 마당으로 나갔습니다. 마당 한쪽의 감나무 아래 하얗게 감꽃이 깔려 있었습니다. 감꽃처럼 맑고 찬 새벽 공기가 반소매 셔츠를 입은 내 살에 닿았습니다. 운예 누님은 대소쿠리에 감꽃을 주워 담았습니다. 누님이 감꽃 한 개를 내 입속에 넣어주었습니다. 감꽃을 살짝 깨물자 입안에 새벽 공기가 톡 터져 머릿속까지 환해지는 듯했습니다. 언제 왔는지 봉학이 형도 감꽃을 주워 담았습니다. 대소쿠리에 감꽃이 수북이 차올랐습니다.

학교를 마치고 돌아와 대문을 열었더니 운예 누님이 상숙이를 업은 채 대청마루에 걸터앉아 감꽃 목걸이를 만들고 있었습니다. 누님은 실을 꿴 바늘로 감꽃을 하나씩 찔러나갔습니다. 바늘 끝이 누님의 손가락을 찔렀습니다. 금방 빨간 핏방울이 맺혔습니다. 핏방울이 맺힌 엄지손가락을 누님은 입술에 대고 빨았습니다. 누님은 아무런 일도 없었다는 듯 다시 감꽃을 줄줄 엮어나갔습니다. 아주 기다란 감꽃 목걸이가 만들어졌습니다. 작은 감꽃 목걸이를 하나 더 만들어 내 목에 걸어주었습니다.

그날 저물녘이었습니다. 우리 집 뒤의 쌍둥이봉황대雙墳에서 하모니카 소리가 들려왔습니다. 누님이 내 손을 잡고 일어났습니다. 상숙이는 안방에서 색색거리며 잠들어 있었습니다. 6월이라 초여름의 맑은 저녁 바람이 솜털처럼 포근하고 상쾌하게 얼굴을 비비고 스쳐갔습니다. 누님과 나는 대밭을 헤쳐가며 봉황대 위로 올라갔습니다. 봉황대 마루 위에 봉학이 형이 등을 웅크리고 앉은 채 하모니카를 불고 있었습니다. 선도산에는 막 해가 넘어가고 있었고 눈부시게 맑은 빛살을 머금은 구름이 조금씩 움직거리며 온갖 형상의 그림들을 재미있게 그려냈습니다.

누님이 봉학이 형 옆에 앉았습니다. 나도 누님 곁에 앉는데 봉학이 형 목에 걸린 기다란 감꽃 목걸이가 눈에 들어왔습니다. 하모니카 소리는 더욱 커지고 선도산 마루에는 노을빛이 짙어져 갔습니다.

선도산의 노을은 아마 그 무렵부터 내 의식 속에 자리 잡았던 것 같습니다. 지금도 나는 그때의 광경을 선명하게 머릿속에 그려낼 수가 있으니까요. 선도산 마루 위에서는 짙은 노을빛의 구름이 봉황의 형상을 한 채 엉클리어 춤을 추었습니다. 무열왕릉 아래쪽 서원이 있는 마을은 마치 진달래 꽃잎을 뜯어 흩뿌려 놓은 것 같았습니다. 서천의 냇물도 노을빛으로 물들었습니다. 쌍둥이봉황대에서 내려다보이는 우리 학교 운동장의 철봉과 키 큰 느티나무도 놀 속에 잠겨 있었습니다. 교실마다 창유리가 잔광을 받아 번쩍거렸습니다.

봉학이 형은 누워서 하모니카를 불었습니다. 〈꿈에 본 내 고향〉을 불렀다가 동요로 바꿔 부르기도 했습니다. 〈푸른 하늘 은하수〉가 흘러나오자 하모니카 소리에 맞춰 운예 누님이 노래를 부릅니다. 너무

가느다란 목소리라 멀리서 유성기를 틀어놓은 것 같았습니다. 별안간 운예 누님이 두 팔 벌려 내 목을 끌어안았습니다. 내 몸이 기울어져 누님의 품속에 안겼습니다. 유성기의 음량을 높인 것처럼 노랫소리가 귓전에 크게 울렸습니다. 나는 노을에 취한 듯 아찔 정신을 잃었다가 감았던 눈을 떴습니다. 하모니카를 불고 있는 봉학이 형의 목에 걸린 감꽃 목걸이가 눈앞에 출렁거렸습니다. 누님의 뺨과 내 뺨이 닿았습니다. 한 줄기 바람이 휘젓고 지나가면서 누님의 좋은 냄새가 코끝을 어지럽혔습니다.

……그로부터 3년이란 세월이 흘렀습니다.

봉학이 형은 기골이 장대한 청년이 되었습니다. 동네 아이들도 이제는 '눈굴다이'라고 함부로 부르지 못했습니다. 형은 제재소와 정미소 일을 마치고 해가 저물 녘이면 올백으로 머리를 착 붙여 넘기고 공민학교에 한글을 배우러 갔습니다. 운예 누님도 공민학교에 다녔습니다. 상숙이를 업어 키우지 않아도 되었기에 누님은 훨씬 자유로울 수 있었습니다. 겨우 열일곱밖에 되지 않았지만, 어머니가 물려준 남색 비로드 치마저고리로 갈아입고 누님이 거리에 나서면 어엿한 숙녀처럼 보였습니다. 봉학이 형 같은 청년들이 지나가다 누님을 향해 손가락을 입에 넣고 길게 휘파람을 날렸습니다. 누님은 그때마다 빙긋이 웃음을 지었습니다.

가끔 나는 누님의 손에 끌려 극장에도 가고 중국 음식점에도 드나들고는 했습니다. 그럴 때면 어떻게 빠져나왔는지 봉학이 형이 누님 곁에 붙어 앉아 있었습니다. 나는 서부영화를 보고 자장면을 얻어먹는 재미 때문에 누구한테도 그런 얘기를 입 밖에 내지 않았습니다. 만일 우리 동네에 서커스가 들어오지 않았더라면 은밀한 나의 그런 재미는 계속되었을 것입니다.

추석을 앞두고 서천의 백사장에 울긋불긋한 천막이 세워졌습니다. 어른들은 '말시마이'가 들어왔다고 했습니다. 동네 큰 형들은 서커스라 하기도 하고 곡마단이라고도 했습니다. 학교를 마치면 아이들이 서천으로 몰려갔습니다.

서커스의 대형 천막은 그림책 속에 나오는 서양의 큰 성처럼 보였습니다. 원숭이가 천막 밖에 나와 재롱을 떨었습니다. 곡예사로 보이는 남자와 여자들이 천막 안을 들락거렸습니다. 짙게 화장을 한 '피에로'를 아주 가까이서 볼 수 있었습니다. 구성진 나팔 소리가 들렸다가는 끊어지고 다시 이어지고는 했습니다.

추석 전날 비가 오자 어른들은 '말시마이'가 들어와서 그렇다며 하늘을 올려다보았습니다. 추석날에는 날이 활짝 개었습니다. 나는 서커스 구경을 하고 싶다고 어머니를 졸라댔습니다. 아마 추석 다음 날 저녁이었을 겁니다. 운예 누님의 손을 잡고 서커스 구경을 갔습니다. 누님은 남색 비로드 치마저고리를 꺼내 입었습니다. 나는 추석빔으로 노란 단추가 달린 검정 학생복과 번쩍거리는 진짜 가죽 구두를 아버지한테서 선물로 받았습니다. 중학생 형들처럼 모자도 썼습니다.

"야, 상옥이 니 참말로 멋지데이."

운예 누님이 감탄하자 나는 어깨가 우쭐해졌습니다. 서천둑을 넘어서자 트럼펫 소리가 더 크게 들려왔습니다. 선도산에는 노을이 타올랐습니다. 서천의 백사장이 온통 노을빛으로 물들었습니다. 표를 끊어 누님과 천막 안에 들어가 자리를 잡았을 때였습니다. 언제 들어 왔는지 봉학이 형이 누님 곁에 슬그머니 앉았습니다. 올백으로 빗어 넘긴 봉학이 형의 머리에서 포마드 기름 냄새가 역하게 풍겼습니다.

공연이 시작되었습니다. 난쟁이가 불덩어리를 올려놓은 종이우산 을 돌렸습니다. 피에로가 돌아다니며 엉덩이를 탁 치자 횟가루 방귀 가 뽕뽕 나왔습니다. 근육이 우람한 남자 곡예사들이 철봉을 잡고 재 주를 부렸습니다. 접시돌리기와 외발자전거 타기도 끝났습니다. 곧 이어 줄타기 공연이 시작된다고 했습니다.

운예 누님 또래의 소녀가 무대 저편에서 사뿐 달려 나왔습니다. 짧 은 치마를 걸쳐 입은 까만 곡예복에 머리에 꽂은 노란 꽃이 아주 잘 어울렸습니다. 소녀가 전깃줄 같은 가느다란 줄 위에서 빨간 손수건 을 입에 물고 두 다리를 빙글 돌려 아슬아슬하게 한 바퀴 돌아 살푼 엉덩이를 대고 앉을 때는 숨이 멎을 것 같았습니다. 박수갈채가 터져 나왔습니다. 운예 누님이 내 손을 꼬옥 잡았습니다. 그때 나는 봉학 이 형의 뜨거운 눈길을 느꼈습니다.

봉학이 형은 그 큰 눈으로 줄타기하는 소녀를 뚫어지게 올려다보 았습니다. 두 눈이 이글이글 타올랐습니다. 소녀가 곡예를 모두 마치 고 줄 위에서 내려올 때까지 형은 온몸의 신경을 곤두세우고 있는 것 처럼 보였습니다. 운예 누님은 소녀의 곡예에 아악, 하고 놀랐다가 다시 웃기만 했습니다. 워낙 가까이 붙어 앉아 있어 그런지 봉학이 형의 표정을 전혀 눈치채지 못한 것 같았습니다.

동네 아이들 사이에서도 서커스의 줄 타는 소녀가 화제가 되었습니다. 한 아이는 소녀가 식사 때마다 식초를 한 숟갈씩 먹는다고 했습니다. 식초를 먹으면 뼈가 부드러워지므로 자유자재로 유연하게 몸을 움직일 수 있다는 겁니다. 종이우산을 돌리는 난쟁이가 오줌을 눌 때 봤는데 놀랍게도 그게 가지만큼 굵더라면서 킥킥거리며 웃는 아이도 있었습니다. 영국 신사처럼 검정색 긴 모자를 쓴 마술사, 엉덩이를 칠 적마다 횟가루 방귀가 뽕뽕 나오는 피에로, 공중그네를 타는 미남 청년, 이런 온갖 얘기 끝에 단장의 얘기가 나오면 모두 침을 꿀꺽 삼키며 긴장했습니다. 서커스 단장은 기다란 채찍을 들고 무대 뒤에서 늘 숨어 보고 있는 것으로 우리는 알았습니다. 줄타기하는 소녀가 공연이 모두 끝난 한밤중에 단장 앞에서 발가벗겨진 채 채찍으로 매를 맞는 걸 봤다고 누군가 말했습니다. 나는 줄타기 소녀가 너무 불쌍했습니다. 한번은 내가 소녀를 구출해서 멀리 도망치는 꿈을 꾸기도 했습니다.

서커스가 며칠 뒤면 떠날 거라는 말이 떠돌 무렵이었습니다. 이상한 소문이 나돌았습니다. 봉학이 형이 줄타기하는 소녀와 연애를 한다는 것이었습니다. 두 사람이 깊은 밤중에 서천 둑길을 함께 걷고 있는 걸 봤다고도 하고, 봉황대의 대숲에서 둘이 부둥켜안고 있는 걸 보았다는 소문도 들렸습니다. 서커스가 마지막 공연을 하던 날 밤이었습니다. 아버지가 금은방을 하는 아이 하나가 봉학이 형이 금반지를 한 개 맞춰 갔다는 말을 들려주었습니다. 우리는 개구멍이 나 있는 서커스의 천막을 들치고 몰래 안으로 들어갔습니다. 마침 소녀의 줄타기가 한창이었습니다. 나는 숨을 죽이고 소녀를 지켜보았습니다. 소녀가 빨간 손수건을 쥔 손을 머리 위로 사뿐 올렸을 때였습니다. 하얀 손가락 사이로 반짝하는 한 줄기 금빛 광선이 내 눈앞을 스치고 지나갔습니다.

봉학이 형은 서커스가 떠나던 날 감쪽같이 사라져버렸습니다. 아버지는 값비싼 연장이 자꾸 없어진 것이 봉학이 놈 짓이었다며 화를 냈습니다. 나는 운예 누님의 얼굴을 차마 마주 볼 수가 없었습니다.

운명이란 참 이상한 것입니다. 한번 잘못 쏘아진 화살은 전혀 엉뚱한 곳으로 날아가 버리니까요. 운예 누님의 경우가 그랬습니다.

봉학이 형이 서커스단을 따라 떠나버리고 나자 운예 누님은 벙어리처럼 말을 잃어버렸습니다. 평소에 말수가 적긴 했으나 할 말은 꼭 하는 성격이었는데 어머니가 묻는 말에도 아무런 대답이 없었습니다. 운예 누님은 선도산의 돌부처처럼 정말 굳게 입을 다물어버렸습니다. 누님의 웃음도 예전 같지가 않았습니다. 그 예스럽고 소박한 웃음에서 뭐랄까, 해질녘 스쳐 가는 한 올 빛 보풀 같은 엷은 슬픔이 밀려들었습니다.

운예 누님은 어릴 적부터 살았던 선도산 자락 밑의 미륵동으로 돌아가야 했습니다. 나는 운예 누님이 떠나가던 날 봉황대 위에 올라가서 섧게 울었습니다. 누님이 짐 보퉁이를 머리에 이고 골목길을 벗어나자 냅다 봉황대 위로 뛰어 올라갔습니다. 누님은 서천다리 위로 걸어가고 있었습니다. 마침내 서악 쪽의 신작로 끝으로 작은 점이 되어 사라지는 누님을 나는 오래오래 지켜보았습니다. 눈에는 눈물이 넘쳐흘러 볼을 적셨습니다.

누님을 다시 본 것은 내가 중학교에 입학한 그해 가을, 추석도 훌쩍 지나가고 찬 바람이 불기 시작한 10월 말경이나 동짓달 초순경이었을 것입니다. 누님이 시집을 간다고 했습니다. 아버지와 어머니는 상숙이와 나를 데리고 서악으로 갔습니다. 잔칫집이라 그런지 가난한 집 같지 않고 풍성해 보였습니다.

운예 누님은 방 안에서 치장을 하고 있었습니다. 나를 자꾸 들어오라고 했습니다. 보얗게 분을 바른 얼굴의 두 볼에는 붉은 연지가 선명했습니다. 나는 누님이 참 곱다고 생각했습니다.

"상옥아, 니 참말로 많이 컸데이. 총각이 다 됐다아이가."

누님이 내 손을 덥석 잡았습니다. 이마 위의 화관이 출렁거렸습니다. 누님은 입가에 웃음을 지었으나 눈에는 눈물이 고였습니다. 나는 누님이 원해서 가는 시집이 아니라는 걸 알고 있었습니다. 운예 누님의 신랑은 아이가 둘이 달린 데다 열 살이나 더 많은 홀아비라는 것도 알았습니다. 어머니가 아버지한테 하던 말을 어쩌다 엿들었던 것입니다.

그 후 북천의 애기소 넘어 금장으로 시집을 간 누님한테서 간간이 들려오는 소식은 별로 듣고 싶지 않은 것들뿐이었습니다. 홀아비라는 누님의 신랑은 알고 보니 고분을 철창으로 쑤시고 다니는 전문 도굴꾼이었습니다. 남편은 집에 있을 때보다 밖에 있는 날들이 더 많았고 감옥에도 자주 들락거렸습니다. 누님은 첫아이를 낳다가 사산을 했고 서른이 훨씬 넘어 간신히 성자 하나를 얻었습니다. 그것도 남편이 교도소에 있을 때 친정인 서악의 미륵동에 가서 성자를 낳았습니다. 대학을 다니면서부터 나는 운예 누님한테서 차츰 멀어졌습니다. 대학을 졸업하고 군대를 갔다 온 뒤 박물관에 취직해 학예사로 일하면서 누님에 대한 기억들은 시들어가는 진달래 꽃잎처럼 희미하게 빛이 바래져 갔습니다.

운예 누님도 그렇지만 성자를 생각하면 가슴이 아픕니다. 성자는 열다섯에 가출을 했습니다. 성자 위로 배다른 오빠와 언니가 있었습니다. 그들이 얼마나 못되게 굴었던지 견디다 못해 경주 땅을 아주 떠나버렸습니다. 내가 부여박물관에서 학예실장으로 근무하고 있을 때였습니다. 어머니한테서 전화를 받고 성자가 가출한 것을 알았습니다.

우리 가족은 벌써 오래전 서울로 이주를 해버렸고, 일에 파묻혀 살다 보니 운예 누님을 아주 까맣게 잊어버렸습니다. 언젠가 한번 경주에 발굴 조사차 내려왔다가 불현듯 누님 생각이 났습니다. 가까운 친지를 통해 누님 계신 곳을 어렵게 알아냈습니다. 금장에서도 한참 더 들어가는 현곡면의 오류에 혼자 쓸쓸히 살고 있었습니다. 야윈 얼굴에 병색이 짙어 보였습니다. 얼굴 어느 구석에도 그 고졸한 웃음의 흔적 같은 것은 남아 있지 않았습니다. 발굴 일이 끝나고 경주를 떠날 때 나는 용돈이 든 봉투와 함께 명함 한 장을 누님 손에 쥐여드렸습니다.

"……염치없지만 부탁 하나 들어줄라나. 내가 죽거들랑 자네 어무이처럼 화장을 해주시게. 유골은 선도산에 뿌려주고."

그래도 나이가 있는데 싶어 나는 누님이 하는 말을 심각하게 받아들이지 않았습니다.

나는 이달 말쯤이면 이곳 박물관의 관장직을 그만두고 서울에 있는 대학으로 자리를 옮겨 갑니다. 바쁜 직장 생활에 쫓기며 번잡한 일상사와 부대끼며 살아가노라면 경주에 대한 기억들도 하나씩 세월 속에 묻혀가겠지요. 고분 속에 켜켜이 다져진 돌과 흙처럼 내 모든 기억이 그렇게 시간이란 퇴적층에 짓눌려 허물어져 내리고, 아름다운 유년 시절의 추억마저 언젠가 망각 속으로 사라져가겠지요. 그렇지만 내 인생의 마지막 순간까지 결코 지워질 것 같지 않은 기억 하나가, 내 머릿속에 핏빛 노을처럼 선명하게 찍혀 있습니다. 그건 바로…… 가엾은, 금동이의 죽음입니다.

토우 사건으로 흠씬 볼기짝을 두들겨 맞은 금동이는 한동안 박물관 출입을 하지 못했습니다. 나중에 알고 보니 성자는 금동이를 양지 마을에 세 들어 사는 단칸방에 혼자 남겨두고 일을 하러 다닌 것이었습니다. 성자와 관리과의 박정우가 사귀고 있다는 소문이 돌아다닌 것도 그 무렵이었습니다.

그해 8월 중순경이었습니다. 무더운 여름철에는 아무래도 관람객 수가 줄어듭니다. 바깥 날씨가 무덥고 불쾌지수가 높은 탓도 있었지만, 박물관 전체가 왠지 무겁고 침울한 분위기였습니다. 여기에다 금동이가 없는 박물관은 너무 조용하고 분위기가 착 가라앉아 있었습니다. 전시실을 지키는 직원 중에는 의자에 앉아 졸고 있는 사람도 간혹 눈에 띄었습니다. 분수 가의 파초 잎이 축 늘어져 있는 여름 한 낮의 박물관 뜰은 얼마나 고즈넉해 보이는지 모릅니다. 그럴 때 소나기라도 한차례 긋고 지나가면 한결 머리가 맑아지지요.

그날 오후에 제법 큰 비가 내렸습니다. 처음엔 소나기 같았지만 비는 쉽사리 그칠 것 같지 않았습니다. 시간이 흐를수록 빗발이 굵어지더니 오후에는 장대 같은 비가 쏟아져 내렸습니다. 전시실마다 관람객은 거의 눈에 띄지 않았습니다.

나는 안압지관에서부터 전시실을 둘러보기 시작했습니다. 그럴 리 없겠지만, 전시실 어느 구석에라도 바늘 끝만큼이라도 빗물이 새어 들면 큰일이니까요. 본관의 제8전시실까지 둘러보고 우산을 펼쳐 든 채 고분관 쪽으로 발걸음을 옮겨놓았습니다. 고분관 입구로 들어서는 돌계단을 막 밟고 올라가려 할 때였습니다. 흥륜사지 석조 안에서 뭔가 철썩거리는 물소리가 들려왔습니다. 발길을 돌려 그쪽으로 가보았습니다. 그런데 이게 뭡니까. 금동이가 그 안에서 발가벗은 채 첨벙거리고 있는 것이었습니다.

석조는 원래 물이 빠지게 되어 있었는데 녀석이 어떻게 틀어막았는지 반이나 그득하게 빗물이 차 있었습니다. 나는 소리쳐 직원을 불렀습니다. 우산을 팽개치고 석조 안에 들어간 나는 금동이를 안아 올렸습니다. 아이는 입술이 새파래져 있었습니다.

곧 직원들 몇이 달려왔습니다. 직원이 금동이를 받아 안고는 빗속을 뛰어갔습니다. 아이가 심상치 않아 보여서였습니다.

금동이를 숙직실 방에 눕히고 이마에 손을 대보니 쩔쩔 열이 끓었습니다. 아이에게 어른이 입는 와이셔츠를 입히고 이불을 덮어주었습니다. 함께 달려온 여직원이 아스피린 한 알을 반쯤 쪼개 아이에게 먹였습니다.

나는 여직원에게 성자를 불러오라고 했습니다.

"성자 씨는 오늘 나오지 않았는데요."

"그럼 박정우라도 불러요."

"휴가 중이에요, 관장님."

아이가 헛소리를 지르기 시작합니다.

"가지 마! 엄마. 무섭단 말야. 혼자 있기 싫어. 엄마, 가지 마아."

아이는 진땀을 흘리며 계속 헛소리를 질러댔습니다.

"……나하고 같이 가. 울 엄만 날 싫어해. 봉덕아 ……같이 놀자."

금동이의 입에서 봉덕이란 아이 이름이 흘러나오자 나는 이상한 기분이 들었습니다. 아이를 병원에 데려갈까 망설이고 있는데 차츰 아이의 얼굴에 따스한 기운이 감돌았습니다. 새파래진 입술도 차츰 붉은색으로 돌아왔습니다. 아이는 색색거리며 깊은 잠에 빠져들었습니다. 직원들이 나가고 혼자 아이를 지켜보았습니다. 얼마나 시간이 흘렀을까요. 벽에 등을 기대고 깜박 졸았던 것 같습니다. 아이가 뭐라고 하는 소리에 정신이 들었습니다.

언제 그랬냐는 듯 아이는 씩씩해져 있었습니다. 밝은 얼굴입니다. 아이가 일어나 앉았습니다. 나를 보고 생글거립니다. 나는 아이에게 물었습니다.

"엄마는?"

"여행 떠났어요."

"누구랑?"

"아저씨하고요."

"널 혼자 두고?"

"괜찮아요. 안 무서워요."

나는 아이가 헛소리를 할 때 봉덕이를 부르던 것이 궁금했습니다.

"봉덕이 알아? 너."

아이가 고개를 끄덕였습니다.

"걔랑 소꿉놀이도 하는걸요."

"그래. 봉덕이 얘긴 누구한테 들었지?"

"봉덕이 얘긴요, 이야기 할아버지가 들려줬어요. 걔는요, 박물관 안으로 막 뛰어다녀요. 오늘도 같이 놀았어요. 물장구도 치고 그랬어요."

이야기 할아버지라면 윤 선생님을 말하는 것입니다. 돌아가시기 몇 해 전만 하더라도 곧잘 아이들을 모아놓고 얘기를 들려주셨습니다. 그분이 어린이 박물관 학교를 운영할 때 슬라이드를 보여주면서 많은 얘기를 해주었습니다. 한데 아이의 정신이 아무래도 이상해 보였습니다. 나는 걱정이 되어 다시 물었습니다.

"봉덕이가, 너하고 같이 놀았다고?"

"그럼요. 저하고 친구예요. 걘 참 웃겨요. 아무 데나 오줌을 막 싸요. 전번에요, 방송국 아저씨들이 사진 찍으러 왔을 때도 오줌을 쌌어요. 그래 저도 따라 했어요. 헤헤. 찰흙 인형도 같이 만들었거든요. 걔는요, 멋진 날개옷이 있어요. 그걸 입고 하늘로 막 날아다녀요."

　나는 금동이의 말을 어떻게 받아들여야 할지 난감했습니다. 그래서 다시 한 번 물어보았습니다.

"봉덕이는 그럼 지금 어디 있는데, 금동아?"

"집에 갔어요. 저희 집에."

"집에? 에밀레종각 말이냐?"

"네에. 거기가 걔네 집이에요."

　그렇다면 말입니다. 금동이가 한 말을 있는 그대로 받아들인다면, 그동안 금동이가 저질러온 온갖 이상한 장난질들이 간단히 설명되는 것입니다. 에밀레종각에서 금동이가 오줌을 갈길 때 그 옆에서는 아마 봉덕이가 깔깔대며 웃고 있었을 겁니다. 연못에 잉어를 잡으러 뛰어든 것도 그렇고, 사라진 줄 알았던 유치원 아이들이 머리 없는 불상 뒤편에서 나타난 것도 봉덕이와 함께 저지른 장난이라는 얘기가 됩니다. 물론 찰흙으로 토우를 빚을 때도 금동이는 봉덕이가 하는 대로 따라 했을 테지요. 신기에 가깝던 금동이의 손놀림도, 전시실 여기저기에 손가락만큼 작은 토우를 숨겨놓은 것 역시 봉덕이와 함께였더라면 가능했을 것 같습니다. 잠시 이런 생각에 빠져들었던 나는 세차게 머리를 저었습니다. 아니야. 그럴 리 없어. 봉덕이와 놀았다니 말도 안 돼, 이건. 이 아이가 헛것을 본 거야. 나는 어쩌면 아이의 정신이 정상이 아닐지도 모른다는 생각이 들었습니다.

　망설이고 있을 시간이 없었습니다. 금동이를 차에 태우고 병원으로 급히 달려갔습니다. 소아과에서 먼저 간단히 진료를 받게 한 뒤 안면이 있는 의사한테 금동이의 정신감정을 의뢰했습니다.

"정상입니다, 관장님. 약간의 소아 우울증이 보입니다만, 염려할 정도는 아닙니다."

한데 기가 막힌 것은 의사 앞에서는 녀석이 봉덕이와 놀았다는 얘기를 한마디도 입 밖에 꺼내지 않았다는 것입니다.

나는 아이를 태워 돌아오는 길에 다시 한 번 물었습니다.

"봉덕이와 놀았다는 건 지어낸 얘기지, 그렇지, 금동아?"

아이는 아니라고 고개를 저었습니다.

"봉덕이랑 놀았어요. 아침에도."

아이는 말짱해 보였습니다. 워낙 천진스럽게 말을 해서 내가 깜박 속아 넘어갔다는 생각이 들 정도였습니다. 그러자 아이한테 화가 치밀어 올랐습니다. 가속기 페달을 힘주어 밟았습니다. 방향을 바꿔 그들 모자가 세 들어 사는 남산 아래의 양지마을로 차를 몰았습니다. 뭔가 마음에 걸리긴 했으나 집주인 아주머니에게 아이를 맡기고 돌아 나와버렸습니다.

그 뒤로 아마 사흘인가 나흘 뒤쯤이었을 겁니다. 휴게실에 다시 출근한 성자를 보았습니다. 나는 성자를 관장실로 불렀습니다. 금동이를 혼자 버려두고 박정우와 어디를 다녀왔느냐고 따져 묻지는 않았습니다. 아이를 좀 잘 돌보라고만 했습니다. 그러자 성자가 울음을 삼키며 말했습니다.

"죄송합니다. 다 제 잘못입니다. 앞으론 금동이가 박물관 근처에 얼씬거리지 못하게 할 거예요."

"그게 아니라, 아이한테 관심을 좀 가지라는 것이지."

성자는 묻지도 않은 말을 계속했습니다.

"이번에 정우 씨 고향엘 다녀왔어요. 그 사람한테도 애가 둘씩이나 달렸어요. 정우 씨는 괜찮다고 하지만 그분 어머님이 보육원이나 어디에 금동이를 보내야만 재혼을 허락하겠다고 하시더라고요. 그래전 싫다고 했어요."

"그래 박정우와의 문젠 네가 알아서 해라. 여기 있기 거북하면 나도 다른 일자릴 알아볼 테니."

"죄송해요. 아재한테 폐 끼쳐드리고 싶진 않아요. 정우 씨와 정리되는 대로 아일 데리고 여길 떠나겠어요."

아마 그날 오후였을 겁니다. 여름 한 철 내내 반월성 쪽에서 매미가 울어댔습니다. 갑자기 그 매미 울음소리를 집어삼킬 듯이 요란한 불자동차의 사이렌 소리가 들려왔습니다.

한여름에 산불이 날 리는 없고 소방 연습이라도 하는 게 아닐까 싶어 대수롭지 않게 여겼습니다. 사이렌 소리가 멀어져 갔습니다. 다시 매미 울음소리가 귀를 간질였습니다. 앞뜰의 배롱나무 꽃들이 유난히 붉어 보였습니다. 그러고는 얼마나 시간이 흘렀을까요.

관장님, 하고 직원 한 사람이 숨을 헐떡이며 관장실로 뛰어들었습니다.

"큰일 났습니다. 금동이 집에 불이 났어요. 박정우와 성자 씨가 달려갔습니다만. 저도 방금 전화를 받았는데 방 안에 애가 있답니다. 금동이 말이에요."

나는 처음에 이게 무슨 소리인가 싶었습니다. 금동이가 방 안에 간혀 있다니. 제발 아이가 무사하기만을 빌었습니다.

내가 양지마을에 달려갔을 때 막 불길 속에서 꺼낸 금동이를 구급
차에 싣고 있었습니다. 아이는 온몸에 화상을 입고 혼절한 상태였습
니다. 성자가 울부짖었습니다. 알고 보니 성자는 금동이가 밖으로 나
오지 못하도록 자물쇠로 방문을 채워두고 출근을 했던 것이었습니
다. 소방관은 아이가 라이터를 켜서 불장난했을 가능성이 크다고 했
습니다. 성자가 세 들어 있던 방 하나가 형체를 알아볼 수 없을 정도
로 꺼멓게 내려앉았습니다.

의사는 아이가 살아날 가망이 없다며 고개를 저었습니다. 성자는
서럽게 울었습니다. 주인집 아주머니가 응급실 바닥에 몸부림치고
있는 성자를 간신히 끌고 밖으로 나갔습니다.

누에고치처럼 온몸을 하얀 천으로 감고 있는 아이를 내려다보았습
니다. 나는 뭐라 말할 수 없는 참담한 심정에 빠져 있었습니다. 그때
였습니다. 누가 속삭이듯 나를 불렀습니다.

"관장니임……."

두 눈과 코만 내놓고 있는 아이가 한쪽 눈을 찡긋 뜨고 나를 올려
다보았습니다. 아이는 마치 복화술사처럼 내게 말을 걸어왔습니다.

"시집가라고 해요, 울 엄마. ……봉덕이가 날아와요. 봉덕이가 훨
훨 날아와요."

나는 금동이가 누워 있는 침대 주위를 둘러보았습니다. 그 주변 어
디선가 날개옷을 입은 봉덕이가 금동이를 내려다보고 있을 것 같습
니다. 응급실의 서편 창에는 석양이 번쩍거립니다. 엷은 저녁 햇살이

금싸라기처럼 꼬물꼬물 모여들더니 금동이가 누워 있는 침대 위로 빛기둥을 만들어 천장까지 높게 뻗쳐 올라갑니다. 삽시간에 그 빛기둥이 창밖의 하늘로 빨려들 듯이 사라져갔습니다.

의사가 다가와 금동이의 작은 몸을 하얀 천으로 덮었습니다.

"숨을 거뒀습니다."

그제야 나는 정신이 들었습니다. 뒤늦게 성자가 미친 듯이 병실 안으로 뛰어들어 왔습니다. 창자를 끊는 듯한 성자의 울음소리가 병원 건물을 뒤흔들었습니다.

박정우는 금동이를 화장하자고 했습니다. 다른 사람들도 그렇게 하는 것이 좋을 것 같다고 거들었습니다.

"불에 타 죽은 아일 또 태운다고요. 전 그럴 수 없어요. 아일 어디 좀 묻어주세요, 제발."

성자는 내 팔에 매달리며 흐느꼈습니다. 그렇지 않아도 그들 모자에게 미안한 마음을 갖고 있던 나는 그렇게 하자며 성자를 위로했습니다. 며칠 뒤 남산 기슭에 아기 무덤 하나가 봉긋이 솟아올랐습니다.

금동이를 묻고 돌아온 다음 날 성자는 양지마을을 떠났습니다. 박정우가 실성한 사람처럼 성자를 찾아다녔지만 끝내 찾을 수가 없었습니다. 성자는 경주 땅을 떠나 아주 멀리 가버렸는지 그 뒤로 소식이 뚝 끊겼습니다.

선도산 마루 위의 노을이 어느새 박물관 전체를 붉게 물들였습니다. 배롱나무의 회백색 가지가 노을 저편에서 바람에 흔들거립니다. 어디선가 금동이가 달려 나올 것 같습니다. 내 눈에는 보이지 않지만, 박물관의 여기저기를 금동이와 봉덕이가 손을 잡고 깔깔거리며 뛰어다니고 있을 것만 같습니다. 덩달아 전시실 안의 토우들이 꿈틀거리며 일어서는 소리가 들립니다. 금관에 매달린 곡옥들이 찰랑거리며 금동이와 함께 맑은 웃음소리를 내지릅니다. 뼈를 담는 골호骨壺도 들썩거립니다. 안압지관의 시커먼 거룻배가 스르르 뜰 밖으로 미끄러져 나옵니다.

나는 박물관의 본관과 고분관, 안압지관으로 빙 둘러보고 있던 시선을 멈추었습니다. 다시 한 번 신종에 새겨진 비천을 찬찬히 뜯어봅니다. 비천의 얼굴은 눈과 코와 입술이 모두 뭉개져 있습니다. 이상하게도 형체를 알아보기 어려운 그것들이 짙은 놀 빛 속에서 도드라지게 얼굴의 윤곽을 드러냅니다. 그중 하나는 운예 누님의 얼굴입니다. 성자와 금동이의 얼굴도 차례로 떠오릅니다. 넷 중에 남은 하나의 비천은 아무래도 봉덕이 같습니다. 이때 배롱나무의 가지를 흔들고 있던 바람이 달려옵니다. 종이 스스로 울기 시작합니다.

에밀레에라…….

순간 비천 넷이 동시에 몸을 뒤틀기 시작합니다. 좁은 음관을 빠져나온 그들이 활짝 날개옷을 펼치고는 노을 속을 힘차게 날아오릅니다.

신경초

……미모사, 혹은 외면적인 형체가 / 괴멸壞滅을 알기 전에 요정처럼 / 그 가지들 속에 앉아 있었던 그 혼령이 / 이 변화를 느꼈을지 나는 말할 수 없다. // 생전에는 별들이 빛을 뿌려대듯 / 사랑을 뿌렸던 마음씨 고운 그 여인의 / 형체와 합쳐 있지 않게 된 그녀의 정신이 / 기쁨에서 떠난 후 슬픔을 발견했을는지. // ……저 아름다웠던 정원, 저 아름다웠던 여인, / 그리고 그곳의 모든 아름다웠던 형상과 향내는 / 정말로 결코 가버린 것이 아니라 / 다만 변한 것은 우리와 우리의 것, 그들은 아니니…….
　　－B. H. 셸리의 장시 「미모사」 중에서

희수 이모를 보았다. 아파트로 이사 온 뒤 첫 번째 분리수거를 하던 날이었다. 부산하게 움직이는 바로 옆 동의 여자들 틈에서 희수 이모 같은 여자가 눈에 띄었다. 겨울 한 철 동안 서늘한 냉기가 고여 있는 고층 아파트의 짙은 그늘 밑이라서 그럴까. 여자는 몹시 추워 보였다. 나는 자신도 모르게 옆 동으로 몇 걸음 다가섰다. 다시 눈여겨보아도 그 여자는 희수 이모가 틀림없었다. 일에 열중한 탓도 있었

지만 희수 이모는 끝내 나를 알아보지 못했다. 대체 얼마 만인가. 나
는 또 왜 그날 아침, 희수 이모를 보고도 선뜻 알은체를 하지 못했을
까. 그날은 새벽부터 아내가 웃으면서 나를 몰아세웠다.

"공부하러 안 가세요? 503호가 빠져서 우리 호수까지 당번이래요.
어마, 벌써 시간 다 됐네."

번번이 그렇게 얄밉게 구는데도 아내가 밉지 않았다.

"아빠, 도와줘?"

동규가 딱하다는 듯 나를 올려다보았다. 나는 아들 녀석에게 큰소
리를 쳤다.

"괜찮아, 이동규. 학교 갈 준비나 하셔. 얼른."

나는 평소 무슨 일이든 소설 공부와 관련을 지어 생각하는 버릇이
있었다. 즐겁고 새로운 일에도 그랬지만, 어렵고 힘든 일일수록 소설
공부의 연장이라 생각하면 한결 견디기 쉬웠다. 아내와 10년 남짓 주
말부부로 떨어져 살면서도(실은 말이 주말부부이지 일 때문에 한 달에 한
번, 때로는 두석 달 만에 만난 적도 적지 않았다) 언젠가 내 소설에 이런
얘기도 끼어들 거라고 생각하면 그것도 위안이 되었다. 단지 아무리
자위하고 합리화를 시켜봐도 방송에만 매달려 서울의 여의도 바닥을
전전한 지난날들이 무척이나 아까웠던 건 사실이다. 소설을 쓰겠다
면서 정작 짧은 단편소설 한 편 발표하지 못하고 손끝이 아리도록 밤
낮으로 방송 원고를 쳐댔다. 텔레비전과 라디오 전파를 타고 날아가
버린 10년이란 세월을 생각하면 절로 한숨부터 나왔다. 게다가 30대
중반을 넘어서고 마흔이 코앞에 다가오면서 이러다가 이제 아무것도

쓰지 못하고 속절없이 늙어버리는 건 아닐까 하는 아찔한 위기감을 느끼곤 했다. 그러면서 한편으로는, 신춘문예와 현상 공모에만 매달렸던 20대 초반 무렵의 무서운 열정이 되살아나기 시작했다. 잠을 자다가도 나는 가위에 눌린 듯 소설, 소설을 외쳐댔다. 그런 날 밤에는 소설 쓰기에 대한 독한 오기가 끓어오르면서 명치끝이 뭔가에 꽉 맺혀 꼬박 뜬눈으로 밤을 지새우고는 했다.

그 무렵, 아내가 울산에서 넓은 평수의 새 아파트로 이사하면서 어떻게든 이제 합치자고 졸라댔다. 그러자 나는 기다렸다는 듯 서울 생활을 청산해버렸다. 웬만큼 글쓰기에는 이력이 붙은 데다 방송 원고를 쓰는 틈틈이 신문이나 월간지에 부지런히 써댄 잡문 덕택에 안면을 튼 기자와 편집자도 적지 않았다. 전국 어디서든지 노트북 한 대만 들고 다니면 원고 전송은 전혀 불편이 없는 세상이었다. 게다가 통장에 비축된 돈은 몇 년간 생활비를 벌지 않더라도 아내한테 눈치 볼 것 없이 너끈히 버틸 수 있는 금액이었다. 하지만 그런 모든 것이 이제 와서 내게 무슨 소용이 있겠는가. 20대 초반의 젊은 나이에 중앙 일간지의 신춘문예를 통해 겨우 짧은 소설 한 편을 발표한 작가를 기억해줄 이도, 어쩌다 어렵게 신작을 하나 썼다고 해서 무명작가의 작품을 끈기 있게 읽어주고 선뜻 지면을 내어줄 편집자도 이 땅에는 아직 없다는 것을 나는 너무나 잘 알고 있었다. 이른바 나는 어떤 보장이나 아무런 기약도 없이 전업 작가의 길로 스스로 들어서 버린 것이었다. 그것도 나이 마흔에, 소설에 대한 열정 하나만 갖고.

나는 고향을 떠난 지 거의 20년 만에 이곳으로 다시 돌아왔다. 부

모님은 모두 돌아가셨다. 2대 독자인 나는 먼 친척 몇 분만 남아 있는
고향이 왠지 낯선 타향처럼 느껴졌다. 처음에는 아들 녀석조차 낯설
어 보였다. 녀석도 낯을 가리는 것 같았다. 불과 몇 년 사이에 훌쩍
커버린 초등학교 4학년생인 동규는, 그러나 우리의 그런 낯섦을 하루
만에 말끔히 씻어주었다.

동규는 나이에 비해 붙임성 있고 영리한 아이였다. 오랜 자취 생활
과 오피스텔의 환경에 익숙해 있던 나로서는 따로 바깥에 작업실을
가지지 않더라도 아파트의 구석방 하나만으로도 충분히 버텨낼 자신
이 있었다. 그러나 아내는 안방으로 써야 할 욕실이 달린 큰방을 서
재 겸 작업실로 내주었다. 동규에게는 아빠가 작업실에서 나올 때까
지는 노크도 하지 말라고 했다. 그렇게 단단히 주의를 주고는 아들을
태우고 학교로 출근하는 아내에게 나는 또 빚지는 마음이 들었다.

내가 거의 한나절이나 걸려 대충 책 정리를 하고 거실로 나왔을 때
였다. 학교에서 돌아오고 나서 문간방에서 컴퓨터게임을 하고 있던
동규가 여자애처럼 생글거리며 다가왔다.

"아빠, 라면 끓여드릴까요."

녀석이 끓여주는 라면을 먹어보았다. 아들과 식탁에 마주 앉아 젓
가락질하면서 마흔이 다 된 나이에 처음으로 부성애란 걸 느꼈다. 설
거지까지 끝내는 녀석을 뒤에서 꼭 안아주고 싶었으나 나는 베란다
의 창을 열고 담배를 피워 물었다. 앞 동의 15, 6층쯤에 사다리차가
이삿짐을 올리는 중이었다.

"어, 그 집 같아. 아빠, 저기서 사람이 떨어졌대요. 우울증 걸린 아

줌마가 아이 둘을 던지고 그 아줌마도 뛰어내렸대요. 아, 그 집이 맞
네, 정말."

　동규가 옆에 와서 숨 가쁘게 말을 이었다. 동규는 묻지도 않은 말
을 계속한다. 아파트 관리실의 위치와 주민자치회에서 개발한 약수
터와 산책로, 아파트 내의 상가에는 무엇 무엇이 있고, 또 맛있는 자
장면을 배달하는 중국 음식점과 파격적으로 싼값의 세탁소도 내게
알려주었다. 나는 그렇게 말하는 녀석의 옆얼굴을 보았다. 순간 녀석
의 동그란 얼굴에 혼자서 외롭게 살아왔던 시간이 스치고 지나갔다.
나는 아이를 꼭 껴안았다.

　나는 아들 녀석한테서 많은 걸 배웠다. 먼저 쓰레기를 분리수거하
는 요령부터 배워야 했다. 오피스텔에서는 모든 게 날림이었고 대충
이었다. 청소도 그렇지만 방마다 쓰레기는 아무렇게나 쌓여 있었다.
분리수거 같은 것이 제대로 지켜질 리 없었다.

　우유를 마시고 종이 팩을 정성스럽게 씻어 말리는 나를 보고 아내
가 한쪽 눈을 찡긋하며 한마디 톡 던졌다.

　"당신, 공부해요?"

　"그래, 나 요즘 동규한테 많은 걸 배운다. 소설 공부가 뭐 별게 있
겠어. 사람 사는 얘기가 다 소설이지."

　"그럼 당신, 반상회 나가볼래요? 거기 가면 무진장 얘깃거리가 널
려 있을 텐데."

　아내가 눈웃음을 치며 은근히 나를 꼬드겼다. 내가 응, 하면 얼씨
구나 하고 밀어붙일 기세 같았다. 나는 잠시 머뭇거렸다. 여자들 틈

에 견뎌낼 수 있을까. 아내는 그런 내 마음을 읽기라도 한 듯 선수를 쳤다.

"어이구, 관두시죠. 여우 같은 여편네들 입방아에 올리긴 나도 싫 다고요."

9시 뉴스가 끝나고 스포츠 뉴스를 보고 있을 때였다. 아내가 반상 회를 마치고 투덜거리며 들어섰다.

"내일 아침 우리도 분리수거 거들래요. 어떻게 꼭 출근할 때야, 시 간이."

"내가 나가지, 뭐. 요즘 백수가 좀 많아. 간혹 남자들도 나온다며."

"괜찮겠어요? 것도 공부라고 생각하지, 당신?"

그럼, 그럼 하고 나는 고개를 끄덕였다. 문간방에서 숙제하던 동규 가 우리 쪽으로 고개를 돌리고는 히죽 웃었다. 나도 녀석을 보고 웃 어주었다. 다음 날 아침 분리수거를 할 때 희수 이모를 보게 될 줄은 까맣게 모른 채.

희수 이모를 다시 만나게 된 것은 순전히 아들의 영어 공부에 대한 아내의 높은 교육열 때문이었다. 영어 공부의 조기교육에 나는 비판 적이었으나 아내는 매우 긍정적으로 받아들였다. 나는 동규를 다른 아이들처럼 아무 학원에나 보내고 싶지 않았다. 나의 완강한 반대에 부딪힌 아내는 한발 뒤로 물러서 그러면 방문 지도를 해주는 영어 학 습지라도 하나 받자고 했다.

"오 선생 영어 교실 알죠? 바로 옆 동에 명문대 영문과를 나온 아

84

줌마가 한 분 계시대요. 한 주일에 한 번 방문해 지도를 해주는데도
애들 실력이 쑥쑥 올라간답디다.”

나는 아내의 그런 제의마저 거절할 수는 없었다.

며칠 뒤부터 학습지가 날아들었다. 영어 공부에 재미를 붙였는지
동규는 학교에서 돌아오기 바쁘게 곧장 책상 앞으로 달려갔다. 저녁
에는 아내까지 합세해 짧은 영어 문장을 반복해서 읽는 소리가 내 방
에까지 들려왔다.

그러고는 며칠이 지났을까. 나는 그날 낮에 인터넷의 블로그와 이
메일로만 알고 지내던 이 지역의 젊은 시인 한 사람을 만났다. 점심
식사 후 자리를 옮겨 차를 마시며 얘기가 길어지는 바람에 오후 늦게
야 집으로 돌아왔다. 현관문의 초인종을 누르자 동규가 문을 열어주
면서 내 귀에 대고 속삭이듯 말한다.

“아빠, 선생님이 오신대. 엄마가 말하던 그 아줌마 영어 선생님. 방
금 전화가 왔어.”

내가 외출복을 벗고 개량 한복으로 막 갈아입었을 때였다. 초인종
소리가 울렸다. 동규가 도어폰에 대고 뭐라고 묻는 말소리가 들렸다.
철컥 문이 열렸다.

“아빠, 선생님 오셨어요.”

동규의 소리 뒤로 “안녕하세요” 하는 여자의 맑고 깨끗한 목소리
가 거실 벽을 타고 가볍게 울려왔다.

나는 별생각 없이 안경을 고쳐 쓰고 작업실 문밖으로 고개를 내밀
었다.

　순간 현관 안쪽에서 이쪽을 향해 마주 보고 서 있는 여자가 눈에
확 들어왔다. 한눈에 봐도 희수 이모였다. 검은색 정장 차림이지만
한 주일 전쯤 분리수거 날 아침 보았던 바로 그 여자가 거기에 서 있
었다.

　"이모, 희수 이모죠? 저 모르시겠어요?"

　몇 걸음 앞으로 다가서며 나도 모르게 튀어나온 말이었다.

　잠시 멍한 표정으로 쳐다보던 여자의 눈에 얼핏 당혹스런 빛이 떠
올랐으나 곧 두 눈에는 담뿍 웃음기가 실렸다.

　"혹시 재우……."

　"그래요, 이재우. 얼마 전 분리수거할 때 이모를 봤어요. 죄송합니
다. 그때 말할 기회를 놓쳤어요. 무척 오랜만이었는데."

　"죄송은, 뭘요. 재우 씨가 작가가 된 건 알고 있었어요. 잡지에서도
더러 봤고요. 미안해요. 긴 얘기 할 시간이 없군요. 참, 동규라고 그
랬지?"

　희수 이모는 가볍게 화제를 바꾸며 거실로 올라섰다. 동규는 잠시
멈칫거렸으나 이내 붙임성 있게 앉은뱅이 탁자를 사이에 두고 마주
앉아 생글거렸다. 둘은 학습지를 펼치고 공부를 시작한다. 리딩이 끝
나고 발음 교정을 할 때 아들 녀석이 소파에 앉아 있는 나를 힐끗 훔
쳐보았다. 나는 괜히 머쓱해져 작업실로 들어가 버렸다.

　"아빠, 선생님 가신대요."

　얼마나 시간이 흘렀을까. 깜박 졸다가 깨어난 사람처럼 나는 정신
이 번쩍 났다.

희수 이모가 가방을 들고 삐쭉이 열려 있는 현관문 안쪽에 서 있었다.

"몇째예요? 아빨 닮아 영리해요, 애가."

"하납니다. 이모님은?"

"난 둘. 큰놈은 군에 가 있고 여긴 중1짜리 딸애가 있어. 참, 부인께 안부 전해줘요. 다녀갔다고."

"이렇게 가시면 어떡해요. 좀 있으면 집사람이 올 텐데. 인사 올려야죠, 이모님께."

"인사는 무슨. 또 올 텐데. 그럼 재우 씨, 이만."

"참, 몇 호예요?"

"1402호. 동규야, 안녕."

현관문이 닫혔다. 동규가 문을 걸어 잠그면서 나를 좀 의아스런 눈빛으로 올려다보았다. 그러나 녀석은 고맙게도 아무것도 묻지 않았다.

아내가 퇴근해 돌아오고 함께 저녁 식사를 한 뒤 나는 아내를 조용히 작업실로 불러들였다. 희수 이모 얘기를 하기 위해서였다.

"친구 이모라고요? 그 여자 지금 몹시 어렵대요. 건설업을 하던 남편이 부도를 내고 잠적해버렸고, 아파트도 저당 잡혀 있는 상태래요. 여자가 워낙 착실해서 주위에서 도와주려고 하지만 저렇게 뛰어다니며 벌어도 은행 이자 갚기도 빠듯할 거라고 해요. 전 듣기만 했지만 상당한 미인이라던데. 혹시 당신, 첫사랑?"

나는 어이가 없다는 듯 허허거리며 웃었다. 실은 아내에게 희수 이모 얘기를 털어놓으면서도 정작 내가 깊숙이 간직하고 있는 기억들은 한 가지도 꺼내놓을 수가 없었다. 희수 이모가 나의 첫사랑? 한 번도 그런 생각을 해본 적은 없었다. 한데 아내의 말을 듣고 보니 그런 것 같기도 하다. 나는 웃음을 뚝 그치고 담배를 찾았다.

"아이, 괜히 한번 해본 말을 갖고 당신 표정이 왜 그래요. 꼭 목사님 같아."

아내는 키득거리며 짧게 소리 내 웃고는 설거지를 하려고 주방으로 가버렸다.

나는 베란다로 트인 작업실 방의 창을 열고는 창가로 의자를 당겨 앉았다. 담배 연기를 한 모금 가슴 깊은 곳으로 넣었다가는 창밖으로 훅 뱉어냈다. 꼬물거리는 담배 연기 사이로 불빛에 젖은 아파트의 야경이 피어올랐다. 그때 불현듯 민호의 얼굴이 떠올랐다. 동시에 녹색의 짙은 그림자가 그의 얼굴을 그물망처럼 씌웠다가는 재빨리 움츠러들었다. 나는 곧 그 그림자의 정체가 신경초라는 것을 알았다.

내가 중학교 3학년이었을 때였다. 그해 여름 한 철, 나는 꿈속에서 헤매듯 신경초의 그림자에 쫓겨 다녔다.

미모사라고도 불리는 한해살이풀인 신경초. 손끝이 약간 닿기만 해도 연약한 깃 모양의 잔이파리들이 흠칫 졸아들면서 움츠러드는 그 식물이, 그해 여름의 민호네 사진관 집 뒤란에 춤추듯 뒤엉켜 자라고 있었다.

화단에서 자라는 신경초가 훨씬 많았지만 나는 키가 높은 화분에 심어진 신경초에 더 눈길이 끌렸다. 그것들은 선인장 화분들과 함께 희수 이모의 방 뒤로 붙은 툇마루 한쪽에 가지런히 놓여 있었다. 여름이라 희수 이모의 방은 앞문 뒷문이 늘 활짝 열려 있었다. 그래도 앞문에는 발이 드리워져 있어 일부러 기웃거리지 않고는 방 안이 잘 보이지 않았다.

방 뒤로 나 있는 쪽문은 아무런 가리개가 없었다. 그렇지만 문 앞에 정면으로 다가가 희수 이모의 방 안을 들여다볼 용기가 없었다. 숨듯이 뒤란의 짙은 그늘 속에 묻혀 그 쪽문을 지그시 보노라면, 겨우 보이는 것은 해바라기보다 더 밝고 노란, 한 뼘만 한 장판지뿐이었다.

나는 어쩌다 그곳의 툇마루에 혼자 앉아 있을 때, 희수 이모의 방에 신경을 곤두세운 채 손가락 끝으로는 신경초의 이파리를 건드리고는 했다. 그때마다 신경초는 체관부의 모든 세포를 일으켜 세우고는 잽싸게 자신의 몸을 닫아걸었다. 한번은 그러는 내 손을 누군가의 하얗고 부드러운 손이 날아와 잡아챘다. 반사적으로 고개를 쳐들고 올려다본 내 눈에 담뿍 웃음이 담긴 희수 이모의 두 눈이 들어왔다.

"그러지 마, 재우야. 미모사는 자꾸 건드리면 죽어버린단다."

나는 급히 손을 빼고는 얼굴이 발개졌다. 감청색 교복을 입은 희수 이모가 가슴이 내 코끝에 닿을 만큼 몸을 구부리고 가까이 서 있었다. 눈 안 가득 들어오는 교복의 풀 먹인 옷깃이 민호네 집 안마당 가운데 내리꽂히는 한낮의 강한 여름 햇살보다 더 밝고 희게 보였다. 아찔 현기증이 일어났다. 그때 신경초의 잎 몇 줄기가 이모의 교복 깃에 빗금처럼 음영을 그리며 출렁였다. 그리고 그것은 순식간에 검은 깃털 모양의 커다란 그림자가 되어 나를 덮쳤다. 나는 깜박 정신을 놓아버렸다.

내가 눈을 뜬 곳은 희수 이모의 방 안이었다. 그렇게 간절히 보고 싶었던 이모의 방에 내가 누워 있었다.

"인마, 너 어디 아파. 갑자기 쓰러지고 왜 그래. 괜찮아?"

민호가 걱정스러운 얼굴을 하고 나를 내려다보았다. 그때 교복을 벗고 물방울무늬의 원피스로 갈아입은 희수 이모가 들어왔다.

"이모, 재우 일어났어. 괜찮아 보여. 어, 너 왜 일어나. 가려고?"

이모는 말없이 그저 빙긋이 웃기만 했다. 나는 도망치듯 이모의 방에서 뛰쳐나왔다. 대문 밖으로 나와 뜀박질 쳐 달릴 때, 사진관 앞의 진열창에 전시된 액자들 가운데 희수 이모가 교복을 입고 찍은 상반신 사진이 얼핏 옆으로 스쳐 갔다. 그 사진 속의 희수 이모도 웃고 있었다.

나는 한동안 민호네 집에 가지 않았다. 그러나 그날 나를 덮쳤던 신경초의 그림자는 계속 내 주변을 맴돌았다. 나는 꿈속에서도 여러 번 그것을 보았다. 여름방학이 되자 희수 이모는 언니인 민호의 엄마와 함께 고향으로 내려갔다. 민호는 외조부와 외조모가 없는 시골 외가가 싫다면서 따라나서지 않았다. 신기하게도 나는 희수 이모가 없는 동안 신경초의 그림자에서 벗어날 수가 있었다. 나는 다시 민호의 집에 드나들기 시작했고, 사진관의 창유리를 통해 사진을 찍거나 현상에 열중하는 민호 아버지를 볼 때도 있었다.

한번은 민호가 흑백사진 한 장을 보여주며 내게 빈정거리는 투로 말했다.

"이게 우리 아버지가 국전에서 특선한 사진이야. 이 여잔 술집 여자야."

말로만 듣던 누드사진을 나는 그때 처음으로 보았다. 사진의 배경에는 흐릿하게 미모사 잎사귀들이 찍혀 있었다. 민호의 말투에서 전해오는 느낌과는 달리 이상하게도 그 사진은 내게 아름답게 다가왔다. 미모사를 배경으로 한 채 알몸으로 비스듬히 누워 있는 여자가 도저히 술집 여자라고는 믿어지지 않았다.

"우리 꼰대 말이야. 더럽고 야비해, 시팔."

갑자기 민호의 입에서 이런 말이 불쑥 튀어나왔다. 나는 한 걸음 물러나 앉았다. 녀석의 손에는 날이 선 책칼이 쥐어져 있었다.

민호는 예리한 책칼의 끝으로 금 긋듯 사진을 그어대기 시작했다.

"이모를 찍겠대. 벗겨놓고. 그것 땜에 엄마와 꼰대가 싸우는 소릴 들었어."

민호의 눈에는 이슬처럼 눈물이 맺혔다. 도려내진 사진 조각들이 방바닥에 투둑 떨어졌다. 나는 그때 민호의 얼굴에 신경초의 그림자가 덮치는 걸 보았다. 희수 이모 방과 벽 하나를 사이에 둔 민호의 방 창문 너머로, 툇마루에 올려둔 키 큰 화분에 심은 신경초가 떨리듯 이른 저녁 햇살을 받고 있는 것이 보였다. 마침 창 쪽을 보고 앉은 민호의 얼굴에 나이프 자국같이 죽죽 그어대는 신경초의 긴 그림자들이 그물망처럼 출렁였다. 그것의 날 선 그림자들은 민호의 얼굴을 더욱 슬픔으로 일그러지게 했다.

그날 밤, 나는 앙리 루소의 그림 속에서 헤매는 꿈을 꾸었다. 온통 미모사의 녹색 숲이었다. 내가 아담처럼 벌거벗은 채 도망치고 있었다. 민호가 보여준 누드사진 속의 술집 여인이 나를 쫓아왔다. 마침내 여자가 나를 붙잡았고 함께 언덕 아래로 굴러떨어졌다. 거기도 미모사의 이파리들이 출렁이고 있었다. 여자가 나를 꼭 껴안았다. 고개를 번쩍 쳐들었다. 여자는 희수 이모였다. 나는 그날 밤 처음으로 몽정을 경험했다.

봄방학이 시작되었다. 박동석 시인한테서 연락이 왔다.

그는 온산 쪽의 덕신에서 교편을 잡고 있는 젊은 시인이었다. 〈온산을 지키는 사람들〉이라는 그의 블로그가 훌륭하기도 했지만, 환경운동을 하면서도 그걸 전혀 티 내지 않는 그의 아름다운 시가 무엇보다 마음에 들었다.

"저의 시에까지 모나고 삐쭉한 현실을 보여주긴 전 싫습니다. 시는 시로서 품격을 지켜야 한다고 저는 생각합니다. 시가 칼이 되는 시대가 있었죠. 지금도 그렇게 쓰는 분이 있지만 전 모든 시인이 시에서조차 투사가 될 이유는 없다고 봅니다. 저는 제 아이가 지금 제 나이쯤 되었을 때 아버지의 시를 어떻게 읽을까 생각하며 시를 씁니다. 제 삶에 정직하고 싶은 거죠. 시는 시고 필요할 때는 행동하는 것, 그게 저의 정직입니다."

그와 한동안 온산 일대의 바닷가를 돌아보았다. 지난주 일요일에는 세죽마을 건너편의 처용암과 목도를 다녀왔다. 오늘은 그와 함께 원전 건설로 시끄러운 서생 바닷가에 가보기로 했다. 서로 차를 번갈아 가며 이용했는데 오늘은 그가 차를 가지고 가는 날이었다. 오후 2시에 그가 아파트로 와서 나를 태워 가기로 했다.

나는 늦은 아침을 들고 미적거리고 있었다. 누굴 기다리고 있을 때는 영 일이 손에 잡히지 않았다. 컴퓨터를 켜고 오랜만에 즐겨찾기를 해둔 블로그들을 들락거렸다. 내용이 괜찮다 싶으면 댓글을 남겼고, 그동안 답장을 미뤄왔던 친한 네티즌들에게 일일이 이메일을 띄웠다. 얼마쯤 그렇게 시간을 흘려보냈을까.

"아빠, 이것 봐요. 참 신기하죠."

거실로 나갔더니 아들 녀석이 화분을 하나 들고 서 있었다. 녀석이 신기하다며 가리키는 화분은 뜻밖에도 신경초였다. 아이를 데리고 백화점에라도 간 줄 알았더니 아내의 옷차림은 그게 아니었다.

"옆 동의 1402호에 갔다 왔어요. 당신의 친구 이모라는 그분 만났어요. 이 녀석은 아주 그 집과 트고 지내던걸요. 송이라는 애한테서 기어이 이걸 얻어 왔지 뭐예요. 참, 그 이모란 분 나보다 다섯 살이나 많은데도 아름답고 곱던데요. 전혀 고생하는 사람 같지 않았어요. 근데 웬 신경초를 그렇게 많이 길러요. 베란다에 작은 온실을 꾸며놨더라고요. 요즘은 경찰에서도 찾아오고 아주 심각한 것 같던데, 화초 같은 걸 기를 여유를 부릴 수 있다니, 좀 이상해요. 아, 참 당신 신경초 꽃 봤어요? 난 신경초가 한해살인 줄 알았더니 원래는 다년생 풀이래요. 향수 원료로도 재배된다는 걸 그 여자한테서 들었어요."

아내는 꼭지가 잘못 눌린 샤워기처럼 내게 많은 말을 한꺼번에 쏟아냈다. 동규는 재미있는지 신경초 잎을 자꾸 건드렸다.

"그러지 마, 동규야. 자꾸 그러면 죽을지도 몰라."

나는 그렇게 말해놓고 깜짝 놀랐다. 그건 희수 이모가 오래전에 내게 했던 말이었다.

"괜찮다던데, 송이 누나가 그랬어요. 그렇지, 엄마?"

"그래도 좋을 거야 없지. 동규 너도 누가 따라다니며 집적거려봐. 짜증 나고 피곤하지 않겠어?"

동규가 고개를 끄덕였다. 그때 내가 켜두고 있던 휴대폰이 울렸다. 박 시인이었다. 나는 서둘러 일어섰다.

박 시인은 언젠가 소개를 하겠다던 소설가 한 사람을 뒷좌석에 태운 채 핸들을 잡고 있었다.

"두 분이 나란히 앉아 얘기들 나누십쇼. 이쪽은 이재우 선생님이시고."

최중혁이라고 자신을 소개하는 그는 벌써 오래전부터 이 지역에 살면서 농촌과 환경문제에 대한 소설을 착실하게 써온 소설가였다.

서생 쪽의 바다는 나한테 유년 시절의 아련한 추억 같은 것이 묻어 있는 곳이기도 했다. 진하 쪽보다는 동해남부선이 보이는 월내 쪽이 훨씬 그런 감정이 진하게 실려 있는 곳이었다. 월내는 벌써 오래전에 이사를 가버린 외가가 있던 곳이었다. 그러나 그런 내 머릿속에 남아 있는 기억의 바다와 주변의 아름다운 어촌 풍경은 그 모습을 찾을 길이 없었다. 긴 띠처럼 펼쳐져 있었던 모래밭도 사라져버렸고, 대신 해안선 자락 끝에 회색빛 돔형의 원자력발전소가 을씨년스럽게 나를 맞이했다.

 차가 어촌 마을로 들어서는 어귀의 돌담에 〈원전부지 편입 결사반대〉라고 쓴 붉은 글씨의 현수막이 걸려 너풀거렸다. 작은 마을을 몇 개 지났을 때였다. 입이 무거워 보이는 최중혁이 말문을 열었다.

 "여기가 골메라는 곳이죠. 고리원전이 들어설 때 밀려난 주민들이 이곳으로 이주했는데 또 쫓겨나게 생겼어요. 이미 외지인에게 땅을 팔아버리고 활어잡이로 간신히 생계를 잇는 사람들이 많아요. 딱하게 되었죠."

 최 소설가의 시각이 현지 주민의 딱한 현실에 동정적인 입장이라면 박 시인의 의견은 좀 다른 데가 있었다. 원전은 우리의 생명과 직결된 문제이기도 하지만 정부의 에너지 정책과 교묘히 맞물려 있기 때문에 단순한 지역주의에서 벗어나 냉철하게 원천적으로 대응할 수 있는 민간 차원의 연구와 공동의 노력이 필요하다고 강조했다.

 나는 원전에 대해서 아무것도 아는 것이 없었으므로 끝까지 입을 다물고 있을 수밖에 없었다. 단지 박 시인이 방파제 옆에 차를 대면서 하는 말에 크게 공감이 갔다.

 "어쨌거나 이렇게 변해버린 바다가 안타깝죠. 자연은 그대로 두면 둘수록 좋아요. 잘못 건드리면 예민하게 반응하는 게 자연인 것 같아요."

 박 시인의 말에 공감이 가면서 그때 느닷없이 내 머릿속에는 신경초가 떠올랐다. 자꾸 건드리면 죽을지도 몰라. 방파제를 때리는 파도가 내게 그렇게 소리를 질러댔다.

우리는 파도가 부서지는 방파제 위를 걸었다. 2월의 바닷바람이 몹시 매섭고 차가웠다. 그때 우리 곁으로 비루먹은 개 한 마리가 다리를 절룩거리며 따라왔다. 한쪽 눈은 검은 안대를 한 것처럼 푹 패어 있었고, 자갈처럼 입에 문 것은 참치 통조림 캔이었다. 비쩍 마른 네 다리가 자코메티의 조각처럼 긴 그림자를 끌면서 개는 해안선 끝을 따라 저 멀리 원자력발전소 있는 곳까지 절뚝거리며 한정 없이 걸어갈 것 같았다.

그렇게 뒤따라오던 개가 갑자기 달려가 앞장을 섰다. 개가 꼬리를 내리고 멈춘 곳은 초상집 앞이었다. 낡은 슬레이트 지붕 위로 만장이 펄럭거렸다. 상복을 입은 사람들과 문상객들이 좁은 마당 안의 차일 사이로 오고 가는 것이 상갓집 분위기가 물씬 풍겼다. 별안간 맑은 하늘이 수묵 빛으로 어둑해지는 것 같았다. 개는 물고 있던 캔을 버리고 상갓집에서 풍기는 음식 냄새를 맡느라 담벼락에 코를 박고 킁킁거렸다.

"갑시다, 그만."

최 소설가가 무덤덤하게 말하며 발길을 돌렸다. 셋은 왔던 길을 되짚어 방파제를 따라 승용차 있는 곳으로 다시 걸었다. 뒤에서 모진 발길질에라도 차인 듯, 캔을 구둣발로 콱 찍어 누를 때 내지르는 쇳소리가 개의 목청을 찢고 터져 나왔다. 이때 파도 소리가 환청처럼 들려왔다. 죽을지도 몰라. 죽을지도 몰라. 자꾸 건드리면 너희와 함께.

오랜만에 속마음까지 털어놓을 수 있는 사람들과 나는 거나하게 술을 마셨다. 박 시인은 워낙 주량이 적은 데다 운전 때문에 맥주 반 컵을 겨우 비웠다. 최중혁은 호주가였다. 속에 술이 들어가니 과묵하던 성품이 사라지고 활달하고 말발이 거세졌다. 환경과 문학의 역할에서부터 실업 문제와 농어촌의 부채 탕감, 경제 청문회에 이르기까지 종횡무진 조자룡이 헌 칼 쓰듯 닥치는 대로 무찌르고 베어 넘겼다.

나를 아파트까지 태워주겠다는 박 시인의 호의를 거절하고 만취한 최중혁을 뒷좌석에 밀어 넣고는 손을 흔들었다. 택시를 잡아타고 아파트 단지 안에 도착했을 때는 거의 자정이 다 되어 있었다.

밤바람이 찼다. 휘청거리는 다리를 가누며 정신을 차리느라 잠시 우리 동의 3, 4호 통로 앞에 서 있던 나는 무심코 발길을 꺾었다. 나는 지금 내가 어디로 가고 있는지를 알고 싶지 않았다. 그저 자력에 이끌리듯 따라가기만 하면 될 것 같았다.

옆 동의 1, 2호 통로 안으로 들어섰다. 멈춰 있던 엘리베이터가 순식간에 나를 삼켰고 1402호 문 앞으로 내 몸이 용수철처럼 튕겨 나갔다. 벌써 내 손가락 끝은 초인종을 누르고 있었다.

문이 어떻게 열렸는지 생각할 겨를도 없었다. 정신을 차렸을 때, 희수 이모를 마주 보고 거실 벽을 등지고 앉아 있는 나를 깨닫고 깜짝 놀랐다. 희수 이모는 담담한 표정으로 찻물을 따르고 있었다. 진한 녹차를 한 잔 내밀며 이모는 빙긋이 웃음을 지었다.

"내가 궁금한가 봐, 재우 씨는. 소설가로서의 호기심은 아니시겠지. 아침에 동규 엄마가 다녀갔어. 내가 금방이라도 아파트 베란다에서 뛰어내릴 것처럼 걱정을 해주더군. 좋은 여자 같아 보였어. 재우

한테 아주 잘 어울리는."

나는 아무 말도 나오지가 않았다. 녹색 버티컬이 반쯤 쳐진 거실 창밖의 간이용 온실에 신경초 화분이 여러 개 보였다. 잎사귀 끝에 연보라색의 털실이 뭉쳐 있는 듯한, 공 같은 꽃대가 간들 매달려 있는 것도 있었다. 저게 신경초의 꽃인가.

"재우가 저걸 보니 생각나는 게 있군. 내가 여고 3학년 때였지, 아마. 재우가 쓰러졌던 날, 기억나? 내 방에서 깨어나 도망치는 재우를 보고 날 좋아하고 있구나, 눈치챘지. 설마 지금 이 나이에 그때 감정을 사랑이라고 생각진 않을 테고. 아, 또 무엇이 생각날 듯한데. 가물가물해. 워낙 기억이란 게 이런 거야."

나는 이 순간을 놓치고 싶지 않았다. 한 가지 꼭 알려주고 싶은 게 있었다. 아니, 그걸 이모도 알고 있을 테지만, 난 확인하고 싶었다.

"이모, 민호는."

차분하던 이모가 급하고 강한 어조로 내 말을 막았다.

"듣고 싶지 않아. 민호는 형부를 알지 못했어. 어렸던 탓도 있었지만 걘 자기 아버지를 조금도 이해하려 들지 않았어. 그건 언니도 마찬가지였지만."

나는 이모의 말을 듣자, 내가 알고 있던 모든 사실이 처음부터 어긋나 있었을지도 모른다는 생각이 들었다.

민호에게 면회를 갔을 때, 그는 고개를 떨어뜨리며 이렇게 말했다.

"난, 이모를 사랑했어."

내게 누드사진을 보여준 몇 달 뒤였다. 민호는 결국 자신의 아버지를 칼로 찌르고 말았다. 다행히 목숨을 건지긴 했으나 민호 아버지는 정신적인 충격을 이기지 못했다. 민호는 소년원 안에서 몇 번이나 자살을 기도했다.

그 무렵, 나는 서울로 진학을 해버렸고 차츰 민호 일과도 멀어져 갔다. 두 해가 지나서야 다른 친구로부터 민호 소식을 전해 들었다. 소년원에서 풀려나던 날, 민호는 소주병을 깬 병 조각으로 손목 동맥을 잘라 스스로 목숨을 끊었다고 했다. 사진관은 오랫동안 문이 닫혔다. 집이 팔리자 민호네는 먼 곳으로 이사를 가버렸다. 희수 이모도 함께 떠났는지 그 후 누구도 민호네에 대해 아는 사람이 없었다. 세월이 흐르면서 차츰 그들은 사람들의 기억에서 지워져 갔다.

그런데 민호가 아버지를 이해하고 알지 못했다니, 이건 또 무슨 말인가. 이모는 말을 계속한다.

"민호는 형부가 나를 강제로 사진을 찍게 한 줄 알지만 그건 사실과 달라. 언니도 처음엔 그래서 형부를 공격했지. 더럽고 비열한 인간이라고. 그땐 나도 그 사실을 있는 그대로 털어놓기 어려운 나이였어. 난 형부가 누드를 찍는 스튜디오 안을 몰래 훔쳐보곤 했지. 그때만 해도 누드모델을 구하기 어려운 때라 술집 여자들이 단골이었어. 신경초 화분을 옮겨놓고 그 여자들이 그것을 배경으로 알몸을 드러내고 형부가 터트리는 플래시 세례를 받을 때 내 온몸이 미모사의 이파리처럼 떨려왔어. 그러던 어느 날이었지. 나도 신경초 앞에 알몸으로 서고 싶다는 생각이 들더군. 형부에게 그렇게 말했지. 그러자 형부는 펄쩍 뛰었어. 나는 거절당한 것이 창피하기도 했고, 그럴수록 꼭 한 번만이라도 형부 앞에 서고 싶었어. 하루는 형부가 스튜디오 안에서 혼자 작업을 할 때였어. 나는 미리 속에 아무것도 걸치지 않은 채 원피스 하나만 입고 안으로 뛰어들어가 형부, 하고 불렀어. 그리고 등 뒤로 손을 돌려 원피스의 지퍼를 내리고 정면으로 형부 앞에 서버렸지. 형부는 반사적으로 고개를 돌렸지만, 눈을 크게 뜨고 다시 나를 보더니 자신도 모르게 카메라를 들더군. 나중엔 이렇게, 좀 더 이렇게, 하면서 포즈를 요구하며 플래시를 터트리는데 난 미모사와 내가 하나가 되는 듯한 쩌릿한 희열에 마구 몸이 떨렸어. 작업이 끝나자 형부는 필름을 버리려고 했어. 나도 말릴 생각은 없었지만 끝내 버리진 못하더군. 며칠 뒤 형부가 현상한 사진을 보았어. 나는 내 몸이 그렇게 아름다운 줄 몰랐어. 형부는 나한테만 몇 장 보여주고 사진을 모두 숨겼지. 근데 그걸 어떻게 알고 민호가 찾아낸 거야. 그다음에 일어난 일은 재우가 아는 그대로지.”

 이모는 말을 끊고 나를 앉혀놓은 채 안방 문을 열고 들어갔다. 술기운이 말끔히 걷혔다. 잠시 후 이모가 몇 장의 사진을 들고 나왔다. 이모가 보여준 사진은 내게 무척 낯익은 사진 같았다. 언젠가 민호가 그의 아버지가 국전에서 특선한 사진이라고 보여주었던 바로 그 누드사진과 거의 비슷한 사진들이었다. 사진에는 술집 여인의 얼굴 대신 희수 이모의 앳된 얼굴이 박혀 있었다. 나는 한 가지 더 알고 싶은 게 있었다.

 “이모의 그때 민호 아버지에 대한 감정을 알고 싶습니다. 솔직히.”
 “내가 형부를 사랑이라도 했을까 봐서? 솔직히,라는 재우의 말이 약간 거슬리는군. 형부는 언니 외에 다른 여자를 사랑하지 못하는 사람이었어. 그게 나는 싫었지. 질투도 사랑의 한 방식이라면 할 말이 없지만, 인간의 감정을 사랑이니 질투니 하는 말 하나로만 붙들어 매기에는 그게 얼마나 복잡한지 작가인 재우가 더 잘 알 것 같은데. 굳이 재우 말대로 솔직히라면, 그래 이런 감정이라면 또 어떨까. 지금 바로 옆 동에서 기다리다 지쳐 잠들었을지도 모를 동규 엄마가 갑자기 왜 떠오르지. 그의 남편을 앞에 앉혀두고 둘만 아는 과거의 애기를 나누는 얄궂은 여자의 이런 뒤틀린 심사는 대체 무엇일까. 작가인 재우가 언젠가 내 이런 애기를 써서 세상에 보여줄 거라는 저열하고 속된 기대감 같은, 뭐 이런 것도 조금은 뒤섞여 있을 것 같은데. 어쩜 민호가 아버지를 향해 겨눈 그 칼날이 완전한 사랑일 수도 있을 거란 생각이 드는군. 서로 일정한 거리를 유지하지 않는 감정이란, 아무리 그게 좋은 감정이고 큰 사랑이라도 고통과 상처를 남기는 것 같아. 자긴 좋다고 손을 대는데도 움츠러드는 미모사처럼 말이야. 내가 말이 많았나? 늦었군. 재우, 이제 일어서야 하지 않겠어. ……아니, 너 거기서 뭐 하고 있니?"

그제야 희수 이모도 술에 취해 있었다는 사실을 깨달았다. 나는 자리에서 벌떡 일어섰다. 언제부터 서 있었는지 주방 쪽에 붙은 방문 앞에 잠옷을 입은 단발머리 여학생이 눈에 들어왔다. 동규가 송이 누나라고 부르던 그 여자애는 얼른 방문을 닫고 숨어버렸다. 내가 현관에서 밖으로 나설 때였다. 희수 이모는 빙긋이 웃음을 지었다. 눈에 물기가 비쳐 보였다. 금방 문이 덜컹 닫힌다. 찰나처럼 좁은 문틈으로 이모의 얼굴이 환영처럼 보였다가 사라진다.

　아내는 봄방학 내내 잠만 잤다.

　살찌는 소리가 들린다고 나는 아내를 놀려댔다. 이른 아침, 잠든 아내를 침실에 두고 동규와 약수터를 다녀오면서 옆 동을 지나칠 때면 눈물이 비치던 회수 이모의 큰 눈이 떠올랐다. 방문 앞에 가만히 서 있던 송이라는 여자애도 동시에 떠올랐다. 동규는 영어 학습지 선생님이 바뀌었다고 기분이 가라앉아 있었다. 송이 누나가 문을 열어주지 않는다고 투덜대기도 한다.

　나는 작업실 창문을 열고 앞 동의 15, 6층쯤에 눈길을 주곤 한다. 우울증에 걸린 여자가 아이 둘을 던지고 자신도 뛰어내렸다는 동규의 말이 몹시 마음에 걸렸기 때문이다. 경비실에 내려가 옆 동 1402호 모녀는 어떻게 된 거냐고 물어보았다. 경비 아저씨는 사람이 없는 것만은 확실한데 두 모녀가 어딜 갔는지는 모르겠다고 고개를 갸웃거렸다.

　나는 어느샌가 아파트 생활에 꽤 익숙해져 있었다. 맛있는 자장면을 배달해주는 중국 음식점과 파격적으로 싼값의 세탁소, 만 원이면 머리를 깎아주는 깨끗한 이발소도 알고 있었다. 분리수거하는 요령도 이제 몸에 배었다. 게다가 그동안 단편을 두 편이나 써둔 데다 세죽마을을 떠난 철거민들에 대한 취재를 끝내고 중편을 쓰기 위해 구상에 들어가 있는 상태였다.

　봄방학이 거의 끝나갈 무렵이었다. 오랜만에 시가지로 차를 몰고 나갔다. 박 시인을 만나 점심을 하고 컴퓨터에 필요한 소모품 몇 가지를 사서 돌아오는 길이었다. 주차를 하려고 둘러보다가 옆 동의 1, 2호 통로 쪽에 사닥다리가 올라가는 포장이사 차가 눈에 들어왔다. 올라가는 층수를 세어보니 14층이 틀림없다.

집 안에 들어서자 묻지도 않는데 아내가 말을 걸어온다.

"1402호가 경매에 넘어갔나 봐요. 간신히 가재도군 건졌는데 경기도 어디로 멀리 떠난다고 합디다. 당신, 인사는 해야겠죠."

내가 대답 대신 문을 열고 나서자 동규도 따라 나온다.

우리가 옆 동의 1402호에 들어섰을 때는 사닥다리가 막 마지막 짐을 내리고 있었다.

희수 이모가 동규에게 먼저 인사를 한다.

"동규야, 잘 있어."

송이는 베란다의 난간에 기대서서 말없이 우리 쪽을 뚫어지라 보고 있다. 동규가 멈칫거리다 무엇이 어색했던지 내 손을 잡아끈다. 나는 희수 이모를 마주 본다.

"이모님, 잘 가십시오."

"부인께도 안부 전해줘요, 재우 씨."

희수 이모는 정색을 하며 내게 깍듯이 인사를 한다.

동규는 집 안으로 돌아와서도 시큰둥하다. 아내가 위험하다고 소리를 지르는데도 베란다 창을 열고 한사코 아래를 내려다보려고 애를 쓴다. 내가 고개를 내밀고 봤을 때는 이삿짐 차가 있던 자리가 휑하니 비어 있었다.

나는 거실로 들어가려다 말고 동규가 얻어 온 신경초에 무심코 손
을 갖다 댔다.

"건드리지 말랬잖아요! 죽을지도 모른다고 해놓고선, 아빠."

갑자기 녀석이 언성을 높였다. 화들짝 놀라 얼른 손을 떼고 나는
아들을 보았다.

동규의 두 눈에는 금방이라도 쏟아질 듯이 그렁그렁 눈물이 고여
있었다.

미라네 집

격포항을 뒤로하고 해안도로를 따라 얼마를 달렸을까. 궁항과 상록해수욕장을 멀리 떼어놓고 차가 덕거리고개를 올라가고 있을 때였다. 모항으로 빠지는 길목에 〈칠산 바다에 생명을 부안에 희망을!〉이란 낡은 현수막 하나가 바닷바람에 너풀거리고 있었다. 느닷없이 아현이 모항에 들렀다 가자고 한다. 아내가 세차게 고개를 젓는다.

"그냥 가. 모항은 멀리서 보는 것이 훨씬 더 아름답거든."

아현이 뒤를 돌아보며 내게 구원을 청했지만 나는 못 들은 척한다. 아현이 툴툴거린다. 불만을 하는 것도 무리가 아니었다. 어제는 격포항에서 여객선을 타고 핵 폐기장 반대로 어수선한 위도에까지 들어갔다 나온 것이다.

재현은 늘 엄마 편이다. 아현의 말에 조금도 흔들리지 않고 직진을 해 달려간다. 재현에게 운전대를 넘겨줄 때는 불안했는데 뜻밖에 운전 솜씨가 제법이었다. 녀석은 침착하고 능숙하게 운전을 한다. 구불구불한 고갯길을 올라갈수록 도로 양옆으로 새로운 풍경이 펼쳐진다. 도로 왼편으로 깊숙이 깎여져 나간 산과 그 위로 빽곡하게 자란 소나무들, 오른편 아래로 내려다보이는 바닷가의 풍경이 낯설지 않게 차창을 스치고 지나간다. 아마 저기 어디쯤일 텐데. 바다 쪽의 언덕 위로 유럽풍의 뾰족한 지붕을 가진 아담한 집 한 채가 나타난다. 건물은 바다를 배경으로 짙은 녹색의 지붕과 빨간 창틀만 빼고 온통 파스텔 톤의 연두색이다.

건물 전체에 하얀 눈을 덮어씌워 본다. 그 집이 맞다. 9월의 맑은 아침 햇살이 건물의 유리창에 반사되어 새털처럼 가볍게 차창에 날아와 흩어진다. 눈이 시리다. 옆자리에 앉은 아내가 손차양을 한 채 집을 빤히 올려다본다. 조수석에 앉은 아현이 좀 전의 일은 다 잊어버린 듯 호들갑을 떤다.

"어마, 멋져. 여기 내렸다 가요. 차 세워, 오빠."

커피가 생각났는지 이번에는 아내도 좋다고 한다. 재현이 한 손을 들어 못 이기겠다는 표시를 하고는 속력을 줄이며 핸들을 꺾는다. 정차할 때 건물과 어울리지 않는 입간판의 울긋불긋한 글자가 눈에 들어온다.

'카페 몬테레이'. 잠시 내 머릿속에 혼란이 일어난다. 기억대로라면 분명히 '미라네 집'이 있었던 자리였기 때문이다. 차에서 내려 주변을 둘러보아도 지난해 겨울 그 여자와 함께 밤을 보냈던 그 집이 분명하다. 멀리 해안선 따라 넓게 펼쳐져 있는 갯벌과 그 아래 낮은 지붕들이 따개비처럼 붙어 있는 작은 어촌, 그리운 모항이다.

"몬테레이? 뭐 이래, 카페 이름이."

아현이 종알댄다.

"이국적이고 좋지, 뭐. 커피 맛도 괜찮을 것 같은데."

아내는 딸애의 말을 받으면서도 얼굴은 나를 보며 웃고 있다. 아침에 격포에서 백합죽을 먹고는 자판기 커피에는 입을 대지 않던 아내였다. 몬테레이. 나는 아현이 종알거리던 말을 곱씹어본다. 캘리포니아의 그 몬테레이? 그렇다면 카페 이름이 바뀌었을지 모른다는 생각이 들었다.

"그래, 좀 쉬어 가지."

나는 아내와 눈을 마주치지 않고 먼저 차에서 내렸다.

찻집 입구의 유리문 위에 걸어놓은 목각으로 새긴 간판에도 '카페 몬테레이'가 또렷하다. 아현이 손에 들고 있던 디카폰을 세워 간판을 찍는다. 어딜 가나 아현과 재현은 사진 촬영이다.

유리문을 밀고 안으로 들어서자 한눈에 들어오는 내부 장식이 '미라네 집' 그대로다. 한걸음에 달려와 정중하게 맞이하는 남자도 바로 그 젊은이다. 모항에서 태어나고 거기서 자랐다고 했던가. 젊은 지배인이 좀 놀란 눈을 하고 나를 바라본다. 뒤따라 아내가 들어오자 그는 금방 본래의 자세로 돌아가 손님을 맞는다.

모항이 한눈에 들어오는 넓은 창가에 가 앉았다. 여름휴가 철이 끝나서 그럴까. 위층에 연인으로 보이는 남녀 둘이 이마를 맞대고 앉아 있을 뿐 실내는 아늑하고 조용하다. 가운데 붉은 벽돌로 쌓아올린 둥근 탁자처럼 보이는 것이 장식용을 겸한 페치카다. 연기를 빨아올리는 크고 긴 원형의 연통은 치워버렸다. 그 여자가 모포를 감싸고 누워 있던 자리를 찾아냈다. 그 자리에는 잎 모양이 아주 잘생긴 키 작

은 남천나무가 청잣빛 화분에 다소곳이 심어져 있다. 그날 밤, 창밖
에는 폭설이 이어지고 있었다. 여자는 페치카에서 일렁이는 불빛을
받으면서 노래를 불렀다.

"당신, 뭘 시킬까요."

메뉴판에서 눈을 뗀 아내는 그냥 확인하듯 묻는다.

"그걸로. 헤이즐넛."

아내는 역시 에스프레소다. 아현은 비엔나 커피를 주문한다. 재현
은 아무것도 마시고 싶지 않다고 한다. 내가 지난해 연초에 회사에
사표를 썼다가 복직이 되는 우여곡절을 겪는 동안 재현은 훌쩍 커버
렸다. 군 입대를 앞두고 더욱 어른스러워진 아들이다. 이번 여행도
재현이 제안했다. 아현과 둘이 머리를 맞대기도 하고 인터넷에 들어
가 뒤적거리더니 여행지를 변산반도로 결정했다. 처음에 아내는 핵
폐기장 문제로 시끄러운 곳을 왜 찾아가느냐며 반대했다. 아현은 끈
질기게 엄마를 설득했다. 휴가철이 되면서 부안 주민들이 크게 자제
하는 분위기인 데다 격포항 인근에 드라마 세트장이 생긴 이후 더 많
은 관광객이 찾아들고 있다는 것이었다. 게다가 위도를 일주하는 해
안도로의 드라이브 코스는 거의 환상적이라며 아내를 꼬드겼다. 아
내가 고개를 끄덕이자 아현은 오빠를 부르며 환호성을 질렀다.

재현이 디지털카메라에 메모리카드를 갈아 끼운다. 격포의 채석강
과 위도에서 그렇게 많은 사진을 찍고도 딸애와 아내는 질리지도 않
는지 자리를 옮겨 다니면서 계속 찍어댄다.

햇수로는 2년이지만 지난해 1월, 연휴가 끝난 다음 날이었다. 나는 회사에 출근하자마자 사직서를 썼다. 새 노조 결성에 가담한 사원 수십 명을 해고시키는 것이 내가 맡은 일이었다. 연말까지 끝냈어야 했던 작업이었기에 부담은 더욱 클 수밖에 없었다. 새해부터 그 일을 다시 시작한다는 것이 너무도 끔찍하고 싫었다. 모든 것을 훌훌 털고 어디론가 홀가분하게 떠나고 싶었다. 그때 머릿속에 먼저 떠오른 곳이 변산반도였다. 모항에 가서 하루나 이틀쯤 묵으며 조용히 시간을 보내고 싶었다. 너무 일에만 매달리며 살아온 탓일까. 오랜 세월 동안 그곳을 까마득히 잊고 살아왔던 것이다. 아내는 하필 그곳을, 하면서도 내 표정이 워낙 심각해 보였던지 더는 말리지 않았다.

오전 늦게 U시를 출발해 국도를 거쳐 남해안고속도로와 호남고속도로를 줄기차게 달렸다. 정읍나들목을 벗어날 무렵, 잔뜩 찌푸린 하늘에서 간간이 눈발이 날렸다. 차가 고창 방면의 자동차 전용 도로를 달려 흥덕 입구에서 우회전하여 줄포를 지날 때였다. 불현듯 내소사가 떠올랐다. 내소사로 들어가는 좁은 마을 길을 달릴 때쯤 눈이 쌓이기 시작했다. 내소사 입구에 차를 세웠다. 오후 늦은 시간이긴 했으나 관광객들이 거의 눈에 띄지 않았다.

이미 눈은 천지를 하얗게 뒤덮었다. 내소사의 전나무 숲길을 오래전 미라와 함께 걸었던 적이 있었다. 군에서 두 번째 휴가를 나왔을 때였다. 미라가 가자는 대로 버스를 타고 모항에 갔다가 돌아 나오는 길에 내소사에 들렀다. 매미가 찢어지게 울어대는 한여름이었다. 그때 미라의 옷차림이 청바지를 입고 있었던 것은 분명한데 민소매 남방이 물방울무늬였는지 체크무늬였는지가 흐릿하다. 미라는 짧은 커트 머리가 잘 어울렸고 목덜미의 선이 고왔다. 그런 미라가 군사정권을 비판할 때는 얼굴이 격정적이 되고는 했다. 부안이 고향인 미라는 변산반도를 끔찍이 사랑했다. 모항에 대한 애정은 각별한 것이었다. 여름보다 겨울철의 모항을 더 좋아했다. 내소사도 설경을 보아야 한다며 안타까워했다. 미라에 대한 그런 기억들을 지우기라도 하려는 듯 눈발이 세차게 날렸다. 일주문을 지나 전나무 숲 깊숙이 들어섰다. 추위에 귓불이 얼얼했다. 파카에 달린 모자를 머리에 덮고 마스크를 채웠다. 숨을 내쉬자 안경알에 입김이 서렸다. 함박눈이 쏟아져 내리는 전나무 숲길이 흐릿해졌다. 안경알을 대강 훔치고 앞을 봤을 때 쭉 뻗은 숲길 맞은편에서 여자가 걸어오고 있었다. 여인이 가까이 오는가 싶더니 옆을 스치고 지나갔다. 여자는 몸에 꽉 끼는 검정 스판 바지에 노란 방한 재킷을 걸치고 있었다. 절 안으로 들어서자 소복이 눈이 쌓인 3층 탑 앞에서 아기를 안은 젊은 부부가 보였다. 부부는 카메라의 셔터를 눌러달라고 했다. 탑과의 구도를 생각하면서 정성껏 찍어주었다. 대웅보전의 꽃창살 앞에서는 한참 동안 눈을 떼지 못했다. 미라는 여행 중에도 카메라를 잘 챙기지 않았다. 사람의 눈처럼 정밀한 사진기도 없다면서 형, 날 찍어 머릿속에 잘 간직해둬, 하면서 웃었다. 그날도 미라는 호기심 어린 두 눈을 반짝거리며 꽃창살을 오래도록 지켜보았다.

아무래도 눈발이 심상치 않았다. 젊은 부부도 보이지 않았다. 바람에 휘둘리는 눈송이가 더욱 고즈넉한 적막감만 불러왔다. 나는 서둘

112

러 경내를 벗어났다. 매표소 앞의 당산나무 옆에 아까 전나무 숲에서 보았던 여인이 서 있었다. 처음에는 일행을 기다리고 있는 줄 알았다. 내가 주차장 쪽으로 걸어가자 여자도 뒤를 따르는 것 같았다. 몇 대 남아 있던 차들이 모두 떠나고 없었다. 나는 파카를 벗어 눈을 털고 승용차에 올라 시동을 걸었다. 출발하기 위해 두 손으로 핸들을 잡았을 때였다. 여인이 잰걸음으로 다가오는 모습이 백미러에 들어왔다. 차창을 열고 고개를 돌려 여자를 올려다보았다. 서른도 안 되어 보이는 젊은 여자였다. 여자가 머리를 낮추자 은은한 향수 냄새가 풍겼다. 눈발이 휙 스쳐 가자 금속성의 귀고리가 흔들렸다.

"저, 가시는 곳이 어디세요."

"모항……, 그러니까 격포 쪽입니다만."

"저도 그쪽 방향인데요. 좀 태워주실래요."

이럴 때 어떻게 해야 할지 난감했다. 곧 날도 저물어올 텐데 눈 오는 산길을 낯선 여자와 동행이라니. 간편해 보이지만 화사한 여인의 차림새가 왠지 마음에 걸렸다.

"눈발이 심하군요. 곰소나 부안으로 돌아가시면 어떨까요. 거기까진 제가 태워드리죠."

"격포 간다고 하구선."

어이없게도 여자는 삐친 것 같았다. 눈발이 날려 들어와 더는 창을 열고 있을 수도 없었다.

"안 되겠어요. 택시라도 한번 불러보세요."

여자를 무시하고 차를 몰았다.

"드세요, 아빠."

헤이즐넛 향이 부드럽게 코끝에 감겨든다.

어느새 옆에 앉았는지 아현이 속삭이듯 하는 말에 감았던 눈을 떴다.

"피곤해 보여요. 커피 드시고 눈 좀 붙이세요."

아내는 커피가 마음에 들었는지 만족한 얼굴이다. 지배인이 서빙만 하는 걸로 봐서 주방에 누가 있는 듯했다. 그는 묵묵히 찻잔만 나르고 카운터로 돌아간다. 여러 사람을 상대하다 보니 혹시 나를 기억하지 못하는 걸까. 그래도 그렇지, 그날 여자와 함께 노래도 불렀는데. 뜨거운 향 커피를 마시면 다른 사람과 달리 나는 졸음이 온다. 그런 나를 두고 아내는 헤이즐넛 체질이라고 놀린다. 커피를 반 잔 넘게 마시자 정말 눈꺼풀이 무거워진다.

갈수록 눈발이 거세졌다. 이대로는 도저히 안 되겠다 싶어 날이 저물기 전에 체인을 감으려고 차를 세웠다. 체인은 요령만 있으면 금방이다. 어느새 날이 어둑어둑해져 왔다. 인가가 없는 곳은 아니지만 떼어놓고 온 여자가 걱정되었다. 헤드라이트를 켠 채 차를 돌렸다. 돌아가는 데 5분도 걸리지 않았다. 혹시나 했는데 여자가 당산나무 옆에 그대로 서 있다. 단단히 삐쳤는지 차를 세우고 타라고 해도 꼼짝 않는다.

"처지를 바꿔 생각해봐요. 아가씨라면 날 태우겠어요?"

　자신도 모르게 화가 치밀어 올랐다. 못 이긴 척 여자가 옆자리에 오르면서 말했다.

　"절 못 믿으신 거죠, 아저씨."

　그랬던가. 나는 싱겁게 웃고 말았다. 여자도 웃었다. 웃으니 훨씬 앳돼 보인다. 가까이서 보니 스물대여섯 정도다. 미인은 아니지만 그렇다고 미운 얼굴도 아니다. 자연스럽게 자신이 잘 가꾸어낸 얼굴이다.

　날은 어두워지고 국도로 접어든 차는 눈 속을 조심스럽게 달렸다. 간간이 오고 가는 차들이 보였다. 바퀴 달린 눈썰매처럼 격포로 가는 해안도로를 타고 미끄러지듯 달려간다. 불빛을 내쏘고 가는 차들을 볼 때마다 이대로라면 시간이 걸리더라도 무사히 도착할 것 같았다. 운전에 좀 여유가 생기자 여자가 했던 말이 궁금해졌다.

　"……그렇다면 아가씬 날 믿었다는 얘긴가."

　"아뇨."

　"만일 태워주겠다고 했으면, 격포 쪽으로 말이오."

　"타지 않았을 거예요. 저도 아저씰 믿지 않았으니까요."

　"그런데 왜……."

　"지금은 탔느냐고요? 아저씰 10분만 기다려보기로 하고 돌아오시면 타기로 했어요. 의외로 빨리 오시더군요. 좋은 분이란 생각이 들었지요. 전 이런 게임을 좋아해요. 컴퓨터게임도 그렇고, 게임이라면 별로 져본 적이 없거든요. 만일 이번 게임에 지면 매표소 아저씨한테 부탁하려고 했죠. 전 휴대폰도 두고 왔거든요."

　"눈 때문에 택시가 못 오면 아가씬 어떡하려고?"

"그땐 119라도 불렀을 거예요. 민박이나 어디서 자고 갈 생각은 처음부터 없었고요. 전 격포로 가야 하거든요. 그리고 저 아가씨 아니에요. 오늘 결혼했거든요."

이것 봐라. 처음엔 어른을 갖고 노는 게 아닌가 하는 생각도 들었지만, 여자가 너무 솔직해 보여 일단 믿기로 했다.

"그렇다면 신랑은 어딜 갔을까. 지금쯤 신혼여행을 즐길 시간 아닌가. 아가씨, 아니 신부가 혼자 이렇게 있으니 말이오. 기가 막히네."

"훗, 우습죠. 신랑은 지금 부안에 있을 거예요. 밴댕이 속에 겁쟁이죠. 그런 앨 믿고 결혼까지 하다니 저도 한심한 인간이죠. 병신이 일기예보 귀신이에요. 오늘 큰눈 올 거라고 부안에서 모텔 잡고 거기서 그냥 첫날밤 보내자는 거예요. 격포에 예약해둔 리조트도 있는데 말이에요. 그런 머저리가 일류대를 나오고 대기업 사원이면 뭘 해요. 그렇게 겁나면 내가 운전한다고 하자 운전댈 그러안고 징징거리는 거 있죠. 절 너무너무 사랑한대요, 글쎄. 그래서 눈길 운전은 죽어도 안 된다나요. 이렇게 잘만 달리고 있는데 말예요."

잘 달리고 있지만 위험하긴 위험하지. 밤길에, 그것도 눈길을. 이런 해안도로로는 더더욱 위험하지. 갈 길은 가야겠지만 신혼여행 길이라면 평탄한 길이 좋겠지. 신랑이 밴댕이 속인 줄은 몰라도 겁쟁이는 아닌 것 같아, 이 아가씨야. 지금 이렇게 멋지게 달리고 있어도 속으론 얼마나 떨리는 줄 알아. 아차 잘못하면 저 아래 수십 길 낭떠러지를 굴러 시커먼 갯벌 속으로 처박히고 말아. 그것보다 내가 더 겁나는 건 만에 하나 정말 사고라도 나면 세상이 우릴 어떻게 볼지 그게 더 무섭지. 정유 회사 간부가 정초에 사표를 내더니 묘령의 20대 아가씨와, 그것도 결혼 당일 첫날밤도 치르지 않은 신부와 함께 도피행 여행을 하다가 참사를 당하다. 이렇게 말이야. 끔찍하군. 도로를 오고 가며 작업을 하는 제설차가 헤드라이트 불빛에 들어왔다 사라지고는 했다. 도로가에 치워진 눈덩이가 보였다.

"병신한테 게임을 하자고 제안했죠. 부안에서 격포 가는 길은 아시다시피 두 갈래가 있지 않습니까. 대개 부안에서 시곗바늘 반대 방향으로 30번 국도를 타면 새만금이 나타나고 그곳을 거쳐 고사포에서 해안도로를 달리면 격포항이 멀지 않지요. 다른 길은 코스가 더 멀고 험한 길이죠. 시곗바늘 방향으로 23번 국도를 타고 곰소를 거쳐 지금 우리가 달리고 있는 해안도로인 30번 국도로 접어들어 모항을 거쳐 격포로 가는 바로 이 코스인데, 제가 힘든 이 길을 택한 겁니다. 신랑은 사륜구동인 지프를 몰고 자가운전해 가는 것이고, 전 여비만 갖고 버스나 택시, 재주껏 아무 차나 얻어 타도 좋고, 그렇게 격포항까지 가서 리조트에서 만나 첫날밤을 보내자는 게임이죠. 신랑이 미친 짓이다, 하고 당연히 반대했지요. 그럼 결혼 첫날에 이혼할 거냐고 난 앙탈을 부렸고요. 마음이 약해질까 봐 휴대폰도 신랑 차에 던져버리고 지나가는 택시를 타버렸거든요. 곰소까지 잠깐이더군요. 겁 많은 신랑이 부안에서 서성거릴 건 뻔하고 도착할 시간도 맞춰줄 겸 마침 오는 버스 타고 내소사를 보러 왔지요. 내소사 설경에 취해 깜박 시간을 놓쳤나 봐요. 펑펑 쏟아지는 눈 속을 걸어 나오다 전나무 숲길에서 아저씰 본 거예요. 눈발이 심해 오래 머물 것 같지 않아 밖에서 기다렸지요. 막상 태워달라고 하면서도 불안했어요. 사람을 알 수가 있어야죠. 그래 게임을 걸어본 거예요. 참, 휴대폰 그거 없으니 무지 아쉽더라고요. 아저씨 같은 분 못 만났으면 고생깨나 할 뻔했어요. 후훗."

"먼저 도착하는 사람한테 주는 무슨 상 같은 것은 없나요. 게임이라면 이기고 지는 것인데."

"그게 이래요. 원래 결혼하면 경제권을 제가 갖기로 했거든요. 만일 이번 게임에서 신랑이 이기면 자기가 번 건 자기가 쓰라고 했죠. 그게 달콤했던지 이 인간이 못 이긴 척 게임을 받아들인 거라고요. 지금쯤 아마 슬슬 기면서 핸들을 잡고 있을걸요. 이 병신이 고소공포증도 있어요. 에버랜드에서 공중그넬 타다가 그걸 알았어요. 징징거리며 우는 게 정말 딱 보기 싫더라고요. 이번 기회에 아주 간담을 키워놓을 작정이에요."

"신랑 길들이기로군. 그래도 걱정할 텐데 연락은 해야지. 내 휴대폰을 써요."

휴대폰을 꺼두고 있었지만, 여자가 쓰겠다고 하면 빌려줄 생각이었다.

"아뇨. 전화를 주고받는 건 규칙 위반이에요. 마음 약해져 게임을 취소할까 봐서요. 다만, 이메일을 쓰는 건 괜찮아요. 만일의 경우를 위해 비상구 하난 남겨둔 셈이죠."

"신혼여행이라면 요즘 젊은이들 거의 해외로 나가던데 아가씨 부부는 하필 왜 여기요? 경제 사정 때문만은 아닌 것 같은데 말이야."

"그렇게 생각하실 거예요. 제가요, 이곳을 너무 사랑하거든요. 결혼하면 무조건 변산반도로 신혼여행 가기로 신랑과 약속을 했걸랑요. 근데 이 밴댕이가 저 몰래 여행사와 계약을 해버린 거 있죠. 식 끝나고 나서 비행기 표 내밀며 동남아로 떠나자기에 대판 싸웠다니까요. 아, 이제 모항인가요. 격포까진 얼마 걸릴 것 같지 않은데, 역시 제가 이길 것 같죠, 선생님."

이제 선생님이라고 한다. 어두운 차 안이지만 여자의 입김과 시선이 느껴진다. 세상일이 게임같이 정해진 코스와 규칙만을 지키며 달려가는 거라면 얼마나 좋을까. 인생에 예기치 않은 복병은 언제 어느 곳에서나 있게 마련이다. 종알대기 잘하고 낙천적이고 장난기 넘치는 데다 발랄하고 자신감에 넘치는 젊고 화사한 신부는 모항을 바로 눈앞에 둔 언덕길에서 크게 낭패를 당할 줄은 몰랐다.

커피를 다 마신 아현이 발딱 일어나 신나는 무엇을 발견한 듯 맞은편 벽 쪽으로 간다.

"PC도 있네. 아저씨, 이것 인터넷도 되나요."

젊은 지배인은 어떤 경우에도 손님에게 정중하고 호의적이다.

"전용선은 아니고요, 손님. 온라인 게임 같은 건 힘들고 검색이나 이메일은 가능합니다."

벌써 모니터 앞에 바짝 붙어 앉은 아현은 마우스를 움직이더니 자판을 드르륵 긁어댄다.

재현은 찻집 밖에 멋진 해바라기 꽃밭이 있다면서 엄마를 불러낸다. 그러고 보니 오른편 창가 너머로 활짝 핀 개량종 해바라기가 보인다. 미니 해바라기인데 꽃 이름은 빅 스마일이라고 하던가.

찻잔을 치우고 있던 지배인이 소리를 낮춰 말한다.

"지난해 겨울 함께 오셨던 그 여자분 말입니다. 올여름 남편 되시는 분과 여길 다녀가셨습니다. 서로 좋아 보이시던데요."

원래 신중한 젊은이라 지금까지 나를 모른 척하고 있었을 뿐이다.

"미라의 언니라는, 그 사장님 미국에서 나오셨나요?"

"네. 저한테 이 가게 넘겨주시고 아주 가셨습니다. 동생 일은 깨끗이 잊으셨다면서, 찻집 이름은 바꿔도 좋다고 하시기에……."

지배인은 '미라네 집'을 '카페 몬테레이'로 바꾼 것이 마치 자신의 잘못이기라도 한 듯이 죄송스럽다는 표정을 짓는다. 빈 찻잔을 챙겨 든 지배인은 더 할 말이 없는지 물러간다.

예기치 않은 복병이란 바로 눈사태였다. 트럭 한 대가 지나갈 때 깎아지른 산비탈 위에 위태하게 걸려 있던 바위가 굴러떨어지면서 집채만 한 눈덩이가 되어 덮쳐 내렸다는 것이다. 언덕길 아래쪽인 그 일대에는 이미 부안 쪽에서 달려온 구조대와 차량으로 부산스러웠다.

앞서 가던 승용차 몇 대가 길 위에 멈춰 서 있었다. 차 한 대는 사고 현장이 한눈에 내려다보이는 언덕길 옆에 있는 찻집 건물의 주차장에 주차를 하는 중이었다. 차 안의 불을 켰을 때 여자의 얼굴에는 당혹스런 낭패감이 스치고 지나갔다. 나는 차에서 내리면서 찻집의 네온 불빛 간판을 무심코 올려다보았다. '미라네 집'. 순간 뭐라 말할 수 없는 멍한 기분에 사로잡혔다. 여자가 차 문을 닫고 내 옆에 섰다.

"후훗. 우리 신랑이 운이 좋은가 봐요. 선생님, 길이 뚫릴 때까지 저기 찻집에 쉬었다 가요."

여자는 금방 얼굴이 밝아졌다. 내가 말이 없자 앞서 걸었다. 나는 마치 자력에 이끌린 듯 여자의 뒤를 따랐다. 찻집의 유리문을 열고 들어설 때 바다 쪽에서 허연 눈보라가 건물의 지붕을 뒤덮으며 휘몰아쳐 왔다. 찻집에는 주방 일에서 서빙까지 혼자 도맡아 하는 젊은 지배인이 바쁘게 움직이고 있었다.

페치카 모양을 낸 난로 주변에는 비슷한 처지인 사람들이 모여 있는 것이 보였다. 먼저 사고 현장을 본 사람이 열을 올려 상황을 설명하는 중이었다. 판단이 빠른 사람은 왔던 길을 돌아가기로 하고 자리를 털고 일어났다. 어떤 사람은 젊은 지배인에게 물어 가까운 모텔로 전화를 넣어보기도 했다. 연인으로 보이는 젊은 남녀는 하룻밤 모텔에 묵어가기로 하고 찻집을 나섰다.

구조 작업은 자꾸 늦어지고 시간이 흘러갔다. 현장을 지켜보고 달려온 사람이 문을 열고 들어서며 다급하게 말했다.

"여러분, 구조는 끝났지만 차량 통제는 계속될 거라고 합니다. 언제 길이 뚫릴지 몰라요."

그때까지 서성거리고 있던 사람들은 왔던 길을 돌아가거나 숙소를 찾으려고 서둘러 찻집을 나섰다. 찻집 안은 텅 비어버렸다. 여자와 나만 남았다. 지배인이 어떻게 하겠느냐는 듯 물끄러미 바라본다. 여자가 물었다.

"여기 문 닫는 시간이요, 몇 신가요?"

"아무리 늦어도 자정을 넘기진 않습니다만. 숙소로 쓸 방은 없습니다, 손님."

"그렇담 여기서 길이 뚫릴 때까지 기다리고 있을 수는 없을까요, 지배인님."

홍차 잔을 두 손으로 감싸고 있던 여자가 다시 물었다. 지배인은 난감한 표정을 짓고 대답을 망설였다. 내가 거들었다.

"그래요. 어떻게 좀 편의를 봐줄 수 없을는지요. 실은 저희가 일행은 아니랍니다. 여기 이분을 격포까지 태워주기로 했는데, 그러니까 그게……."

내가 말끝을 흐리자, 여자가 선뜻 나서 알기 쉽게 그날 있었던 일을 솔직하게 털어놓았다. 오늘 아침 결혼한 신부라고 자신을 소개하고, 신랑과 지금 격포의 리조트까지 먼저 도착하기 게임을 하는 중이라고 말했다. 지배인은 처음에 여자가 하는 말을 믿기 어렵다는 듯 고개를 갸우뚱거리다가 종내는 얼굴에 담뿍 웃음을 지었다. 그는 찻집 가운데 설치된, 붉은 벽돌로 쌓아 올린 페치카에 장작을 던져 넣으며 말했다.

"그렇다면 저도 게임의 한 멤버가 되는 셈인가요. 저 역시 길이 막혀 꼼짝할 수 없으니까요. 길이 뚫릴 때까지 그러면 여기서 기다리시지요."

자정을 넘기고도 눈길은 뚫리지 않았다. 지배인이 현관의 유리문을 닫아걸었다. 등도 하나만 남기고 모두 꺼버렸다. 그는 페치카 앞의 철제 의자에 털썩 걸터앉았다. 페치카의 장작불이 활활 타올랐다. 그 불길들이 탁탁 소리를 튕겨내며 큼직한 원형의 연통 속을 타고 올라가는 것을 세 사람은 물끄러미 지켜보았다. 무료함을 달랠 무엇을 찾다가, 갑자기 나는 '미라네 집'이란 이름이 궁금해졌다. 나는 지배인을 보고 물었다.

"뭐 하나 물어봐도 될까요. '미라네 집'이란 이름, 혹시 여기 찻집 주인과 무슨 관련이 있나요? 젊으신 양반이 주인은 아니신지, 혹시."

"아니요. 주인 되시는 사장님은 따로 계십니다. 여자분이신데 미국에 계시죠."

젊은 지배인은 한참 동안 말이 없었다. 뭘 망설이는 눈치였다. 나도 여자도 그가 입을 떼기만을 기다렸다. 자칫 말을 걸었다가는 영 입을 열지 않을 것 같아서였다.

"이 찻집 이름엔 사연이 좀 있어요. 손님분들은 모르시는 게 좋을 것 같아 말하지 않았는데, 이상하게 선생님께는 털어놓고 싶군요."

그가 잠시 숨을 고르는지 또 말을 끊었다. 잠시 침묵이 흘렀다.

"……미라라는 분이 이 찻집 사장님의 여동생이신데요, 젊을 때 미국에서 죽었다고 합니다. 그것도 향수병으로 자살을……. 그 미라라는 분이 모항 바다를 애절하게 그리워하셨다는군요. 그래서 언니 되시는 사장님이 여기 모항이 내려다보이는 언덕에 집을 짓고는 '미라네 집'이란 간판을 거신 겁니다. 모항은 제가 태어나고 자란 곳이기도 합니다만."

나는 지배인의 말을 듣고 숨이 멎는 듯했다. 미라, 그렇다면 오미라일지도 몰라. 아니, 그럴 리 없어. 미라가 죽었다니, 그것도 젊은 나이에. 나는 미라가 죽었다는 생각을 한 번도 해본 적이 없었다. 막연히 미국 어딘가에 살아 있을 거라고만 생각했다. 그리고 이제 오십 줄에 접어든, 아름답게 늙어가는 여인일 거라는 상상을 해본 적은 있었다. 나는 지배인을 보고 다시 물었다.

"그분들, 여기 사장님 자매분 말입니다. 고향은 어딥니까?"

"부안입니다. 제가 어렸을 적 얘기라 잘은 모르겠으나, 아주 잘살았던 집안이라는 얘긴 들었습니다."

지배인은 약간 의아한 표정을 짓고 나를 바라보았다.

"사장님의 성함이 어떻게 되시는지요. 그 미라라는 분 언니 말입니다."

"오미주 씨라고 합니다만. 근데 선생님 아시는 분인가요? 우리 사장님."

나는 고개를 젓고는 한숨을 쉬었다. 미라의 언니는 대학 다닐 때 어쩌다 한 번 마주친 적은 있었으나 정식으로 인사를 나눈 적은 없었다. 사장이 오미주라면 미라의 언니가 분명하다. 고향도 부안이고. 그렇다면 미라는 젊은 날에 죽었고, 벌써 오래전부터 이 세상에 없었다는 얘기가 된다. 젊은 시절 나는 미라를 미친 듯이 찾았다. 미국으로 온 가족이 이민을 떠났다는 얘기를 듣고도 미라를 잊을 수 없었다. 결혼하고도 미라와 모항 바다를 배경으로 찍은 폴라로이드 사진을 버리지 않았다. 미라와 딱 한 장 찍은, 미라가 내게 가지라면서 준 그 사진을 아내가 보았을 때 나는 미라 얘기를 털어놓았다. 그 뒤로

124

혼자서, 때로는 아내와 함께 모항에 들르기도 했지만 아내는 아무런 내색을 하지 않았다. 나는 아내에게 미안한 마음이 들었다. 세월이 흐르면서 미라도 모항도 차츰 잊어갔지만.

지배인은 내 그런 심정을 알 턱이 없었으나 뭔가 이상하다는 낌새는 눈치를 챈 것 같았다. 그래도 이왕 내친김이라서 그럴까. 마치 자신의 얘기에 도취라도 된 듯 미라에 관한 얘기를 늘어놓기 시작했다.

"캘리포니아의 몬테레이 반도에서 로스앤젤레스로 가는 하이웨이 아시죠. 그 해안도로를 친구들과 관광을 갔다 돌아온 날이었다고 합니다. 그날따라 자꾸 모항이 보고 싶다고 하더래요. 향수병에 걸린 줄은 알았지만 그토록 심각한 줄은 언니도 몰랐다고 합니다. 전 그분이 어떻게 죽었는지는 모르지만 어쨌든 그날 밤 목숨을 끊었다는 사실만은 사장님에게 직접 들었습니다. 참 아름다운 분이셨다는데, 안된 일이죠. 사장님은 동생을 잘 보살피지 못한 죄책감에 시달렸다고 합니다. 동생은 사진 한 장 남긴 것이 없었다고 합니다. 다만 모항이 보고 싶다는 말뿐이었죠. 그 후 사장님은 미라 동생이 이곳 언덕에서 모항 바다를 내려다보고 있는 꿈을 여러 번 꾸었다고 합니다. 동생의 한을 풀어주기 위해 온갖 생각을 다 했다는군요. 그러고도 많은 세월이 흐르고서 경제적으로 여유가 생기자 모항이 보이는 언덕에 동생을 위해 예쁜 집을 짓게 된 겁니다. 그래 이걸 그냥 빈집으로 둘 수 없어 찻집으로 만들었던 거고요. 전 그 당시 막 해병대에서 제대하고 고향에 돌아왔고, 지금 변산 온천에서 일하는 아내를 만났습니다. 해병대 훈련 시절 눈물을 삼키면서 갯벌 바닥을 박박 기었죠. 그렇게 기면서 생각했습니다. 제대하고 돌아가면 다시는 고향의 갯벌에서 일하지 않으리라고요. 운이 닿았는지 사장님이 저를 갯벌에서 건져 주셨지요. 찻집을 운영할 사람을 찾던 중 저를 만나신 겁니다. 사장 님은 처음 찻집 이름을 '미라네 집'이 아니라 '미라의 집'이라고 지었 습니다. 제가 무슨 사연이 있는 이름 같다고 했더니 미라라는 그분 얘기를 들려주셨습니다. 저는 솔직히 죽은 사람 이름을 상호로 쓰는 게 싫었습니다. 그것도 미라를 길게 발음했을 때 느껴지는 어감이 더 욱 싫다고 했지요. 그러자 사장님은 화를 내는 대신 저를 더욱 믿어 주셨습니다. 자신도 자살한 동생에 관한 기억을 깨끗이 잊고 싶다고 하셨습니다. 저는 이렇게 말씀드렸지요. 생전에 동생과 있었던 좋은 추억만 생각하시라고요. 그러자 사장님은 '미라의 집' 대신 '미라네 집'으로 하면 어떻겠냐고 하시더군요. 전 그것도 마음에 들지는 않았 지만 제 생각만 할 수는 없었지요. 저의 그런 의중을 눈치채셨는지 사장님은 죽은 동생한테서 자유로워지는 날 '미라네 집'도 떼어내겠 다며 쓸쓸히 웃으셨습니다. 어느덧 3년이란 세월이 흘렀군요. 사장님 한테서는 아직 별다른 말씀이 없으시지만 저는 믿고 있습니다. 언젠 가는 그분이 동생으로부터 자유로워지시리라는 것을."

　지배인은 말이 길어져 쑥스러웠던지 머리를 긁적였다. 미라를 마 지막으로 만난 것은 군에서 두 번째 휴가를 나왔을 때였다. 미라는 그 뒤로 소식이 끊겼다. 당시 학생운동에 뛰어들었던 미라를 부모들 이 강제 유학을 보낸 것을 군에서 제대한 후에야 알았다. 미라의 소 재를 파악하려 애썼으나 알아낼 길이 없었다. 미라 역시 국내에 연락

할 아무런 방법이 없었거나 누군가의 통제를 받고 있었으리라. 그 후 부안을 찾아가 알아보았더니 미라네 온 가족이 미국에 이민을 떠난 뒤였다. 이국 타향에서 모항을 애절하게 그리워했다는 미라. 나는 눈시울이 뜨거워지는 것을 느꼈다. 이때 찻집의 실내에 잔잔히 깔리고 있던 음악이 귀에 익은 음악으로 바뀌었다. 아다모의 〈눈이 내리네〉였다.

여자가 아다모의 노래를 나지막한 목소리로 따라 부르기 시작했다. 페치카에 일렁이는 불빛이 여자의 얼굴을 비췄다 사라지곤 했다. 창밖에는 잠시 그쳤던 눈발이 다시 거세졌다. 지배인이 일어나 카운터 쪽으로 가더니 통기타를 들고 왔다.

아다모의 노래가 끝나자 여자는 지배인의 기타 반주에 맞춰 몇 곡을 더 불렀다. 여자가 〈모항으로 가는 길〉을 부르고 난 뒤였다. 나는 미라와 같이 부르곤 했던 트윈폴리오의 〈낙엽(Let it be me)〉이 떠올랐다. 자신도 모르게 입에서 노래가 흘러나왔다.

지배인과 여자도 따라 불렀다. 내 눈에는 흥건하게 눈물이 고여 있었다. 지배인이 기타를 치우고 모포를 몇 장 들고 왔다. 페치카에 장작을 던져 넣고 그 앞에 모포를 넓게 펼쳤다. 그는 졸린 눈을 붙이려는지 카운터 뒤편으로 사라졌다. 눈은 계속 내리고 밤은 더욱 깊어갔다.

그때까지 꼼짝하지 않고 페치카 옆에 앉아 있던 여자가 모포를 감싸고 누웠다. 나도 앉아 있기엔 힘이 들어 여자를 등지고 돌아누웠다. 몸을 눕히고 나니 한꺼번에 피로가 쏟아졌다. 그러나 좀처럼 잠은 오지 않았다. 나지막한 여자의 말이 등 뒤에서 들려왔다.

"선생님, 내소사에서 어딜 가시느냐고 했을 때 모항이라고 말하려다 격포 쪽으로 간다고 하셨죠?"

"모항……이라. 그랬군요."

"……힘드시죠."

나는 아무 말도 하지 않았다. 고맙게도 여자는 이제 아무것도 물어오지 않았다. 여자가 부스럭거리며 돌아눕는 소리가 들렸다. 만일 미라의 영혼이 '미라네 집' 어느 구석에선가 서성거리고 있다면 그녀를 위해서라도 작별을 하고 싶었다. 그런 생각을 하자 아무리 참으려 해도 눈물이 솟구쳐 올랐다.

어느 틈에 깜박 잠이 들었는지 몰랐다. 창밖이 환했다. 눈은 그치고 투명한 새벽빛이 실내를 희부옇게 떠올렸다. 공기가 약간 서늘했다. 페치카의 장작불이 가물가물 꺼져가고 있었다. 언제 일어났는지 여자가 컴퓨터 앞에 앉아 자판을 또닥거리고 있었다. 여자가 돌아앉아 나를 보다가 발딱 일어나며 소리 질렀다.

"어마, 이 병신이 제법이네. 선생님, 이것 보세요. 이 인간이 리조트에 먼저 도착했다고 멜을 띄웠어요, 세상에."

여자는 게임에 졌는데도 얼굴에 웃음이 가득했다.

"아빠, 안 가요?"

여자는 사라지고 아현이 앞에 서 있다. 언제 봐도 밝은 딸아이의 얼굴이다. 유리문 밖으로 아내가 기다리고 서 있는 모습이 보인다.

아현이 가벼운 걸음으로 앞서 나간다. 내가 카운터 앞으로 다가서자 지배인이 달려 나와 정중하게 허리를 굽힌다. 지배인 옆으로 처음 보는 젊은 여자가 다가선다.

"계산은 사모님이 하셨습니다. 여보, 인사해요. 제 아냅니다, 선생님. 아이가 생겼어요. 벌써 3개월째랍니다."

주방에서 나왔는지 앞치마를 걸친 지배인의 아내는 허리를 굽혀 인사한다. 좋은 인상이다. 나는 지배인의 손을 잡고 흔들었다.

"축하하네. 부인도요."

그들을 뒤로하고 밖으로 나섰다. 재현이 차를 돌려놓은 채 기다리고 있다. 아내가 뒷좌석에, 아현이 차 문을 열고 앞좌석에 오른다. 나도 처음처럼 아내 옆에 앉는다. 재현이 능숙하게 차를 몬다. 차가 도로 위를 달릴 때 아현이 손가락으로 가볍게 물방울을 튕기듯 한마디 한다.

"커피 맛 어땠어요?"

"응. 괜찮았어."

아내가 웃음 띤 얼굴로 말을 받았다.

차는 '카페 몬테레이'를 멀리하고 곰소로 가는 해안도로를 달려간다. 모항 바다가 차츰 뒤로 사라져간다. 나는 옆에 아내가 타고 있다는 사실도 잊은 채 가만히 입술을 움직였다. 잘 가라, 미라.

해술이

1997년 12월 23일 아침이었다. 장생포의 매암동 제6부두 위를 가마우지 몇 마리가 슬픈 울음소리를 내지르며 날고 있었다.

괙괙괙구루구루해술이가죽었어요

그 소리를 듣고 괭이갈매기 떼가 날아들었다. 갈매기도 슬피 울기 시작했다. 솔개 한 마리는 크게 원을 그리며 맴을 돌았다. 부두에는 난데없는 가마우지와 갈매기들의 통곡이 파도 소리를 삼키며 하늘 높이 떠 있는 회색 구름을 휴지 조각처럼 갈가리 찢어놓았다.

가마우지 떼는 열병식을 하듯 부두의 도로변에 버려져 있는 낡은 컨테이너 위를 낮게 날기 시작했다. 이른 아침부터 부두에서 일하던 사람들은 가마우지가 뱉어내는 소리를 알아듣지 못했다. 마침 자전거를 타고 출근하던 노동자 한 사람이 부둣가의 심상치 않은 광경을 보고 밟고 있던 페달을 멈췄다. 노동자는 컨테이너에 무슨 일이 있다는 것을 직감하고 철문을 따고 안으로 들어갔다. 컨테이너 안에는 커다란 새우처럼 웅크린 채 실오라기 하나 걸치지 않은 벌거벗은 사내 하나가 숨져 있었다. 뒤따라 기웃거리던 노동자 중에 누군가 탄식하듯 소리 질렀다. 앗, 해술이다. 그해 들어 가장 추운 날이었다.

　이곳 토박이들은 해술이 하면 아, 그 사람, 하고 금방 알은체를 하
지만 그는 거의 잊힌 사람이었다. 간혹 그를 기억하는 사람도 그가 어
디에서 어떻게 살고 있는지 몰랐다. 평소 어느 곳에서도 그를 찾을 수
없었다. 그가 며칠이고 몇 달이고 그림자도 비치지 않을 때가 있었다.
그럴 때마다 사람들은 해술이가 어디론가 멀리 떠나갔을지도 모른다
고 생각했다. 하지만 사람들의 그런 생각을 비웃기라도 하듯 불쑥 그
가 다시 나타나고는 했다. 그는 언제 봐도 씩씩했다. 불구덩이 속에
서도 두 눈을 부릅뜨고 멀쩡하게 걸어 나올 사람처럼 보였다. 그래서
사람들은 그가 보이지 않아도 죽었을 거라는 생각은 하지 못했다. 한
데 그런 그가 죽었다고 한다. 가마우지는 슬피 울고 또 울었다.
　해술이가죽었어요우리들친구인해술이가구루구루꽛꽛꽛
　해술이는 낡은 청바지에 화려한 원색의 웃옷을 즐겨 입었다. 허리
에는 늘 군용 단도를 찼다. 몇 달이고 씻지 않은 얼굴에 제멋대로 자
란 쑥대머리와 수염은 창대처럼 뻣뻣했다. 그는 오래전부터 고물 오
토바이를 타고 돌아다녔다. 세상에 그렇게 망가질 대로 망가진 오토
바이가 멀쩡하게 달려갈 수 있다는 사실이 사람들은 믿어지지 않았
다. 오토바이가 갑자기 속력이라도 내면 바퀴는 바퀴대로 빠져 굴러
가고 몸통과 그 안의 부속품들이 완전분해되어 폭죽처럼 공중으로
흩어져 날아오를 것만 같았다. 그럴 때 그것이 내지르는 소음은 도시
전체가 화들짝 깨어나 경기를 일으킬 만큼 굉장한 것이었다. 한데 이

상한 것은 그런 광경을 보고도 누구 한 사람 싫어하는 기색이 없었다. 교통경찰도 단속은커녕 재미있다며 낄낄거리기만 했다.

그가 이 도시에 처음 나타난 것은 35년 전 겨울로 거슬러 올라간다. 당시만 해도 아주 작은 읍邑에 불과했던 이곳에 큰 경사가 있던 날이었다. 장생포의 바닷가에서 이 지역이 공업도시가 되는 것을 세계 만방에 알리는 기공식이 열렸다. 울산공업센터설정 기공식이 있던 그날, 정확히 1962년 2월 3일이었던 그날 오전이었다. 장생포의 납도에는 기공식을 알리는 현수막이 세워져 있었다. 바다를 배경으로 하늘에는 애드벌룬이 높이 떠 있었다. 바다는 짙푸르고 하늘은 쾌청했다. 마침 반공일인 토요일이었다. 기공식을 보려고 이른 아침부터 수많은 사람이 모여들었다.

기공식도 기공식이지만 사람들은 이 나라에서 가장 힘 있고 높으신 그분이 행사장에 참석한다는 뉴스에 더 솔깃해 있었다. 라디오를 통해 목소리를 듣고 신문 지상에서 사진을 보긴 했으나 실제 그분이 어떻게 생겼을까 무척 궁금했다. 식전 행사가 끝나자 드디어 단상 위에 군복 차림의 한 남자가 올라섰다. 작은 체구지만 서릿발처럼 위엄을 풍기는 군인이었다. 사람들은 숨을 죽였다. 이 나라에서 가장 세력 있고 높은 분이라는 그 군인이 입을 열었다.

4천 년 빈곤의 역사를 씻고 민족 숙원의 부귀를 마련하기 위해 우리는 이곳 울산을 찾아 여기에 신생 공업도시를 건설하기로 하였습니다. 루르의 기적을 초월하고 신라의 번영을 재현하려는 이 민족적 욕구를 이곳 울산에서 실천하려는 것이니…….

연설이 끝나자 덤프트럭에서 자갈을 쏟아 내리는 것 같은 엄청난 박수가 터져 나왔다. 때맞춰 기공식장의 앞바다에서 폭음이 일어났다. 바다 위로 오색 테이프 같은 연기가 분수처럼 뿜어져 올랐다. 잇따라 큰 물기둥이 몇 차례나 바닷물을 가르고 치솟아 올랐다. 사람들은 환호성을 내질렀다. 한정 없이 계속될 것 같은 박수와 환호성이 잦아들어 갔다. 이제 이것으로 역사적인 그날의 모든 행사가 끝나는구나 하고 생각할 때였다. 느닷없이 누군가 다시 소리를 지르며 손뼉을 쳐댔다. 하필 이 나라에서 가장 높은 그 군인이 단상에서 내려설 때였다.

사람들의 시선은 혼자 손뼉을 치며 환호하는 그 젊은 사내한테로 쏠렸다. 사내는 식장의 단상에서 아주 가까운 곳에 서 있었다. 이 지역의 기관장과 유지들 얼굴이 하나같이 흙빛이 되어 있었다. 사내가 입은 기괴한 옷차림도 그렇지만 환호인지 무엇인지 모를 웃음소리가 도무지 이런 자리에서는 전혀 어울리지 않는 숫제 미친놈의 그것 같았기 때문이다.

높으신 분이 단상에서 내려올 때까지의 짧은 시간이 사람들은 천 년처럼 느껴졌다. 사내는 그 천 년의 시간에 온몸을 내맡긴 채 앞서 터져 오르던 축포처럼 온몸을 마구 흔들어대며 웃었다. 전광석화같이 경호원들이 사내에게 달려들었다. 사내의 두 팔이 비틀리며 뒤로 꺾여졌다. 그렇게 사내가 막 끌려 나갈 때였다. 경호원들을 밀치며 손 하나가 불쑥 들어오더니 사내의 어깨를 툭 쳤다. 이 나라에서 가장 높으신 그분이었다. 그가 그 앞에 서서 너그럽게 웃음 띤 얼굴로 손을 내밀며 악수를 청했다. 경호원들이 주춤 뒤로 물러섰다. 높으신 분은 사내의 손을 잡고 흔들었다. 사람들은 마른침을 꿀떡 삼켰다. 웬걸 악수를 한 사내는 부동자세를 취하며 거수경례를 척 갖다 붙였다. 그러자 그분이 씩 웃으며 사내의 어깨를 다시 한 번 툭 쳤다. 그러고는 그 군인은 절도 있는 걸음으로 땅바닥을 후벼 팔 듯이 군화 끝에 힘을 주며 앞으로 걸어나갔다. 경호원들과 수행원들이 그분을 에워싸며 행사장을 빠져나갔다. 기관장과 유지들도 줄줄이 그 뒤를 따랐다. 그제야 얼어붙은 듯이 보이던 사람들이 움직였다. 그들이 모두 흩어져 행사장을 빠져나갈 때까지도 사내는 그런 자세로 오래오래 서 있었다. 마침 그 위를 날고 있던 가마우지와 괭이갈매기 몇 마리가 그 광경을 지켜보고 있었다.

그날 이후 사내가 화제에 올랐다. 누가 알아냈는지 사내의 이름을 해술이라고 했다. 사내의 출현은 이 작고 조용했던 도시에 아연 긴장감을 불어넣어 주었다. 그에 관한 얘기가 도시의 하늘 높이 공업센터 기공식을 축하하며 둥실 떠 있는 애드벌룬처럼 한껏 부풀어 올랐다.

그에 관해서는 아무도 정확히 아는 사람이 없었다. 대체 어디에서 흘러왔는지부터가 분명하지 않았다. 한 가지 공통된 점이 있다면 그가 바다 건너에서 왔다는 것뿐이었다. 동해 저편 울릉도에서 건너왔다고 하는 사람이 있는가 하면 제주도 근처의 어느 섬이 고향일 거라고도 했다. 누구는 사내가 대마도에서 뗏목을 타고 왔을지도 모른다며 고개를 갸웃거렸다. 사내가 도착한 곳도 모두 달랐다. 그가 첫발을 딛은 곳이 개운포라고 했다가 어쩌면 장생포가 아니면 방어진, 글쎄 그것도 아니면 주전이나 정자 앞바다일지도 모른다며 하나같이 자신 없는 표정들을 지었다.

그해 이른 봄이었다. 기공식 이후 어째 탈 없이 잘 넘어가는가 했는데 누군가 사내의 행색이 수상하다고 신고를 했던 모양이다. 사내가 모처에 끌려가 조사를 받았다는 풍문이 나돌았다. 조사관들은 먼저 그의 신원부터 밝히려 했지만, 사내한테서 속 시원한 어떤 대답도 들을 수가 없었다고 한다. 이것저것 캐고 들다가 그들은 기공식이 있었던 이후 사내가 한 번도 옷을 갈아입지 않았고 몸은 물론 손발과 얼굴도 씻지 않았다는 사실에 주목했다. 게다가 사내는 오른손에 붕대를 감고 있었다. 나중에 밝혀지긴 했지만 뱀한테 물린 상처를 아물게 하려고 손에 헝겊을 싸매고 다녔다고 한다. 하지만 평소 추리력이 뛰어난 조사관 하나가 벌떡 일어나 사내한테 거수경례를 붙이며 말했다.

감동했소. 각하와 악수한 손을 이렇게 소중하게 간직하다니.

나머지 조사관들도 얼른 알아차렸다. 그분이 툭 하고 건드린 어깨를 보존하기 위해 입고 있던 옷뿐만 아니라 속옷도 갈아입지 않았다는 사실에 콧날이 시큰거렸다. 그들은 퀴퀴한 냄새를 풍기는 사내의 몸이 그렇게 향기로울 수가 없었다. 충성! 누군가 그렇게 소리 질렀다. 동시에 자리에서 일어난 그들은 사내에게 거수경례를 붙이며 무한한 존경을 표시했다.

이듬해 10월 그 높으신 군인이 대통령이 되었다. 덩달아 사내를 보는 사람들의 눈길도 예사롭지가 않았다. 대통령이 된 그 군인이 어깨를 쳐주고 다정하게 악수를 하였다는 사실 하나만으로도 사내는 남다른 예우의 대상이 되기에 충분했다. 그 무렵부터 사내가 지나가면 사람들은 야, 해술이다. 해술이가 저기 간다,라고 수군거리고는 했다. 여기에다 해술의 주업이 뱀을 잡아 생사탕을 만들어 파는 땅꾼이고 간혹 유리병 검사를 부업으로 한다는 것도 좌 하니 퍼져나갔다. 그가 뱀에게 접근하기 위해 사람 냄새를 없애려고 거의 몸을 씻지 않는다는 사실도 알려졌다. 뱀한테 물려 상처 난 손을 헝겊으로 싸매고 다녔다는 것도 눈치챘지만, 사람들은 사소한 그런 일까지 애써 기억하려 들지 않았다. 중요한 것은 그가 이 나라에서 가장 높은 분과 악수를 하였고 무한 권력을 가진 그분의 충복들이 그한테 거수경례를 하며 경의를 표했다는 사실이었다. 반면에 정작 해술이 자신은 사람들의 그런 관심 따위는 안중에도 없어 보였다.

일부러 그럴 리는 없을 텐데 그는 기공식이 있었던 이후부터 오토바이를 타고 가다가도 사람들을 보면 한 손을 들어 곧잘 거수경례를 붙이며 인사를 했다. 그럴 때마다 사람들은 기분이 좋아졌다. 그가 어딘가에 살아 있기 때문에 도시가 밝고 활기가 넘치는 듯한 착각이 들 정도였다. 사람들은 그가 무슨 일로 신이 나게 달려가는지 알고 있었다. 그의 오토바이 안장 뒤에 달린 나무 상자에는 까치독사에서부터 칠점사에 먹구렁이 같은 온갖 뱀들이 가득 차 있었다. 누군가 뱀탕을 찾는 사람이 있으면 그는 고물 오토바이를 타고 시가지 어느 곳이든지 굉음을 내지르며 달려갔던 것이다.

뱀탕 말고도 그를 찾는 사람은 또 있었다. 빈 병 수집상들이었다. 맥주병이나 사이다병 소주병 같은 빈 병들이 산더미처럼 쌓이면 해술이를 불렀다. 병 검사를 하기 위해서였다. 병 검사란 유리병에 금이 가 있거나 병 입구 부위에 생긴 홈집을 찾아내는 일이었다. 컴퓨터 시스템을 이용한 첨단의 빈 병 검사기가 나오기 전까지 유리병 검사는 사람 손을 일일이 거쳐야 했다. 병 주둥이에 티끌만큼 홈이 있거나 병 어딘가에 금이 가 있으면 납품이 거절되었으므로 병 검사는 단순노동이지만 매우 성가신 작업이었다. 언뜻 생각해서는 손이 빠르고 시력이 좋은 사람이 이런 일에 맞을 것 같지만 의외로 귀가 밝은 사람이 훨씬 능률적으로 일을 잘했다. 빠른 시간에 적은 품삯으로 정확하게 병 검사를 하는 사람으로 해술이만 한 기술자가 없었다. 그는 풀숲에 숨어 똬리를 틀며 교미하는 뱀들의 은밀한 움직임조차 놓치지 않는, 동물적인 예민한 청각을 가지고 있었다.

해술이가 병 검사를 할 때는 생판 딴사람처럼 보였다. 알 만한 사람들은 그런 볼거리를 놓칠세라 고물상 마당으로 모여들었다. 해술이가 웃통을 벗은 채 구릿빛 근육을 꿈틀거리며 빈 병이 꽉 찬 나무 상자를 종이 갑처럼 가볍게 흔들어대는 모습은 참으로 놀라운 구경거리였다.

스무 개가 채워진 빈 병 한 상자를 가슴 위로 번쩍 들어 체질하듯 흔들어 검사하는 데 걸리는 시간은 불과 2, 3초 정도면 충분했다. 빈 유리병들이 서로 가볍게 부딪는 소리들이 마치 중국 음식점을 들어설 때 손으로 걷었다 내리는 주렴에서 울려나는 소리 같았다. 그 소리들은 청년의 잘 단련된 두 손과 굵은 팔뚝에서 어깨 근육을 타고 흘러내렸다. 그중 굵은 소리는 유리구슬 같은 땀방울이 되어 등줄기에 뚝뚝 맺히고는 했다. 그가 상자를 살짝 바닥에 내려놓자마자 어느새 그의 날랜 손이 날아와 한두 개씩 흠 있는 병을 솎아냈다.

그렇게 버려진 병들은 누가 다시 확인해볼 것도 없었다. 처음에 사람들은 병끼리 부딪치는 소리만 듣고 어떻게 바늘 끝만 한 흠집까지 찾아내는지 영 믿어지지가 않았다. 불합격 판정을 받은 병들은 대개 병 주둥이에 작은 흠집 하나라도 있게 마련이었다. 겉으로는 말짱해 보이는 것도 자세히 살펴보면 육안으로도 찾아내기 어려운 가는 금이 나 있었다.

병 검사는 이른 아침에 시작해서 한밤중이 되어서야 끝이 나고는 했다. 아무리 청각이 발달한 사람이라도 체력이 받쳐주지 않으면 도저히 감당할 수 없는 일이었다. 워낙 정신을 집중하는 일이라서 그럴까. 그는 일을 마칠 때까지 다른 음식이라고는 아무것도 입에 대지 않았다. 가끔 흐르는 땀을 닦으려고 잠시 허리를 펴는 사이 막걸리 한 사발을 들이켜는 게 고작이었다. 마당 위로 내걸린 알전구에 불이 켜지고 구경하던 사람들이 한둘씩 돌아가고 나면 고물상 주인과 그만 남았다. 놀랍게도 산더미처럼 차곡차곡 쌓여 있던 빈 병 상자들이 이전에 있던 자리에서 고스란히 마당의 반대편으로 몽땅 옮겨 가 있었다.

구루구루꽛꽛꽛해술이가죽었어요해술이가

요란한 사이렌 소리와 함께 구급차가 달려왔다. 열병식을 하듯 날고 있던 가마우지들이 대열을 흩뜨리며 슬피 울었다. 해술이의 시신이 실려 간 다음에도 부두의 컨테이너 주위에는 한참이나 사람들이 모여 웅성거렸다.

그때 가마우지들이 커다란 부리를 찢어지라 벌리고는 공중을 선회하는 솔개를 향해 소리 질렀다.

부고를 띄워라!

그러자 어지럽게 바다 위를 날고 있던 괭이갈매기들도 소리소리 질렀다.

부고를띄워라부고를띄워라부고를띄워라부고를띄워라부고를띄워라

그 소리를 들었는지 솔개의 매서운 눈에서 번뜩 섬광이 일어났다. 솔개는 날개를 넓게 편 채 머리를 곧추세웠다. 솔개의 눈에는 무룡산 정상과 민둥산이 되어버린 함월산의 붉은 언덕과 그 아래로 꿈틀거리며 흘러가는 태화강이 들어왔다. 온몸이 부고장이라도 된 듯이 비통에 젖은 솔개는 친구들을 찾아 빠르게 날기 시작했다. 구름을 뚫고 부챗살처럼 뻗쳐오는 햇살들이 솔개의 세찬 날갯짓에 부딪혀 툭, 툭 바다 위로 떨어졌다.

도시는 기공식이 있던 그해 6월, 읍에서 시로 승격되었다. 장생포 일대에는 정유 공장을 짓는 공사가 활발하게 진행되었다. 불과 몇 해 만에 비료 공장과 화학 공장들도 잇따라 건설되기 시작했다. 도로를

새로 닦고 공장과 높은 건물들을 짓느라 낮이고 밤이고 조용한 날이
없었다. 일거리가 엄청나게 늘어났다. 돈벌이가 쉬워지자 사람들은
신이 났다. 하룻밤을 자고 나면 술집과 다방이 새로 생겼다. 울산에
만 가면 무슨 일이라도 할 수 있다는 소문이 퍼져나갔다. 전국 각지
에서 일자리를 찾아 사람들이 자꾸 모여들었다. 땅 투기꾼들이 활개
를 치고 땅 부자들도 늘어났다. 졸부들은 몸보신을 하려고 뱀탕을 자
주 찾았고 해술이가 탄 오토바이가 요란한 소음을 내지르며 시가지
를 달려가는 모습이 자주 눈에 띄었다.

 해술이가 잘하는 것이 또 한 가지 있었다. 그건 수영이었다. 사람
들은 강이나 바다에서 발가벗은 몸으로 헤엄질 치는 그를 볼 때가 더
러 있었다. 당시만 해도 태화강은 강변에 넓은 모래벌판이 길게 펼쳐
져 있었다. 강물은 식수로 쓸 수 있을 정도로 맑고 깨끗했다. 울산다
리 아래는 여인네들의 빨래터로 유명했다. 강가에는 빨랫감을 삶는
무쇠솥이 걸려 있었다. 여기저기 빨랫줄에 널려 있는 옷가지와 길고
흰 옥양목 천이 햇볕을 싣고 바람에 펄럭거렸다. 내려다보면 아찔 현
기증이 일어나는 강물과 교각 사이로 빨랫방망이를 두들기는 여인네
들과 치마를 걷어 올린 그들의 박속같은 허벅지가 눈을 시리게 했다.
여름 한 철 동안 발가벗은 사내아이들이 빨래터 가까이에서 자맥질
을 치며 놀았다. 여인네 중에는 해술이가 나타나지 않을까, 가슴을
두근거리며 은근히 기다리는 이도 있었다. 먹 감을 때 해술이는 아이
들처럼 실오라기 하나 걸치지 않은 알몸이었다. 환한 대낮에 어른이
그런 장소에서 먹을 감았다가는 당장 망신을 당하고 쫓겨날 게 뻔했

지만, 이상하게 해술이만은 괜찮았다.

그가 한참 헤엄을 치다가 물속으로 자맥질을 치려고 푸 하고 숨을 토하고 몸을 뒤집어 거꾸로 치솟기라도 하면 여인네들의 시선은 한꺼번에 그리로 쏠렸다. 눈 깜짝할 새 일어나는 일이지만 사내의 탄탄한 엉덩이와 구릿빛 허벅지, 불끈 힘줄이 서는 종아리와 맨발이 물보라를 일으키며 때로는 하초의 그것까지 덜렁 허공에 떠올랐다가 사라진다. 해술이는 그렇게 잠수질을 해 여인네들 쪽으로 헤엄쳐 가 불쑥 머리를 치솟아 올리고는 했다. 여인네들은 고개를 돌려버리지만, 간혹 용기 있는 여자는 물을 끼얹으며 장난질을 치기도 한다. 그럴 때 외면만 하고 있던 여인네들도 해술이에게 물세례를 퍼붓고는 깔깔거렸다.

해술이의 수영 실력이 유감없이 발휘된 건 이른 봄철 유람객들이 똑딱선을 타고 동백섬에 꽃구경하고 돌아오던 중에 일어났다. 동백꽃에 취한 듯 좁은 똑딱선 안에 탄 남녀 유람객들은 춘흥에 겨워 노래를 그치지 않았다. 젊은 남자 하나가 술김에 옆자리에 앉은 여자를 껴안으려 했다. 놀란 여자가 남자를 밀쳐버렸다. 남자가 비칠거리다 바다에 풍덩 빠져버렸다. 유람객들은 정신이 번쩍 났으나 어찌할 줄 몰랐다. 이때 누가 날쌔게 몸을 날려 바다에 뛰어들었다. 해술이였다. 작은 파도지만 물살을 가르며 헤엄쳐 나가는 그의 날랜 몸놀림은 한 마리의 돌고래를 연상케 했다.

해술이가 허우적거리는 남자를 구해 뱃전으로 밀어 올려주었다. 사람들이 해술이에게도 손을 내밀었으나 그는 씩 웃고는 커다랗게 자맥질을 한 번 치고는 시퍼런 바닷물 속으로 사라져버렸다. 멈춰 있던 똑딱선은 다시 물살을 헤치며 뱃길을 잡아 뭍으로 향했다. 똑딱선이 거의 포구에 닿을 때였다. 저기 해술이다. 뱃전에서 누군가 내지르는 소리에 사람들은 고개를 돌리고 처용암 쪽을 바라보았다. 세죽포구에서 바다를 바라보면 한눈에 들어오는 작은 돌섬이 처용암이다. 그 돌섬 위에 건장한 사내 하나가 우뚝 서 있었다. 먼빛으로 봐도 긴 머리칼을 날리며 서 있는 사내는 해술이임에 틀림없었다.

무룡산의 노루, 함월산의 산토끼, 고헌산의 멧돼지, 신불산의 다람쥐, 문수산의 너구리, 가지산의 살쾡이, 유곡동의 산비둘기, 선암동 꽃바위의 지네, 국수봉의 칠점사, 무학산의 오소리, 황방산의 까치, 방어진의 꽃게, 장생포의 밍크고래, 황성동의 하루살이, 태화강 변의 비둘기, 태화강 하류의 문절망둑, 정자 바다의 멸치. 주전 바다의 갈치와 온산 앞바다의 노래미하며 솔개는 가는 곳마다 먼저 눈에 띄는 동물들에게 부고를 전했다. 국수봉 위를 날면서 경주 쪽을 내려다볼 때는 한나절이 지나 있었다. 온산 바다를 맴돌 즈음에는 이미 해가 저물어갔다. 솔개는 지친 몸으로 온산 공단 위를 휘적휘적 날았다. 명멸하는 공단의 불빛들이 솔개의 몸 깃털 사이사이로 날카로운 송곳처럼 날아와 박혔다. 장생포에서 날고 있던 가마우지 몇 마리가 석양을 등지며 방어진 쪽으로 자리를 옮겨 날아간다. 그 시간, 해술이의 시신은 검시를 끝냈다. 산 그리메도 지워지고 어둠이 깃들 무렵, 먼 길을 날아온 까마귀 떼가 검게 하늘을 뒤덮기 시작했다. 철컹, 그 시간 병원의 영안실에서 시신을 안치하는 금속성의 쇳소리가 짧게 울려 퍼졌다.

1979년 10월 26일, 이 나라에서 가장 높으신 그분이 부하가 쏜 총에 맞았다. 대통령의 서거는 온 나라를 비통에 잠기게 했다. 전국에 조문 행렬이 줄을 이었다. 이 도시에도 상공회의소 강당에 그분의 영정이 걸리고 시민이 줄지어 서서 자신의 차례를 기다렸다. 해술이도 경건한 자세로 줄 맨 끝에 섰다.

오래전 그분이 장생포에 왔을 때의 일이 떠올랐다. 공업센터 기공식 구경을 갔다가 그는 얼떨결에 앞줄에 서고 말았다. 식을 마치면 빵을 나누어준다는 말을 들었기 때문이다. 좋은 날이라서 그런지 자신의 옷차림을 보고 아무도 개의치 않았다. 바로 눈앞에 식장이 있고 가운데 높은 단상이 있었다. 식장 좌우로는 헌병 둘이 부동자세로 서 있었다. 그들은 눈동자 한 번 굴리지 않았다. 해술이는 그 높으신 군인의 연설보다 헌병들 쪽에 훨씬 관심이 많았다. 사람들은 연설이 끝나자 환호와 박수를 보냈으나 해술이는 꼼짝하지 않고 헌병들 얼굴만 지켜보았다. 헌병 하나가 좀 이상해 보였기 때문이다. 그는 뒤가 마려운 사람처럼 얼굴에 뭔가 참기 어려운 표정을 지었다. 헌병은 바다에서 축포가 터져 오르자 기다렸다는 듯 아랫배에 힘을 주는 것 같았다. 그러자 금방 얼굴이 활짝 펴지면서 시원하다는 표정을 지었다. 축포 소리가 터질 때 헌병이 과연 무엇을 했는지 해술이는 궁금했다. 군중의 환호성과 박수 소리가 잦아들 때까지도 해술이는 그 생각만을 했다. 박수가 그치고 높은 분이 단상에서 내려설 때였다. 해술이는 그때야 깨달았다. 방귀. 쿡 하고 웃음이 나왔다. 해술이는 자신이 어디 있는지를 깜빡 잊어버린 채 손뼉을 치고 어깨를 들썩거리며 마구 웃어댔다.

경호원들의 억센 손길이 날아왔을 때 해술은 큰일 났다 싶었다. 다행히 그분이 어깨를 쳐주고 악수를 청하는 바람에 손을 내밀기는 했지만 온몸이 떨려왔다. 순간 훈련소에서 배웠던 것이 생각났다. 그건 거수경례였다.

이 새끼, 좀 모자란 놈 아냐. 당장 귀향 조치시켜. 자식, 경례 하난 제대로 하네. 교관은 해술이를 족치면서 얼굴은 웃고 있었다. 훈련소에서 쫓겨 나오고 나서도 자신의 멋들어진 경례 때문에 교관이 웃었다고 그는 굳게 믿었다. 해술이는 부동자세를 취하고 그분에게 거수경례를 올려붙였다. 그분이 씩 웃으며 어깨를 한 번 더 치는 걸로 봐서 경례의 효과는 대단한 것 같았다. 그 뒤로 해술이는 군인 앞이 아니라도 뭔가 힘들거나 불리한 상황에 부닥치면 누구 앞에서나 거수경례를 했다.

사람들은 돌아가신 그분의 영정 앞에 흰 국화를 한 송이씩 놓고 고개를 숙이고는 돌아서 나왔다. 해술이는 자신의 차례가 되자 대뜸 부동자세를 취하고는 거수경례를 올렸다. 그는 오래오래 그렇게 서 있어야 할 것 같았다. 그래 한참이나 꼼짝하지 않고 있는데 누가 옆구리를 쿡 찔렀다. 야, 나가. 검정 양복을 입은 건장한 남자가 옆에서 인상을 썼다. 해술이는 엉겁결에 그 남자에게도 경례를 붙였다. 새끼, 지랄하네. 야, 나가라니까.

해술이는 쫓겨 나오면서도 영문을 알 수 없었다. 밖에 나가서도 지나가는 경찰들에게 경례를 붙였지만 모른 척 무표정한 얼굴들이었다. 이상하게도 그날 이후부터 해술이의 거수경례에 대한 사람들의 반응은 냉담해지기 시작했다. 해술이에게 뱀탕을 주문하는 일도 급격히 줄어들었다. 이미 수년 전부터 뱀탕을 전문으로 하는 가게가 전국에 수없이 생겨났다. 수많은 땅꾼이 산을 헤매고 다니면서 뱀이라고 기어 다니는 것이면 닥치는 대로 잡았다. 심지어 동면하는 뱀까지 싹 쓸어 아주 씨를 말릴 작정이었다. 예전에는 교미 중이거나 수태를 한 뱀, 동면하는 뱀과 어린 뱀들은 아예 건드리지도 않았다. 어쩌다 쳐놓은 그물에 걸려도 놓아 보내주는 것이 최소한 땅꾼이 지켜야 할 도리였다. 뱀 값이 비싸지자 그런 것을 지키는 땅꾼은 거의 없어졌다. 그래도 해술이는 땅꾼이 지켜야 할 도리를 다했다. 그렇다 보니 쓸 만한 뱀 한 마리 잡기가 가뭄에 콩 만나듯 했다. 어쩌다 한두 마리 잡아도 간판이 내걸린 뱀탕 집에 싼값으로 넘겨야 했다. 돈 많은 사람은 해술이에게 생사탕을 주문하기보다 간판을 내건 뱀탕 집을 훨씬 더 선호했다. 뱀탕 집은 날로 번창하고 해술이는 날로 빈궁해져 갔다.

엎친 데 덮친 격으로 빈 병 검사도 일거리가 끊겨버렸다. 음료수 공장과 주조 공장에서 직접 빈 병을 수거해 가면서 빈 병 수집은 사양길로 접어들었다. 수동식 검사기를 쓰던 공장에서는 컴퓨터 산업이 발달하면서 전자동 빈 병 검사기를 도입했고, 이제는 사람 손을 빌릴 일이 없어져 버렸다. 귀신처럼 뛰어난 해술의 예민한 청각도 아무 쓸모가 없어져 버린 것이다.

도시는 비대해졌고 인구는 해마다 많이 늘어났다. 수많은 자동차를 생산하고 거대한 철선을 건조해 수출하면서 도시는 더욱 눈부시게 발전해나갔다. 산을 깎고 허물어 도로를 내고 논과 밭이 메워져 대단지 주거지역이 되었다. 고층 아파트가 세워지고 사람들의 생활은 몰라보게 윤택해졌다. 반면에 대기는 탁해지고 산과 바다와 강은 날로 더러워져 갔다. 사람들은 더 잘살려고 땀을 흘리며 일했지만, 쉽사리 욕구가 채워지지 않았다. 해술이의 경우 하루 벌어 쓰는 것으로 만족하며 살았다. 무엇을 모으거나 소유할 생각이 없었다. 산에 오르면 금방 뱀을 잡을 수 있었고 빈 병 검사도 언제까지나 일거리가 있을 줄로만 알았기 때문이다. 그가 가진 것이라고는 망가진 고물 오토바이가 전부였다.

해술이가 발가벗고 수영을 할 곳도 없었다. 다리 아래로 흐르던 맑은 강물은 물고기도 숨을 쉴 수 없을 만큼 썩을 대로 썩어버렸다. 동백섬과 처용암 인근의 바다도 공장에서 흘려보내는 폐수로 오염이 되었다. 어느 해 여름이었다. 일산해수욕장에서 팬티도 걸치지 않은 채 발가벗고 수영을 하던 해술이가 즉심에 넘겨진 적도 있었다. 이 무렵부터 사람들은 해술이를 아주 정신이 돌아버린 사람으로 보기 시작했다. 정중하게 거수경례를 해도 본체만체했다. 심술궂게도 약속이나 한 듯이 모두가 그를 외면하기 시작한 것이다.

해술이가 거리에 나타나지 않는 날들이 늘어났다. 몇 달이고 그의 그림자도 볼 수 없을 때도 있었다. 누구는 철거민촌에서 돼지를 기르는 그를 본 적이 있다고 했다. 깊은 산속에서 뱀을 사육한다는 말도 들렸다. 해술이가 도시를 아주 떠나버렸다는 소문도 돌았지만 해술이는 그런 소문을 비웃기라도 하듯 다시 나타나고는 했다. 어느 해 겨울에는 이 도시의 한 유치원에 큰불이 났다. 아직 구조되지 못한 어린이 몇 명과 여교사 한 명이 불길 속에 갇혀버렸다. 사람들은 발을 굴렀다. 소방관들도 엄두를 내지 못하고 있을 때 누가 불길 속으로 뛰어들었다. 해술이였다. 그가 성난 불길 속을 몇 차례 들락거리며 아이들과 여교사를 무사히 구해냈다. 모두 환호성을 질렀다. 사람들은 그동안 그를 냉담하게 대했던 게 미안했다. 그는 검댕이 묻은 얼굴에 웃음을 띠고는 사람들 틈으로 사라졌다. 그 무렵 밀렵꾼들 사이에는 해술이가 가장 귀찮은 상대였다. 노루나 멧돼지, 오소리 같은 야생동물들을 몰래 사냥하는 밀렵꾼들은 밀렵단속반의 감시는 피할 수 있었으나 해술이를 피해가기는 어려웠다. 산 아래에서 오토바이 소리가 지축을 울리는가 싶으면 단도를 허리에 찬 그가 나타났다. 그는 엽총을 겁내지 않았다. 짐승과 같은 소리를 지르며 산속을 휘젓고 달리는 그를 막아낼 재간이 없었다. 덫이나 올무도 귀신같이 찾아내 그걸 못 쓰도록 펜치나 단도로 끊어놓았다. 강가의 철새 사냥에도 해술이는 어김없이 나타나 새들이 도망칠 수 있도록 소리를 내어 신호를 보냈다. 뱀을 마구 잡는 땅꾼들도 이미 해술이와는 적이 되어 있었다. 뱀들에게 휘파람을 불어 침입자들을 알려주었다. 그는 뱀을 잡지도 죽이지도 않았다.

　해술이는 사람들과 떨어져 살았다. 그는 점점 사람들의 생활과 말을 잃어갔다. 야생동물과 새들의 생활에 훨씬 익숙해졌고 그들의 소리를 더 잘 알아들었다. 어쩌다 도시로 내려오면 바닷가의 부두에 버려져 있는 빈 컨테이너에 들어가 잠을 잤다. 그는 한겨울에도 발가벗고 담요 한 장만 덮고 잤다. 그렇게 잠을 자도 감기 한 번 걸리지 않았다. 나이가 많아지면서 기침을 하고 열이 오를 때도 있었다. 그는 자신의 몸이 쇠약해지고 있는데도 그걸 조금도 걱정하지 않았다. 몹시 끙끙거리며 앓는 날은 가마우지와 갈매기들이 도리어 염려스러운 듯 그 위를 맴돌고는 했다.

많은 세월이 흘러갔다. 해술이가 숨진 날로부터 불과 며칠 전이었다. 그를 태운 오토바이가 강변도로의 끝에서 나타났다. 다리 위에서는 차들이 계속 밀렸다. 오토바이는 버스와 승용차들 사이를 잘도 빠져 달렸다. 버스를 탄 승객들과 승용차 안에 있는 사람들은 멍하니 오토바이와 해술이를 번갈아 보았다. 세상에 그렇게 낡고 망가진 오토바이가 멀쩡하게 굴러가는 사실도 신기했지만, 방금 진흙탕에서 걸어 나온 듯한 그의 모습은 도저히 이 세상 사람 같아 보이지가 않았다. 다리를 건너 로터리를 돌아 나갈 때 오토바이의 엔진 소리가 멈췄다. 신호를 무시하고 시가지로 들어가려던 그가 교통경찰에 걸렸기 때문이다. 그는 이미 거수경례를 잊어버린 지 오래였다. 경례를 하더라도 새파랗게 젊은 의경이 그를 알아볼 리 없었다. 밀렸던 차들이 다시 움직이기 시작했고 그한테 잠시 관심을 두었던 사람들도 곧 그를 잊어버렸다. 해술이가 사람들과 함께 있었던 것은 그날이 마지막이었다.

1997년 12월 25일, 해술이가 죽은 지 사흘째 되는 날 아침이었다. 가마우지 떼와 괭이갈매기 떼가 방어진 바다를 뒤덮었다. 가마우지 몇 마리는 화장장으로 날아갔다. 솔개는 새벽부터 까마득히 높은 하늘에서 화장장의 굴뚝을 내려다보고 있었다.

무룡산과 함월산, 멀리 떨어진 국수봉과 고헌산, 신불산과 가지산하며 모든 산에 사는 짐승들이 천 길 낭떠러지 끝과 바위와 풀숲, 캄캄한 굴속에서도 뜬눈으로 날을 밝혔다. 태화강 상류에서부터 하류까지의 온갖 물고기들도, 동해를 낀 바다의 깊은 속까지 생명이란 생명은 모두 잠에서 깨어나 있었다.

마침내 화장장 굴뚝에서 바람을 타고 가느다란 연기가 피어오르기 시작했다. 숨죽여 날고 있던 솔개가 굴뚝에서 뿜어내는 연기에서 해술이의 체취를 느끼고는 고개를 떨어뜨렸다.

구루구루괏괏괏구루구루괏괏괏구루구루괏괏괏

가마우지들이 울기 시작했다. 그 울음이 얼마나 애절한지 땅끝이 울리고 강물과 바다가 기울어지며 하늘가로 눈물이 넘쳐났다. 이때였다. 방어진 하늘을 새까맣게 뒤덮으며 까마귀 떼가 날아올랐다. 이상하게도 그 많은 까마귀 떼가 아무 소리도 내지 않았다. 침묵시위라도 하는 듯 까마귀들은 하늘을 배경으로 대오를 짓고 열을 만들며 한마리씩 점을 이어 선을 그려나갔다. 만일 그날 사람 중에 눈 밝고 지혜로운 어느 누가 그 하늘을 올려다봤더라면 그 점들이 만들어놓은선의 뜻을 깨달았을 것이다.

푸른 선화지 같은 찬 하늘에 까마귀 떼가 그려놓은 그것은, 좀 삐뚤거리긴 해도 '謹弔'라는 글자임이 틀림없어 보였다.

목사와 고양이

1

정 목사는 오늘도 어김없이 새벽 4시에 눈을 떴다. 몸속 어딘가에 알람 시계를 하나 채워 넣어둔 듯 그는 이 시간만 되면 저절로 눈이 떠진다. 눈을 뜨자마자 하나님께 감사기도를 올렸다. 새벽기도로 하루를 시작하면서 끊임없이 자신을 연단하며 일깨워온 30여 년의 세월이 고스란히 그의 얼굴에 새겨져 있다.

그는 항상 남들에게 온화하고 밝은 얼굴을 짓느라 애를 썼다. 50대에 접어들면서 고혈압이 있다는 것을 알았지만, 목회 활동을 하는 데 지장이 있다고 생각해본 적은 없었다. 의사의 처방대로 약을 먹고 운동을 게을리하지 않았다. 목회자가 늘 최상의 건강을 유지해야만 교회도 건강해진다고 믿어왔기 때문이다. 최근 들어 교회 안이 시끄러워지면서 신경을 곤두세울 때가 많았다. 그때마다 웃으면서 교인들의 주장을 긍정적으로 받아들이려고 애썼다. 매사에 웃음을 잃지 않으려고 긴장했던 탓인지 혈압약 복용을 며칠째 깜박 잊고 건너뛸 때도 있었다. 간혹 혈압이 올라 정신이 혼미해질 때도 있었으나 목사는 누구에게도 자신의 건강을 내색하지 않았다.

정 목사는 정성껏 거품 면도를 하고 샤워를 끝냈다. 와이셔츠를 새 것으로 갈아입고 넥타이를 단정하게 매고 양복을 걸쳤다. 침대에 누 워 있던 아내는 어느새 일어났는지 방 안에 없다. 아내는 있는 듯 없 는 듯이 소리 없이 움직이는 여자다. 목회자의 내조자인 사모란 교인 들에게 싫든 좋든 관심과 표적이 되는 대상이다. 존경과 선망을 받기 도 하지만 변명 한마디 할 수 없는, 난감하고 억울한 처지에 빠질 때 도 있다. 그때마다 아내는 기도와 침묵으로 이겨냈다. 간혹 아내가 열심히 사역을 하고 자신은 공허한 설교만 퍼뜨리는 삯꾼이 아닐까 하는 생각이 들 때도 있다. 정 목사는 지그시 눈을 감는다.

이번 새벽기도회가 잘되어야 교회가 평온을 되찾을 수 있을 것이 다. 교회가 커지고 교인 수가 늘어나면서 목사도 감당하기 어려운 일 들이 자꾸 일어났다. 정 목사는 설교 내용을 적은 메모지를 훑어보고 습관처럼 다시 기도를 올린다. 매사에 신중한 성격인 그는 새벽기도 시간의 짧은 설교 하나에도 최선을 다해왔다. 늘 해오는 일이지만 여 기까지 준비하는 데 걸리는 시간은 삼십 분 남짓이다.

그는 성경책을 손에 들고 목사관 현관을 나서면서 맑은 새벽 공기 를 타고 코끝으로 밀려오는 물 냄새를 맡는다. 어두운 호수의 깊은 곳에서 수초를 일렁이며 풍겨오는 물 냄새는 때 묻은 영혼을 씻어 내 리는 듯 그윽하다. 만일 이곳에 유료 낚시터가 들어서면 호수는 밑바 닥까지 더러워질 것이다. 석 장로가 낚시터 사업에 개입되어 있다는 말이 나돌고 있지만 모른 척하고 있다. 해가 바뀔수록 석 장로는 강팍해지는 것 같았다. 목사는 머릿속에 떠오른 석 장로의 얼굴을 어둠 속으로 밀어내 버렸다. 행여 그를 미워하는 마음이 생길까 봐 자신을 꾸짖었다. 미명은 아직 멀지만 숲 안의 짙은 어둠도 차츰 엷어져 가고 있다. 호수 건너편 아래뜸의 아파트 단지에서 '못안교회'로 올라오는 차들이 보인다. 교인들이 타고 오는 차에서 내쏘는 전조등 불빛이 호수의 물살을 하얗게 드러낸다.

교회의 본당 건물은 어린이집인 선교원을 가운데 두고 목사관과는 조금 떨어져 있다. 선교원 건물 안을 거쳐 바로 본당으로 직행하는 회랑이 있으나 새벽에는 선교원이 잠겨 있으므로 그 아래의 마당을 에돌아서 가야 한다. 정 목사가 마당을 지나 본당으로 올라가는 돌계단을 밟으려고 발을 내디뎠을 때였다. 선교원 마당 한쪽 놀이터의 미끄럼대 위에서 쏘는 듯이 내뿜는 두 개의 파란빛이 눈에 들어왔다. 그것은 호수를 등지고 있는 목사를 향해 금방이라도 달려올 듯이 강한 빛살을 뿜어냈다. 목사는 금방 알아봤다.

"삭개오!"

그러자 그 두 개의 눈빛이 움직이며 아래로 달려온다. 점차 다가올수록 호수의 물살처럼 그것이 형체를 드러낸다. 털빛이 새까만 늙은 고양이다. 목사는 다시 한 번 삭개오, 하고 반갑게 불렀다. 오른편 앞발은 여전히 절뚝거린다. 고양이는 야옹, 하고 짧게 한마디만 내뱉을 뿐 목사 곁을 냉랭하게 스치고 달아나 버린다. 목사는 삭개오가 예전과 너무 달라진 것 같아 서운하다. 목사가 돌계단을 밟고 올라갈 때였다. 호수 쪽에서 서늘한 기운이 계단을 타고 올라온다. 이때 교회

당 정문 앞에 걸려 있는 〈못안 유료 낚시터화 결사반대〉라는 붉은 글
자가 찍힌 현수막이 금방이라도 찢길 듯이 바람에 펄럭거린다.

2

아침 식사를 할 때 목사는 아내에게 말했다.

"삭개오 있지. 오늘 새벽에 봤어."

"삭개오 정말 봤어요? 아빠."

여름방학이라 집에 내려와 있는 두 딸이 더 반긴다.

둘 다 신학교에 다니고 있지만 신학과는 거리가 먼 사회복지학과
교회음악을 전공하는 딸들이다. 삭개오는 두 딸에게 듬뿍 귀여움을
받고 자랐다. 작은딸과는 방 안에서 뒹굴다시피 하면서 정이 들었다.
재작년 삭개오가 집을 나가버렸을 때 가장 많이 울었던 아이도 작은
딸이다. 아내는 정 목사가 삭개오를 데려올 때부터 탐탁하게 여기지
않았다. 개는 주인의 은혜를 알아도 고양이는 결국 집을 나간다는 것
이었다. 무엇보다 삭개오가 아내의 눈 밖에 난 것은 녀석의 비루먹은
외모 탓이었다. 정 목사가 위뜸 마을에 혼자 사는 '시계 할머니'라고
부르는 권사님 댁에 심방을 갔다가 녀석을 만났다. 권사 할머니는 집
에서 키우는 고양이가 새끼를 낳았는데 한 마리를 목사님 댁에 드리
고 싶다고 했다.

할머니의 호의를 뿌리치기가 어려웠다. 새끼들 중에 유난히 작고
힘이 없어 보이는 녀석한테 마음이 끌렸다. 함께 심방을 갔던 아내는
이왕이면 튼튼한 놈을 골라 갖자고 했으나 목사는 결국 녀석을 선택

하고 말았다.

고양이에게 어떤 이름을 지어줄까 하다가 어렵지 않게 신약 성경에 나오는 삭개오가 떠올랐다. 누가복음 19장에 예수님과 삭개오의 얘기가 나온다. 예수께서 여리고를 지나갈 때 키 작은 삭개오는 많은 사람들 틈에서 예수님을 보기 위해 뽕나무 위에 올라갔다고 한다. 세리장이고 부자였던 삭개오였지만 키가 작고 볼품이 없었던 것 같다. 게다가 당시 세리는 천한 사람에 속했다. 그런 외모와 신분을 가진 삭개오가 예수님을 만나자 "내 소유의 절반을 가난한 자들에게 주겠사오며 만일 뉘 것을 토색한 일이 있으면 사 배나 갚겠나이다"라고 했다. 삭개오는 히브리 이름으로 순결, 의로움을 뜻한다고 하니 좋은 이름임이 틀림없다.

정 목사가 고양이에게 삭개오라는 이름을 지어주자 녀석은 정말 삭개오처럼 되고 말았다. 주일 예배 시간이면 본당의 창밖으로 보이는 오동나무 가지 위에 녀석이 쪼그리고 앉아 있었다. 삭개오는 정 목사의 설교를 누구보다 열심히 듣는 것 같았다. 창에 커튼이 내려져 있을 때는 교인 중 누군가 빠끔히 열어주고는 했다. 기특하게도 녀석은 예배 시간에 소리를 지르거나 함부로 싸돌아다니지 않았다. 나뭇가지에 올라 앞발을 가지런히 모으고 앉는 자세는 울부짖으며 통성 기도를 하는 교인들보다 오히려 경건해 보이기까지 했다. 목사의 딸들은 말할 것 없고 당시 50여 명 남짓한 교인들도 삭개오, 삭개오, 하면서 고양이를 귀여워했다. 모든 교인이 고양이를 좋아했으나 유독 석 장로만 삭개오를 핍박했다. 짐승에게는 영혼이 없다는 것이 그 이

유였다.

교회 건물을 넓히고 2층을 올리는 확장 공사를 할 때였다. 설계대로 하면 오동나무를 옮겨 심거나 베어낼 수밖에 없었다. 교인들 대부분은 오동나무를 건물 밖으로 옮겨 심자고 했다. 삭개오를 배려한 의견들이었다. 석 장로는 빚까지 얻어 충당하는 건축 헌금을 고양이 한 마리 때문에 낭비할 수 없다며 반대했다. 그는 오동나무를 베어내어 거기서 나오는 목재 값을 건축비에 보태는 것이 훨씬 이득이라는 주장을 폈다. 재직회와 공동의회에서도 결국 석 장로의 현실적인 주장이 받아들여졌다.

키 큰 오동나무가 사라지고 나자 주일날마다 삭개오가 교회당 안으로 들어오려고 안간힘을 썼다. 석 장로는 고양이가 교회당 근처에 얼씬거리는 것조차 허락하지 않았다.

한번은 주일날 설교 시간에 삭개오가 새로 올린 2층 본당까지 몰래 숨어 들어왔다. 삭개오는 교인들이 앉아 있는 목제 의자 사이를 요리조리 빠져 성가대원들이 앉아 있는 앞쪽으로 가려고 했다. 그때 언제 알아차렸는지 석 장로가 고양이를 낚아채 창밖으로 던져버렸다. 고양이가 야옹, 비명을 내질렀다. 마침 목사와 교인들은 고린도전서 13장을 교독하고 있는 중이었다.

"내가 사람의 방언과 천사의 말을 할지라도 사랑이 없으면 소리 나는 구리와 울리는 꽹과리가 되고, 내가 예언하는 능력이 있어 모든 비밀과 모든 지식을 알고 또 산을 옮길 만한 모든 믿음이 있을지라도 사랑이 없으면 내가 아무것도 아니요, 내가 내게 있는 모든 것으로

구제하고 또 내 몸을 불사르게 내어줄지라도 사랑이 없으면 내게 아무 유익이 없느니라……."

3

'못안교회'가 '여름철 특별 새벽기도회'를 시작한 지 사흘째 되는 수요일 저녁이었다. 그날의 수요일 저녁 예배는 부목사가 맡아 집회를 했다. 부목사는 요즘 잘나가는 젊은 목사들의 목회 방식을 거의 베끼듯 그대로 답습하고 있었다. 언제부터인지 모르게 찬양으로 시작해서 찬양으로 끝내버리는 것이 한국 교회들의 예배가 되어버리고 말았다. 여기에 사회자인 목사가 성령 충만을 강조하기라도 하면 교회당 안은 한꺼번에 모두 뒤집혀버린다. 어쩌다 전도를 받아 힘들게 교회에 출석한 새 신자가 이런 예배 광경을 한번 보고 나면 혼비백산하고 도망쳐 버리기 십상이다.

부목사는 한바탕 굿거리 같은 요란한 찬양과 기도를 마치고는 설교를 시작한다. 한창 젊은 목사인데도 그의 설교는 거의 기복 신앙에만 매달려 있다.

'야베스가 이스라엘 하나님께 아뢰어 가로되 원컨대 주께서 내게 복에 복을 더하사 나의 지경을 넓히시고 주의 손으로 나를 도우사 나로 환난을 벗어나 근심이 없게 하옵소서 하였더니 하나님이 그 구하는 것을 허락하셨더라' 같은 구약 성경 몇 구절을 한국식 기복 신앙으로 엮어 복에 굶주린 교인들의 입맛을 맞춰주는 것이 그의 장기이기도 했다. 지성이면 감천이라는 옛말이 이럴 때 딱 어울린다. 아기처럼 보채고 떼쓰고 울부짖으며 목메어 자꾸 달라고 하는 자식을 모른 척 외면하는 아버지가 이 세상에 어디 있겠느냐는 것이다. 문제는 그렇게 간절히 달라는 것들 대부분이 거의 재물 아니면 건강이거나 세속적 욕망들이라는 것이었다. 기독교가 언제부터 그런 이기적이고 값싼 종교로 전락했단 말인가. 정 목사는 속으로 개탄했다. 부목사는 신자들이 알기 꺼리는 종말론적이고 핍박받는 기독교에 대해서는 미꾸라지처럼 잘도 빠져나간다. 심지어 십자가도 고난이 아닌 축복의 상징으로만 왜곡한다. 어떻게 들으면 예수 믿는 것이 다단계 판매를 하는 장사꾼의 처세술과 다를 게 없어 보인다. 아무리 긍정적으로 해석해도 이건 지나치게 현세적이다. 정 목사는 속으로 부목사의 설교가 못마땅하면서도 교인들을 이끌고 나가는 그의 리더십만은 인정하지 않을 수 없었다. 부목사는 석 장로와 그를 따르는 안수집사들의 추천으로 세워졌다. 순전히 교회 부흥을 위한 비상수단으로 그를 택한 것이다.

호수 건너편 아래뜸에 대단지 아파트가 들어서면서 '못안교회'는 시대의 변화를 모른 척 외면하고 그냥 앉아 있을 수만 없게 되었다. 아파트 단지 안에 새 교회가 세워질 거라는 소문이 무성히 들려왔다. 게다가 서울의 대형 교회에서 십수 년 활동한 부목사가 아파트 교회에 담임목사로 부임할 거라는 애기도 심심찮게 나돌았다.

가장 민감하게 반응한 사람은 석 장로였다. 석 장로는 IMF 때 대구에서 의류 공장을 하다가 실패를 하고 자살까지 하려다가 종내는 가솔을 이끌고 고향인 못안으로 돌아온 사람이다. 원래 믿던 사람이라 귀향을 하자마자 '못안교회'에 등록을 했다. 당시 서리 집사 직분이었던 그는 정 목사를 존경하고 잘 따랐다. 사업을 하던 사람이라 그런지 세상 물정에 밝았고 교회 일에 적극적이었다. 어린 시절부터 석 집사를 잘 아는 장로 한 분이 그의 지나친 열성과 믿음을 경계해야 한다고 귀띔을 해주었으나 목사는 대수롭지 않게 웃어넘겼다.

당시 '못안교회'는 신자 수가 아주 적은 전형적인 시골 교회였다. 교인들이 순박해서 모두 한가족처럼 정이 넘쳐흘렀다. 담임목사도 권위를 내세우는 설교자라기보다 그들과 함께 살아가는 이웃일 뿐이었다. 목사 부부는 부지깽이도 일어나 거든다는 바쁜 농번기가 되면 만사 제쳐놓고 교인들의 농사일을 도왔다. 그들 부부도 농사꾼처럼 살았던 것이다. 물론 매주 주일성수를 지키기는 했으나 딱히 교회 건물만이 예배를 올리는 장소는 아니었다. 들판이나 가정집 어디서든지 여럿이 모여 하나님을 경배하는 곳이라면 모두 교회가 될 수 있었다. 정 목사는 될수록 설교를 알아듣기 쉽게 하려고 노력했다. 일테면 신구약 66권을 읽고 또 읽어도 하나님 사랑과 이웃 사랑, 이렇게 두 가지만 남습니다. 이 두 가지만 잘 지켜도 이미 천국에 발을 들여놓는 것입니다,라는 식이다. 기도할 때는 넋두리하듯 중언부언하지 않도록 했다. 또한 주기도문을 욀 때도 주문 외듯이 웅얼거리며 빨리 끝내버리지 않도록 주의를 주었다. 주기도문이 담고 있는 그 깊고 오묘한 뜻을 마음에 새기며 천천히 기도하도록 가르쳤다.

그 당시의 '못안교회'는 예배를 드릴 때 요란하거나 시끄럽지가 않았다. 그들의 신앙은 산이나 냇물처럼 자연스럽고 상식을 벗어나지 않았다. 목사에게 고양이를 분양해준 '시계 할머니'는 한글을 모르는 까막눈이면서도 항상 성경을 가방에 넣고 다녔다. 10리 길이나 되는 위뜸 마을에서 할머니는 오랜 세월 교회를 걸어서 다녔다. 일기 변화에 상관없이 주일날과 수요일 저녁 예배를 거의 빼먹지 않고 교회에 출석했다. 교회에서 승합차를 운행하면서부터 권사 할머니는 마을 길목의 이정표 앞에서 차를 기다려야만 했다. 당시 운전 봉사를 하던 박 집사가 배차 시간에 맞춰 이정표 앞에 다다를 즈음 할머니도 동구 밖 길을 돌아 어김없이 나타났다. 몇 달 동안 할머니가 한 번의 실수도 없이 배차 시간에 맞춰 차를 타자 박 집사는 그만 감탄하고 말았다. 그래서 권사님에게 '시계 할머니'라는 애칭을 지어드렸다. 할머니는 쉬운 아라비아 숫자 하나 읽을 줄 몰랐다. 당연히 시계를 볼 줄도 몰랐고 갖고 다닐 필요도 없었다. 교인 중 누군가 그랬다. 할머니 당신 자신이 시계인 것처럼 당신께서는 오래 묵은 성경책이기도 합니다,라고. 그건 정말 그랬다. 놀랍게도 할머니는 민요를 부르듯이 수많은 성경 구절을 줄줄 욀 수 있었으니까.

그날 저녁 부목사는 설교 중에 유료 낚시터 얘기를 꺼냈다. 먼저 그는 요한복음 21장 11절을 암송했다.

"시몬 베드로가 올라가서 그물을 육지에 끌어 올리니 가득히 찬 큰 고기가 일백쉰세 마리라 이같이 많으나 그물이 찢어지지 아니하였더라."

그러고는 느닷없이 일백쉰세 마리에 얽힌 모나미 볼펜 얘기를 꺼냈다. 연필 모양의 모나미 볼펜 자루 끝에 153이라는 숫자를 새겨 넣

었더니 볼펜이 무진장 팔려나가기 시작했다는 전설 같은 얘기가 있
다. 교인이 아니더라도 알 만한 사람이면 다 아는 얘기지만 부목사는
일단 모나미 볼펜 얘기로 청중의 관심을 끈 다음 베드로가 건져 올린
물고기를 주님이 주시는 재물이라고 해석했다. 그러면서 엉뚱하게
‘못안교회’에도 그런 재물이 쌓여 있다며 암시를 주듯 설교했다.

　교회에서 내려다보이는 호수에 물고기 떼가 뛰놀고 있는데 그것은
주님이 주시는 복된 선물이라는 것이다. 유료 낚시터가 되더라도 환
경문제는 걱정할 필요가 없다고 그는 자신 있게 말했다. 교인들 모두
가 환경 지킴이가 되어 관리만 잘하면 얼마든지 해결할 수 있는 문제
를 왜 그렇게 심각하게 받아들이는지 모르겠다는 것이다. 무엇보다
교회 측에 큰 이득이 생긴다는 점을 강조했다. 군郡에서 허가만 나면
유료 낚시터의 업주가 ‘못안교회’에 새 신자로 등록할 거라고 했다.
부목사는 더 길게 말하지는 않았지만, 업자가 ‘못안교회’ 신자가 되
겠다는 약속은 낚시터 영업에서 생기는 수입의 10분의 1을, 다시 말
해 십일조로 헌금하겠다는 뜻임을 은근슬쩍 내비쳤다. 세속적인 표
현으로 말하자면 부목사는 교인들에게 당근 작전을 펴고 있었던 것
이다.

　아무리 담임목사라도 설교 중인 부목사를 제지할 권한은 없다. 그
래도 예배 시간인데 이건 너무 심하다 싶었다. 무슨 일이 벌어지지
않을까 정 목사는 긴장했다. 한데 뜻밖에 교인 대부분은 잠잠히 듣고
만 있다. 듣고 보니 무턱대고 반대만 할 이유는 없을 것 같다는 표정
들이다. 그런데 아니나 다를까 교인 몇 명이 자리를 박차고 일어섰다.

다행히 부목사가 짧게 기도를 하고는 설교를 끝냈기에 망정이지 자
칫 또 한바탕 삿대질을 하고 언성을 높이는 불상사가 일어날 뻔했다.

<h2 style="text-align:center">4</h2>

교인들 사이에 반목과 불화가 시작된 것은 호수 건너편 아래뜸에
대단지 아파트가 들어서면서부터였다. 그 무렵에는 거의 한 주 걸러
임시재직회가 열리고는 했다.

이미 안수집사를 거쳐 그해 연초 장로직에 오른 석 장로가 중직자
로서 교인들 사이에 상당한 신임을 받고 있을 때였다. 교회 일이라면
집안일 다 던져놓고 발 벗고 나서는 석 장로가 하는 말은 언제나 설
득력 있게 들렸다. 그는 시대의 변화에 잘 적응하지 못하는 교회는
앞으로 살아남기 어려울 거라면서 성공한 대형 교회의 사례를 들어
가며 일일이 대안까지 내놓았다. 무엇보다 먼저 할 일은 교회를 현대
화시키는 일이라고 했다. 낡은 교회를 증축하고 확장하여 현대식으
로 리모델링해야 한다는 것이다. 교회 이름도 '못안'보다는 '갈릴리'
나 '호반' 같은 멋진 이름으로 바꿔야 교회의 이미지가 살아난다고
했다. 음식 하나에도 웰빙을 찾는 세상이 아닌가. 호수를 내려다보는
현대식의 그런 아름다운 교회를 보고 누가 찾아오고 싶지 않겠냐고
말하자 교인들의 얼굴에 공감의 빛이 감돌았다.

잠시 머뭇거리던 석 장로는 다음으로는 유능한 지도자가 필요하다
고 했다. 정 목사님은 훌륭한 분이시지만 솔직히 카리스마가 부족한
게 흠이라고 말했다. 부목사라도 활동적이고 설교에 힘이 있는 분을

모셔와야 한다는 말을 거침없이 내뱉었다. 그때 평소 바른말을 잘하는 집사 한 분이 담임목사님 앞에서 어떻게 그런 무례한 언사를 할 수 있느냐며 핀잔을 주었다. 그래도 석 장로는 자신의 소신을 굽히지 않았다.

정 목사는 기분이 상했지만 뭐라고 변명하기는 싫었다. 하긴 평소 정 목사도 대중 앞에 설 때 자신이 카리스마가 있다고는 생각지 않았다. 그건 여태까지 정 목사와 함께 신앙생활을 해온 교인들 대부분이 그렇게 느껴왔을 터이다. 그들은 그런 정 목사를 오히려 이웃처럼 친근하게 생각하지 않았을까. 그런데 석 장로는 카리스마가 부족한 게 흠이라고 말한다. 그가 말하는 카리스마는 대체 무엇을 뜻하는 것일까. 대중을 휘어잡을 수 있는 어떤 힘, 권위? 카리스마가 부족한 게 흠이란 말을 달리 표현하면 무능하다는 뜻일 게다. 그건 보기에 따라서 그럴 수도 있을 것이다. 평소 석 장로와 대화를 나누다 보면 단절을 느낄 때가 있었다. 정 목사는 그 이유를 비로소 알 것 같았다. 그건 바로 상대를 염두에 두지 않는 자신에 대한 지나친 확신에서 비롯된 것이었다.

부목사를 두자는 말은 벌써 있었다. 반대할 이유가 없었다. 다만 '못안교회'는 이곳의 지명을 따라 예전부터 불러왔으니 그대로 두는 것이 좋겠다는 의견이 훨씬 우세했다. 석 장로는 정 목사에게 한 말이 지나쳤다는 걸 깨달았는지 곧 사과를 해 왔다. 하지만 말이란 것은 이상해서 그날 이후 교인들 사이에는 정 목사가 카리스마가 영 부족한 목사가 되고 말았다.

부목사가 부임하자 교회는 달라지기 시작했다. 전도특공대란 것이 생겼다. 정 목사는 군사라든가 군병이라고 나오는 찬송가를 잘 부르지 않았다. 특공대라는 전투적인 군사 용어는 더욱 싫었다. 처음에는 완강하게 반대했지만, 부목사가 명칭만 그렇지 전도 방법이 전혀 다르다며 간청했으므로 어쩔 수 없이 받아들이긴 했다. 전도특공대가 투입돼 공략할 대상은 물론 아파트의 주민들이었다. 교인들을 선거 운동원처럼 조직화하고, 전도는 날로 치열해져 갔다. 그 결과 전도특공대는 예상을 뛰어넘는 무서운 위력을 발휘했다.

한 주가 다르게 교인들 수가 부쩍 늘어나기 시작했다. 주일날 오전 예배를 2부로 나누었는데도 낡고 좁은 교회당으로는 감당하기 어려웠다. 헌금도 예전과는 비교되지 않을 정도로 크게 늘어났다. 무명으로 고액의 십일조가 들어오기도 했다. 석 장로의 말대로라면 못안으로 뜨거운 성령의 바람이 불어닥친 것이다.

못안 주민들의 숙원 사업이기도 했던, 아래뜸 마을에서 못안과 위뜸 마을까지의 비포장 길을 포장하는 공사도 이번에는 쉽게 해결되었다. 마침 그해 단체장 선거가 있었다. 군수가 되려고 출마한 예비 후보들이 교회를 다녀가면서 하나같이 도로를 포장해준다는 공약을 내걸었다. 비록 교인으로 등록한 아파트 주민들의 표를 얻으려고 내건 공약이었지만, 숙원 사업은 마침내 현실로 나타났다. 새 군수는 못안의 아름다운 호수와 숲이 관광자원으로 충분한 가치가 있다고 판단했던 것 같다. 포장 공사를 하는 김에 도로를 아예 2차선으로 넓히고 콘크리트 대신 아스팔트 길을 닦도록 결재를 내렸다. 여기다 일이 잘되려고 그런지 오랜 세월 녹지로 묶여 있던 못안 일대가 어느 날 아침 일어나 보니 한꺼번에 풀려버렸다. 교회를 확장하고 증축하는 길이 쉽게 열려버린 것이다. 사실 말이 확장이고 증축이지 낡은 건물을 거의 해체하고 새로 다시 짓는 큰 공사였다. 문제는 재원이었는데 은행 측에서 교회 재정을 검토해보고는 거액의 건축 자금을 선뜻 융자해주었다.

교인들은 신바람이 날 수밖에 없었다. 건축을 위한 부흥회가 자주 열렸다. 열성적인 신자는 작정 헌금도 써냈다. 너도나도 경쟁이라도 하듯 건축 헌금을 바쳤다. 그러자 사업 수완이 뛰어난 석 장로가 이왕 건축을 하는 김에 어린이집을 운영할 선교원도 함께 짓자고 제안했다. 아파트 입주자들은 젊은 부부들이 많았다. 아파트 상가 내에 유치원이 있었으나 유아들을 수용하는 어린이집은 규모가 아주 작은 편이었다. 군郡으로부터 적지 않은 보조금을 지원받는다는 것도 유리한 조건이었다. 재직회를 거쳐 공동의회가 열렸다. 교회의 선교 사업이란 것이 기독교의 본질과 자꾸 멀어지는 것 같아 걱정된다는 의견이 나오기도 했지만 결국 통과되고 말았다.

선교원과 교회 건물을 올리는 공사를 하면서부터 예전과 달리 교회 재정이 방만해지고 복잡해졌다. 한 주 걸러 임시재직회가 열리다시피 했다. 오동나무 한 그루를 처리하는 문제에서부터 전에는 볼 수 없었던 의견 대립이 자주 생겼다. 반목과 불화의 싹은 금전 문제에서부터 비롯된다는 사실을 정 목사는 그때 뼈저리게 경험했다.

5

열흘간의 '여름철 특별 새벽기도회'는 사실상 유료 낚시터를 반대하는 집회나 다름없었다. 첫날 새벽은 교인들의 호응이 무척 높았다. 그날 정 목사는 초월적이고 내재적인 하나님과 환경에 대한 설교를 짤막하게 했다. 하나님은 인간에게만 구원을 허락하신 것이 아니라 자연도 구원의 대상으로 삼고 계신다는 것을 교인들에게 일깨워 주었다. 이웃을 사랑하라는 주님의 말씀은, 사람뿐만 아니라 우리를 둘러싼 자연과 한낱 미물까지를 모두 포함하는 뜻임을 깨달아야 한다고 강조했다.

'못안교회'의 이웃은 사람만이 아니라 바로 이곳을 둘러싼 숲이고 호수다. 숲에 사는 온갖 식물과 곤충, 짐승은 말할 것 없고 호수에서 자유롭게 노는 물고기와 깊은 물속의 수초와 물벌레까지도 우리의 이웃이다. 이걸 알 때 비로소 예수님이 가르치신 이웃 사랑에 눈뜨게 된다,라고 정 목사는 설교했다.

정 목사는 유료 낚시터를 반대한다는 말은 한마디도 하지 않았다. 그런데도 교인들은 목사의 설교를 듣고는 모두 유료 낚시터를 막아 달라고 간절히 기도했다. 만일 수요일 저녁 예배 시간에 부목사가 모나미 볼펜 설교를 하지만 않았더라도 새벽마다 더 많은 교인이 참여했을 것이다.

목요일의 새벽기도회에는 교인들이 눈에 띄게 줄어들었다. 위뜸 마을에서 온 '시계 할머니'와 노인네 몇 분이 보일 뿐 정작 교회와 지척의 거리인 못안마을의 교인은 한 명도 출석하지 않았다. 오히려 아래뜸의 아파트 쪽에서 환경에 관심이 많은 젊은 교인들 10여 명이 참석해 그나마 위안이 되었다.

부목사가 '못안교회'에 온 지 어느덧 두 해가 되었다. 그동안 교육전도사가 한 명, 심방과 교인 관리를 전담한 여전도사가 한 명 더 와서 급속히 성장한 교회만큼 교역자들도 몇 배나 늘어났다. 부목사가 교인들에게 인기가 높았지만 담임목사를 능가할 만큼 영향력이 크지 않다는 것을 석 장로는 잘 알고 있었다. 부목사 역시 담임목사를 밀어낼 생각은 추호도 없었다. 또 그렇게 할 방도란 것이 애초부터 막혀 있었다. 노회헌법에 따르면 소속 교회에 재직하는 부목사는 어떠한 경우든지 그 교회의 담임목사로 임명되어서는 안 된다고 명시되어 있기 때문이다. 정 목사처럼 자신의 입지와 처신에 무관심한 목사도 드물지만, 노회라는 힘센 조직이 알게 모르게 방패막이가 되어주고 있었던 것이다. 그걸 석 장로는 누구보다 잘 알고 있었다. 그래서 담임목사를 밀어붙이다가도 넘어서는 안 될 선에 와서는 무릎을 꿇고 순종할 줄을 알았다.

부목사는 당회에서 떠나라고 하면 언제든지 보따리를 싸고 떠나야 한다. 당연히 '못안교회'에서 담임목사 다음으로 힘 있는 석 장로의 눈치를 보지 않을 수가 없었다. 팔이 안으로 굽는다고 담임목사에게는 늘 죄송한 마음을 갖고 있었다. 곁에서 지켜보는 동안 요즘 보기 드문 훌륭한 목사님이라는 것도 알게 되었다. 그럼에도 불구하고 부목사는 담임목사가 목회하는 방식에는 비판적이었다. 정 목사는 교회의 외형적인 성장에는 관심이 없는 목회자였다. 지금이 어떤 시대인지 도대체 현실에 대한 이해가 없어 보였다. 부목사는 자신의 탁월한 목회 능력을 보여주려면 석 장로와 손발을 맞출 수밖에 없다고 판단했다. 석 장로의 사업 수완과 자신의 목회 방식이 맞아떨어졌던 것이다. 또 사전에 교회를 부흥시키는 조건으로 왔기 때문에 교인들을 엑스터시 상태로 몰고 가는 찬양과 설교가 필요했다. 전도특공대란 것도 명칭만 그렇지 예수천당 불신지옥 식의 거부감을 주는 전도 방법은 이제 폐기 처분해야 한다는 것이 그의 지론이었다. 대신 아파트 분양 광고처럼 호숫가에 아름답게 서 있는 교회 건물을 디자인해 넣은 팸플릿을 나눠주었다. 교회도 이제 웰빙식 교회다. 그냥 부담 없이 차를 몰고 교회로 한번 놀러 오라는 식으로 전도했다. 그렇게 잔뜩 궁금증만 안겨주면 그것으로 충분했다. 그러면 다음 주나 늦어도 몇 주 후면 나들이를 구실 삼아 교회를 찾아오게 마련이다. 그렇게 오는 사람 중 십중팔구는 지난날에 교회를 한 번이라도 다녔던 사람이거나 지금 출석하는 교회에 염증을 느끼고 계속 다닐까 말까 고민 중이거나 아니면 타 종교로 옮겨버리든지 영 교회를 포기해버릴까 하는 사람들이다.

몰라서 그렇지 담임목사의 설교를 처음 들었을 때 대개 초신자들은 큰 감명을 받는다. 석 장로는 정 목사가 카리스마가 부족한 것이 흠이라고 하지만 그건 모르고 하는 말이다. 정신이 올바르고 상식적인 사람이라면 카리스마가 넘치는 목사를 싫어한다. 그들이 원하는 목사는 인생을 소박하고 정직하게 살아가는 정 목사와 같은 목사다. 교인들은 누구나 처음에 그런 순수한 마음을 갖고 교회에 다닌다. 그래서 신앙적으로 방황하고 있던 사람들이 이 교회가 바로 내가 찾던 교회구나, 하고는 망설임 없이 등록하게 된다. 부목사는 정 목사한테서 진정한 겸손이 무엇인지를 체득하게 되었다. 정 목사는 자신의 능력을 아예 모르는 사람이다. 그게 교인들을 이끄는 거룩한 힘이라는 것을 애초부터 의식하지도 자랑으로 여기지도 않았다. 부목사와 교인들이 전도라는 이름으로 요령껏 사람들을 데려오지만, 그들을 믿게 하는 힘은 담임목사한테서 나온다. 그걸 부목사는 잘 알지만 인정하고 싶지는 않았다. 어쨌거나 부목사인 자신이 와서 교회가 성장을 시작한 것이다. 구슬이 서 말이라도 꿰어야 보물이 되는 것이 아닌가. 부목사는 대도시의 큰 교회에서 전도사 시절부터 온갖 눈치를 보며 연단되고 또 연단되어온 사람이다. 누구보다 자신이 갈 길을 잘 아는 사람이다. '못안교회'에서 앞으로 얼마를 더 있을지는 몰라도 작은 시골 교회를 이만큼 성장시킨 것만 해도 그에게는 크나큰 수확이었다. 교회를 크게 성장시킨 목회자는 금방 소문이 나게 마련이고 명성만 나면 부목사가 아니라 담임목사로도 초빙을 받을 수 있는 것이 한국 교회의 현실이니까 말이다. 사람 일이란 알 수 없는 것이 '못안교회'를 떠났다고 해서 다시 이곳으로 돌아오지 말란 법은 없다. 물론 그때는 노회법에 걸릴 만한 아무런 하자도 없을 테니까.

'여름철 특별 새벽기도회'를 사흘 남겨둔 주일 낮 예배 때였다. 유료 낚시터를 개업할 업자라는 사람이 외제 차를 타고 교회에 나타났다. 석 장로와 함께였다. 교인들의 시선이 그가 앉은 쪽으로 쏠렸고 대부분 환영하는 얼굴빛이었다. 담임목사라고 해서 제 발로 교회를 찾아온 사람을 거절할 명분이 없었다. 예배 후 교인으로 등록하는 절차를 간단히 마치고 떠났다.

누가 걷어냈는지 몰라도 교회 정문 앞에 걸려 있던 현수막이 흔적도 없이 사라져버리고 없었다. 정 목사는 텔레비전 뉴스에서 성직자가 머리띠를 두르고 투쟁하는 모습을 보았던 장면이 떠올랐지만 이내 고개를 저었다. 함께 나서줄 교인도 없거니와 어쩐지 자신한테 그런 모습이 어울릴 것 같지도 않았다. 새벽기도회에는 어제부터 한 명도 참석하지 않았다. 시계 할머니가 편찮아 누우셨다는 전갈이 왔을 뿐 교인들 모두와 단절된 느낌이었다.

다음 날인 월요일 새벽에도 정 목사는 혼자 넓은 교회당에 나가 새벽기도를 올렸다. 강단에 올라서서 강대 위에 성경책을 펼쳐두고 텅 빈 좌석을 향해 준비해 온 설교문을 꺼내 천천히 읽어나갔다. 이때 본당 입구에서 누가 엎드려 기어 오는 기척이 느껴졌다. 정 목사는 안경을 고쳐 쓰고 그쪽을 보고는 나직이 불렀다.

"삭개오."

고양이였다. 삭개오는 앞발을 절뚝거리며 다가왔다. 별안간 삭개오가 쏜살같이 달려와 강대상 위로 펄쩍 뛰어올랐다. 목사는 삭개오를 내려다보는 순간 심장이 찢어발겨지는 듯한 격렬한 통증을 느꼈다. 놀란 목사의 눈앞에서 고양이가 날카로운 발톱을 세워 펼쳐둔 성경책의 갈피에서 종잇장을 한 장 찢어버렸다. 한순간이었다. 목사는 심장을 움켜쥐고 강단 위로 쓰러져 버렸다.

6

호수의 물과 그 위에 나무 그림자를 드리운 숲은 이제 완연한 가을빛이다. 낚시꾼들은 낮과 밤을 가리지 않았다. 불과 두 달 사이에 호수 주변에는 방갈로 같은 조립식 건물들이 여러 채 들어섰다.

호숫가에 자리 잡고 있던 못안 주민들의 집이 음식점으로 개조되어 영업 중이다. '못안교회' 교인들 중에도 농사일을 걷어치우고 낚시꾼들을 상대로 음식 장사를 하는 사람이 여럿 되었다. 휴일이면 더 바빠지는 장사라 주일을 지키지 못하는 교인들이 자꾸 늘어났다.

정 목사는 아내가 챙겨준 관주 성경을 한 손에 들고 천천히 호숫가를 산책하고 있다. 가을날의 짧은 해가 설핏 기울어져 가고 있었다.

새벽기도 중에 쓰러졌던 정 목사가 제대로 걸음을 걸을 수 있게 된 것은 그로부터 두 달이나 지나서였다. 그날 새벽, 담임목사가 애쓰는 모습이 마음에 걸렸던 교육전도사가 교회당에 들렀다가 쓰러져 있는 목사를 발견했다. 목사는 병원에 실려 가면서도 정신을 차리려고 애썼다. 응급실에 들어섰을 때 삵개오,라고 한마디 하고는 의식을 잃어버렸다. 교육전도사 말로는 고양이 같은 것은 교회당 안에 없었다고 한다.

심장에 이상이 있다는 의사의 진단에 따라 정 목사는 심장혈관조형술을 세 차례나 받았다. 예상과 달리 시술이 자꾸 실패하자 회복이 늦어졌다. 달포 넘게 입원을 연장할 수밖에 없었다. 퇴원하기 며칠 전 '시계 할머니'가 돌아가셨다는 기별을 받았다. 아내는 정 목사가 늘 갖고 다니던 관주 성경 대신 휴대용의 작은 성경책을 병실의 머리맡에 올려두었다. 병문안을 온 교인들이 할머니를 위해 기도를 올렸다. 정 목사도 누운 채로 기도했다. 권사 할머니 얼굴과 함께 삭개오도 떠올랐다. 그날 새벽 강대상 위에서 마주쳤던 삭개오는 무척 늙어 보였다. 녀석이 하필 성경책을 찢다니, 옆에 있으면 때려주고 싶었다.

위뜸 마을 사람들 말로는 삭개오가 권사님 장례식 때도 나타났다고 한다. 암고양이와 새끼 고양이들을 줄줄이 데리고 못안 쪽으로 내려가는 것을 보았다는 사람도 있었다.

석 장로와 부목사는 교회 일에 더욱 열성이고 진심으로 담임목사를 걱정하는 것 같았다. 정 목사의 회복을 기다려주는지 노회에서는 아직 어떤 조치도 내리지 않고 있다. 아내만 속을 태우고 있으나 "결정은 하나님이 하시는 것이지 노회에서 하는 것이 아니다"라고 목사는 아내를 위로했다. 가능하면 이참에 목사라는 직업에서 벗어나고 싶은 게 솔직한 심정이다. 하지만 모든 일은 그분의 뜻에 달렸을 뿐이다.

물가로 좀 더 가까이 가려고 정 목사는 아래로 걸음을 옮겼다. 교회가 조용해질 때면 혼자 앉아 명상에 잠기고는 하던 작은 반석을 찾아 그 위에 걸터앉았다. 잔잔한 호수의 물살 위로 아름다운 교회 건물이 흐릿한 기억처럼 거꾸로 비쳐 보인다. 목사는 무심코 옆에 끼고 있는 낡은 성경책을 펼쳐보았다. 몇 번 뒤적거리다 유리 테이프를 발라 찢긴 종잇장을 꼼꼼히 붙여놓은 갈피를 찾아냈다. 여긴가, 삭개오가 찢어놓은 곳이. 요한계시록 1장과 2장 사이다. 가만히 살펴보니 빨간 잉크로 밑줄을 친 글자들이 눈에 빨려들어 온다. 오래전 전도사 시절에 쳐두었던 성구들이다.

그러나 너를 책망할 것이 있나니 너의 처음 사랑을 버렸느니라. 그러므로 어디서 떨어진 것을 생각하고 회개하여 처음 행위를 가지라. 만일 그리하지 아니하고 회개치 아니하면 내가 네게 임하여 네 촛대를 그 자리에서 옮기리라.

처음의 사랑初心을 잃은 에베소교회를 책망하는 주님의 말씀이다. 정 목사는 성경에서 눈을 떼고 하늘을 우러러보았다. 너무 높고 눈부신, 구름 한 점 없이 맑고 파란 가을 하늘이다. 눈길을 다시 호수 위로 내려놓았을 때였다. 물살을 타고 뭔가 떠내려오는 것이 보였다. 그것은 허옇게 배를 뒤집은 채 죽어가는 물고기였다. 가쁘게 숨을 헐떡이며 벌름거리는 고기의 아가미에는 낚싯바늘에 걸려 찢긴 생채기가 핏빛처럼 선명하다. 그 위로 내리쬐는 늦은 오후의 햇살이 고양이의 잔털 같은 수많은 비늘을 일으켜 세운다. 일순 거친 바람이 일어난다. 물 냄새다. 정 목사는 습관적으로 물 냄새를 맡는다. 그러나 그것은 영혼을 맑게 씻어주는 그윽한 물 냄새가 아니었다. 그건 호수 밑바닥의 수초와 함께 썩어가는, 금방 토할 것같이 역겨운 물비린내였다.

슬픈 이중주

1

구스타프 16세의 얼굴 부분을 복사한 다음 두루마기 차림의 한복을 입은 한국 남자의 목 위에 올려 붙이기는 너무 싱거울 정도로 간단히 끝나버렸다. 컬러에 비해 흑백의 필터 처리는 의외로 미묘한 데가 있지만, 어도비 포토샵의 이미지 처리 작업은 언제나 환상적이리만큼 매혹적이다.

혜지는 마우스를 쥔 손안에 땀이 배어날 정도로 작업에 열중해 있다. 옆방의 원생실 벽에 걸린 뻐꾸기시계가 자지러질 듯 두 번을 울어댄다. 동시에 모니터의 아래쪽 모서리에서 깜박거리는 윈도 95의 디지털시계가 2 : 00PM으로 바뀐다. 혜지는 그제야 머릿속에서 애써 지워버리려 했던 재용의 도착 시각이 떠올랐다. 동시에 오늘 아침, 막무가내로 내려오겠다던 현우의 전화 음성이 환청처럼 들려온다.

혜지, 기다려줘. 만나서 얘기하자.

그를·더·이상 …… 만나지·않을·거야. 자신도 모르게 입술을 깨물었다.

혜지는 작업 중인 이미지를 저장하고 포토샵을 닫았다. 파킹을 하려다 통신 프로그램인 [이야기]를 띄우고 갈무리(저장)된 파일을 열어본다. 재용과의 대화들이 주르륵 화면을 훑듯이 위로 밀려 올라간다. 혜지는 누르고 있던 마우스의 버튼을 살짝 뗀다.

　　이재용(Ljaeyg) : 내일(토) 서울발 9 : 30 새마을 열차 오후 1 : 41 경주 도착. 검정 테 안경. 밤색 사파리 잠바에 헐렁한 청색의 코르덴 바지 차림의 키 큰 남자. 손에는 시사 주간지 한 권을 말아 쥐고 있겠음. 셔블 군, 금판데 애기를 더 듣고 싶지 않소?
　　안혜지(AnHJ) : [셔블] ^.^
　　이재용(Ljaeyg) : 그럼, 그렇게 알겠소.

혜지는 파일을 닫고 마우스 버튼을 꾹꾹 눌러 방금 열어본 임시 파일을 단번에 지워버렸다. 그와의 약속은 없었던 거야. 그러나 다시 살아난 재용의 말은 주체할 수 없을 정도로 머릿속을 어지럽힌다. 혜지는 모니터를 떠나 자신의 내부로 들어가려는 듯 눈을 감는다.

어젯밤 컴퓨터 통신의 채팅실에서 오랜만에 재용과 접속이 되었다. 그가 느닷없이 주말인 오늘 경주에 내려오겠다고 했다. 일방적인 그의 통고에 혜지는 뭐라고 응답하기가 곤란해져 무심결에 자판을 두들겨 ^.^ 라고 눈웃음을 쳤다가 그만 낭패를 당해버렸다. 혜지의 눈웃음을 승낙한 것으로 받아들였던지 그가 먼저 통신을 끊어버렸다. 혜지는 아차 싶어 다시 접속을 시도해보았으나, 어느 방에도 재

182

용의 ID는 눈에 띄지 않았다.

평소의 그답지 않게 일방적으로 대화를 끝내고 나가버리자, 혜지는 재용이 과연 30대 중반의 사내일까, 하고 덜컥 의심이 들었다. 그가 한때 방송사에서 일했다는 것과 지금은 프리랜서 감독으로 주로 다큐멘터리를 제작하고 있다는 사실에도 불쑥 의혹의 그림자가 꼬리를 쳐들기 시작한 것이다. 어쩌면 그는 혜지 또래의 20대 중반? 아니, 이건 끔찍한 일이겠지만, 삼촌이나 형님의 아이디를 몰래 빌려 쓰는, 자신보다도 훨씬 어리고 영악한, 조숙한 여드름쟁이 10대일지도 모른다는 생각도 들었다.

그러나 혜지의 그런 조악한 상상은 반년이 넘도록 사흘이 멀다 하고 그와의 채팅으로 주고받은 대화들을 떠올렸을 때, 금방 머리를 세차게 도리질 치지 않을 수 없었다. 처음에 하이텔의 우리문화사랑(folk) 동호회에서 재용 씨를 발견했을 때, 그는 동호인 방의 한구석에 외롭게 서성거리고 있었다. 아무도 초보자인 그를 상대하려 들지 않았다. 토론이 벌어졌을 때도 아예 그는 끼어들 엄두조차 내지 못하는 것 같았다. 혜지는 구석에서 웅크린 채 자신의 아이디만 띄워 올리는 그가 안쓰러워 며칠 뒤 대화를 시도해보았다. 느리지만 진지한 대화가 오고 갔다. 혜지는 3년이 넘는 통신 경력에 그처럼 독특한 상대와 대화를 나눈 적이 없었다. 그가 쓰는 대화체는, 그건 어린 사람의 언행이 아니었다. 더구나 1분에 50타도 치지 못하는 어눌한 대화에 장난기라고는 조금도 없는 진지한 어투, 간혹 문어체를 섞어 쓰는 걸 보고 혜지는 콧날이 다 찡해왔다. 게다가 그가 첫날부터 화제로 삼은 금판데 애기는 혜지의 관심을 불러일으키기에 충분했다. 그 후, 그는 어디서 구닥다리 386 노트북을 하나 구했다면서 그걸 들고 다니면서 전국 어디서든지 메일을 올려 혜지를 찾았다. 그렇게 대화가 오가는 사이 혜지는 어느 틈에 그로부터 통신에서 의례적으로 사용하는 님 대신에 군이라는 호칭을 얻게 되었다. 혜지는 그동안 치근덕거리는 남성 통신자를 떼어버리기 위한 수단으로 누나의 아이디를 빌려 쓰는 20대 초반의 청년이라고 자신을 늘 위장해서 소개해왔다. 실명인 안혜지를 누나라고 하고는 (안혜지) 다음에 반드시 〔셔블〕을 덧붙이길 잊지 않았던 것이다. 그가 마침내 혜지를 남자라고 단정을 했던지 셔블 군이라고 부르기 시작하자, 혜지는 ^.^^.^^.^ 하고 웃음을 터트리지 않을 수 없었다. 그래도 그는 전혀 의심하지 않았다.

실은 그가 갑자기 이곳으로 내려온다고 했을 때 가장 마음에 걸렸던 게 바로 그 군이라는 호칭이었다. 그가 믿고 있을 혜지의 다른 성性을 생각하자, 혜지는 자신의 매끈한 턱 언저리에 꺼칠한 수염이 숭숭 돋아나 송충이처럼 꿈틀거리는 것 같아 흠칫 몸을 떨었다. 혜지는 편리한 대로 어쩜 그도 자신을 위장하고 있을지 모른다는 생각을 했다. 최초로 그의 실체에 대해 의심을 하게 된 것이다. 피장파장. 뭐, 그런 보상 심리를 기대하면서.

혜지는 시간이 흐를수록 초조해하는 자신에게 웃음이 나온다. 아직 얼굴도 모르는 사람에게 그렇게 마음을 쓰다니. 그가 경주를 찾아오는 것은 금판데 때문이 아닌가. 그는 금판데를 그의 어머니라고 했다. 모태. 자궁이라고도 했다. 그가 세상 살기에 지치고 외로움을 혼자서 감당하기 어려울 때 금판데를 찾는다고 하질 않았던가. 셔블 군은 우연히 이곳에 있기 때문에 그냥 만나보는 것이겠지. 셔블이 남자가 아닌 여자라고 해서 또 무슨 의미가 있겠는가. 아니, 바른대로 셔블 군이 아니라 안혜지라고 솔직히 밝힌들 어쩌랴. 어차피 컴퓨터 통신으로 알게 된 사람이다. 그와 나의 관계는 전화선을 타고 있을 때, 1초에 수만 번씩 아날로그에서 디지털로, 디지털에서 아날로그로 바뀌는 미세한 전류로만 흐르고 있을 때 비로소 존재하는 사이일 뿐이다. 그것도 컴퓨터의 모니터 화상 안에서만. 그런데 그는 모니터에서 뛰쳐나오고자 한다. 셔블을 기어이 세상 밖으로 끌어내어 가상이 아닌, 실체를 만나보고자 한다. 이건 게임의 위반이다. 마땅히 그는 규칙을 어긴 대가를 치르게 될 것이다. 셔블 군을 만나는 순간, 마치 메모리 부족으로 다운되는 게임처럼, 셔블 군은 흔적도 없이 날아가 없어질 테니까. 하지만…… 그래, 일단 그를 만나고 보자.

혜지는 스웨터와 청바지 차림 그대로 작업실을 나선다. 옆방에서 아이들이 떠드는 소리와 미란의 고운 목소리가 흘러나온다. 원생은 대부분 학원에서 가까운 시장의 상인들과 맞벌이 부부의 자녀들이다. 토요일인데도 오후 늦게까지 수업을 하는 것도 순전히 그들 부부의 자녀를 맡아주기 위해서다. 주택가 주변의 미술학원이 유치원과 탁아소가 되어버린 지는 이미 오래되었다. 다행히 미란은 어린 꼬마들을 잘 다루었다. 12인승 승합차 한 대 운영하기에도 빠듯한 학원 살림을 그럭저럭 버텨가는 건 입시반보다는 유치반과 초등학생반을 잘 운영해온 미란의 능력이 크기 때문이다. 혜지는 미란에게 잠시 밖에 나갔다가 오겠다고 말하려다 그만둔다. 오늘 운전 당번은 미란이다. 설령 한두 시간 늦어지더라도 컴퓨터를 켜두고 나간 줄 알면 미란은 묵묵히 기다려주겠지.

혜지는 2층 계단을 밟고 길바닥에 내려선다. 셔터 문 옆에 세워둔 자전거에 올라탄다. 페달을 밟는 순간 역 광장의 어느 구석에선가 서성거리고 있을 재용이 떠오른다. 그의 허리와 발목을 죄고 있다는, 낡고 번쩍거리는 금붙이들과 녹슨 족쇄들이 갑자기 소리를 내지르며 혜지의 귓바퀴에 매달려 세차게 돌아가기 시작한다. 고속으로 회전하는 자전거의 바퀴살처럼.

2

셔블 군은 아무래도 나타나지 않을 모양이다. 어젯밤 혜지가 웃고 있기에 승낙한 걸로 알고 냉큼 통신을 끊어버린 자신의 경솔함을 재용은 후회하고 있었다. 하긴 그렇게라도 하지 않았더라면 셔블 군은 끝내 거절했을 터이다.

경주역에는 정시에 도착했다. 재용은 전직의 두 대통령이 수의를 입은 채 나란히 법정에 서 있는 사진과 그것에 관한 기사로 온통 지면이 채워진 시사 주간지 한 권을 둘둘 말아 손에 쥐고 느릿느릿 개찰구를 빠져나왔다. 아무도 그를 막고 알은체하는 사람은 없었다. 이른 봄이라 해도 아직 겨울의 정취가 훨씬 가득한 천 년 고도의 주말은 철 이른 관광객들로 붐비고 있었다.

혹시나 하는 마음에서 재용은 역 광장으로 곧장 빠지는 개찰구와는 다소 멀리 떨어져 있는 새마을 대합실을 기웃거려 보았다. 20대 초반의 청년으로 보이는 남자는 모두 유심히 살펴보면서 넓지 않은 대합실을 몇 차례 돌아다녔다. 그러다 재용은 문득 낯선 사람들 틈에 낀 낯익은 얼굴 하나를 발견하고 그편으로 눈길을 돌렸다. 밤색의 사파리를 걸치고 헐렁한 청색의 코르덴 바지 차림의, 희끗희끗한 흰머리에 검정 테 안경을 낀 40대의 키 큰 사내. 재용은 쓴웃음이 나왔다. 사내는 대합실 안의 대형 거울에 비친 자신의 모습이었기 때문이다. 너무 나이가 들었군. 재용은 자신도 모르게 중얼거렸다. 저 친구가 셔블 군 같은 새파란 젊은이를 상대로 채팅을 하다니 실감이 들지가 않는다. 재용은 거울 속의 자신의 모습을 지워버리기라도 하듯 대합실 문을 황급히 열고 밖으로 나갔다.

광장의 하늘에는 비둘기 떼가 날아올랐다. 조금 전에는 눈에 띄지 않던 분수가 세찬 물줄기를 뿜어 올리고 있었다. 분수 옆에는 짧은 바지에 손등까지 덮인 긴 웃옷을 걸친 앳된 얼굴의 아가씨가 날아드는 비둘기들에게 모이를 던져주고 있었다. 애인인지 친구인지 모를 바짝 머리를 치켜 깎은 청년이 아가씨에게 초점을 맞춰 카메라의 셔터를 눌러댔다. 그때 그들 옆을 자전거 한 대가 경쾌하게 원을 그리듯 돌더니 주춤 멈춰 선다. 감색 스웨터와 청바지 차림의 젊은 여자가 가볍게 자전거에서 내려선다. 그 여자가 흘끗 재용을 훔쳐본다. 재용은 여자의 출렁거리는 생머리 결이 아름답다고 생각하며 자전거 옆을 지나친다. 등산용 배낭을 짊어진 중년 사내 셋이 벤치에서 일어선다. 재용은 빈 벤치에 가서 털썩 앉는다. 벤치에 몸을 기댄 채 담배를 한 대 뽑아 물고 익숙한 솜씨로 라이터를 켜 불을 댕긴다. 안경알 너머로 뽀얀 담배 연기가 꼬물거리며 피어오른다.

처음 셔블 군이 재용에게 접근한 것은 안혜지라는 여자의 이름을 가지고서였다. 재용은 우리문화사랑 동호회라면 최소한 코흘리개 초등학생이나 중학생은 없을 거란 생각에서 선뜻 들어갔다. 과연 20대 초반에서 30대 중반의 사람들이 대부분인 것 같았다. 그렇지만 누구하나 초보자인 재용을 거들떠보는 사람은 없었다. 그래도 그들이 토론을 벌일 때의 신선하고 발랄한 대화가 위안을 주었다. 가끔 거침없는 인신공격도 오고 갔지만, 대개는 예의 바른 언어로 깊이 있는 문화에 관한 의견을 주고받는 걸 보고 그들에게 신뢰감을 가질 수 있었다. 그렇다고 자신의 형편없는 타자 실력으로 그들 틈에 섣불리 끼어들 처지도 아니었다. 그러던 어느 날 밤이었다. 독립 프로덕션인 J영상에서 작은 일거리를 하나 맡아 함께 일할 동료와 한잔하고 자정이 넘어서야 집으로 돌아왔다. 그날도 아내는 밤샘 촬영을 하느라 집을 비웠다. 시험공부를 하고 있던 중3짜리 딸애가 아파트 현관문을 열어주었다. 아이, 술 냄새, 하고는 딸애는 도망치듯 제 방으로 숨어버렸다. 아들 녀석은 세상모르게 잠들어 있었다. 자기 어머니가 텔런트란 걸 자랑으로 여기는 아이였다. 그래서 자주 집을 비우는 어머니를 누구보다 가장 잘 이해하는, 초등학교 5학년 아이로서는 몸도 마음도 훌쩍 커버린 무던한 녀석이었다. 아들 방을 나온 재용은 커피 한 잔을 타서 들고는 책상 위의 컴퓨터를 마주 보고 앉았다. 부팅을 하는 순간 술기운도 말끔히 걷히는 기분이었다. 주로 한국사와 고고학 관련의 자료들이 입력된 데이터베이스를 열고는 파일과 파일 사이를 헤집고 다녔다. 이것저것 열어보다가 하품이 나올 때쯤 통신 프로그램인 〔이야기〕를 띄웠다. 하이텔은 늦은 밤엔 접속이 쉽지 않은데 그날은 용케 걸렸다. 일단 Forum(동호회 / 작은 모임)으로 들어가 우리 문화사랑 동호회를 기웃거려 보았다. 그러자 기다렸다는 듯이 누가 뜻밖의 반응을 보여왔다.

안혜지(AnHJ) : 안녕하셔요, 재용 님. 며칠째 보이지 않기에 기다렸습니다. ^.^

그러고는 웃었다. 무척 맑은 웃음이라는 느낌이 직감적으로 전해왔다. 재용은 처음으로 PC 통신상에서 대화한다는 데 약간은 흥분이 됐고, 무엇보다 안혜지라는 여자의 이름이 마음에 들었다. 느린 타자 실력으로 더듬거리며 대화를 하는 동안 그녀가 경주에 사는 미술 학도라는 사실을 알게 되었다. 게다가 그가 금판데를 알고 있어 무척 놀랐다.

이재용 : 금판데를 아신다고요? 그럼 노서리나 노동리에서 자랐겠군요.
안혜지 : 두 곳을 오고 가며 유년 시절을 보냈죠. 금판데를 잘 아는 걸 보니 재용 님도?
이재용 : 노서리가 내 고향이오. 오래전에 떠난 곳이지만……. 그런데 혜지 님 금판데란 이름의 유래를 아십니까?

　안혜지 : 알죠. 고분을 발굴할 때 금붙이가 나온 곳이라는 뜻이겠죠. 금을 파낸 데라고. 그래서 금, 판, 데. 아닌가요? 근데 말이에요. 실은 흐흐 재용 님께 용서를 빌어야겠어요. 전 누나의 아이디를 빌려 여길 들락거리고 있거든요. 제 이름은 〈셔블〉이에요. 안혜지는 제 누나고요. 기분 나쁘시면 통신 끊으셔도 좋아요.

　이재용 : 황당하군요. 그러나 좋소. 셔블 님, 계속합시다.

　안혜지 : 그럼 한 가지 약속을 해줘요. 앞으로 어떤 일이 있더라도 통신으로만 만나 얘기를 하겠다고요. 서로의 신상에 대해서도 캐묻지 않는 것을 원칙으로 하고요. 어때요, 지킬 수 있겠어요?

　이재용 : 좋습니다, 셔블 님. 그렇게 합시다.

　재용은 그가 성급하게 통신을 끊어버릴까 봐 그게 더 안달이 났다. 금판데 얘기를 나눌 수 있다는 것 한 가지만으로도 그의 무례를 용서할 수 있을 것 같았다. 재용은 그날 밤, 자신의 느린 타자 실력에 처음으로 짜증을 내면서 혜지, 아니 자신을 셔블이라고 불러달라는 익명의 젊은 남자와 금판데 얘기를 희부옇게 새벽이 밝아올 때까지 주고받았다.

　그 뒤로 셔블과의 채팅은 사흘이 멀다 하고 계속되었다. 동호회의 방은 남들의 눈이 있었으므로 서로 메일을 주고받거나 비밀번호를 정해두고 잠수 방에서 둘만의 대화를 즐겼다. 일 때문에 지방으로 헌팅을 갈 때나 카메라맨과 ENG 촬영을 나갈 때도 구닥다리 386 노트북을 차 안에 꼭 챙겨 넣고 다녔다. 예전과 달리 산간벽지에서도 전화회선 하나쯤 어렵지 않게 얻을 수 있었다. 전국 어디를 가든지 PC 통신은 가능했다. 다행히 호텔이나 여관방을 숙소로 정할 때는 젊은 스태프들과 스크립터 아가씨의 의아스런 눈길을 피해가며 밤늦도록 자판을 두들겨댔다.

셔블 군과 대화를 나눌 때 재용은 일상적인 대화 끝에 금판데 얘기를 거의 빠뜨리지 않았다. 금판데 얘기만 나오면 재용은 어둡고 참담했던 어린 시절로 돌아갔다. 할머니 얘기를 하다가는 아버지 얘기가 나오고 선거 이야기, 데모대, 혁명, 주삿바늘, 빚쟁이, …… 같은 낱말을 쏟아내다가는 느닷없이 지난 1990년 5월의 방송 사태로까지 얘기가 흘러갈 때도 있었다. 아내는 물론 그때까지 누구에게도 하지 않았던 얘기였다. 기억하기도 싫은 구치소의 감방에서 수모를 당한 일과 그런 구치소를 빠져나오자 가장 먼저 찾아간 곳이 금판데였다는 사실을 고백했다. 금판데에 가서 한나절을 앉아 있으면 자신의 허리와 발목에 채워진 무거운 금허리띠와 녹슨 족쇄들이 벗겨지는 것 같아 살 것 같았다는 얘기도 덧붙였다. 취객의 넋두리 같은 말들을 마구 띄워 올리는데도 셔블 군은 지루하지도 않은 듯 끈기 있게 잘 받아주었다.

셔블 군은 간혹 자의식의 과잉 아닌가요, 하고 빈정거리면서도 재용의 금판데 얘기에 공감을 하는 듯했다. 그러면서 셔블 군은 자신의 금판데 얘기도 차근차근 띄워 올렸다. 동네 아이들과 금판데에서 야구를 하거나 씨름을 하고 깡통 차기나 전쟁놀이를 하면서 놀았다는 얘기를 할 때, 재용은 그때까지도 터럭처럼 붙어 다녔던, 셔블이 혹시 여자가 아닐까 하는 의심을 깨끗이 털어버릴 수 있었다.

재용이 셔블 군의 신상에 대해서 아는 것이란 미술대학을 졸업한 20대 초반의 화가 지망생에다 미술학원을 운영해서 모은 돈으로 멀지 않아 곧 뉴욕으로 미술 수업을 하러 떠날 거라는 것, 정도였다. 셔블 군 말대로 서로의 익명성을 존중해주기로 했으므로 더는 묻지도 않았다. 따지고 들면 바른대로 댔겠지만, 그가 재용을 30대 중반으로 봤을 때 그런 척하고 잠자코 있었던 것도 셔블 군의 굳건한 익명성에 대한 묵계였던 듯싶다. 언젠가 한번 만날 기회가 있겠지, 그때 가서 자연스럽게 밝혀지겠지 하는 기대는 있었다. 그러나 좀처럼 그럴 기회는 오지 않았다. 다른 동호인들도 셔블 군에 대해 거의 아는 게 없었다. 토론에는 열성적으로 참여하면서 정작 동호회의 정기적인 문화 유적 답사 여행이나 모임에는 전혀 얼굴을 내밀지 않는다는 것이었다.

재용은 셔블 군이 끝까지 익명으로 남길 원하면 어쩔 수 없다는 생각이 들었다. 열흘 전엔가 셔블 군과 잠시 대화를 나눴을 때였다. 그가 스웨덴 국왕인 구스타프 16세의 사진을 오브제로 써서 작품을 만들고 있다는 얘기를 했다. 그때 재용은 필요 이상으로 흥분했었던 것 같다. 우리 인물도 얼마든지 많은데 왜 하필이면 외국인을 작품 소재로 삼느냐며 불만을 늘어놓았다. 마치 자신이 철저한 국수주의자라도 되는 듯이.

다음 날 재용은 도서관에서 재작년 11월의 묵은 신문철을 뒤적거려 구스타프 16세의 서봉총 방문 기사를 찾아냈다. 기사 내용은 재용이 이미 아는 것과 별로 다를 게 없었다. 일제강점기 때 서봉총 발굴에 참여했던 아돌프 구스타프 6세와 당시 경주박물관 직원이며 고고학도였던 최남주崔南柱 청년과의 끈끈한 우정이 3대에 걸쳐서 이어져 내려오고 있다는 것, 선왕인 조부의 유지를 받들어 손자인 구스타프 16세가 경주를 찾아 이미 고인이 된 최 옹 대신 그의 아들들을 만나 감회 어린 우정을 나누었다는 것 정도였다. 또 발굴 현장을 기념하기 위해 스웨덴의 한자말인 서전瑞典의 서瑞 자와 고분에서 발굴된 금관에 새겨진 봉황 장식의 봉鳳 자를 각각 따서 서봉총이란 이름을 지었다는 얘기도 빠뜨리지 않고 있었다. 게다가 기사에는 구스타프 16세 일행과 최 옹의 아들들이 서봉총 앞에서 함께 찍은 사진을 크게 싣고 있어 누가 봐도 충분히 감동적이었다.

하지만 재용은 그 사진을 보면 볼수록 금판데 한구석에 오도카니 앉아 떨고 있는 자신의 어린 모습이 떠올라 견딜 수 없었다. 스웨덴 왕가의 문장紋章이 새겨진 기념비 앞에 당당한 모습으로 서 있는 구스타프 16세. 그의 조부와 최 옹 사이에 꽃핀 국경을 초월한 우정. 이미 사람들은 서봉총을 입에 올릴 때 그들의 얘기만을 하고 있었다. 아무도 그곳을 금판데라고 부르는 사람은 없었다. 이미 서봉瑞鳳이란 이름 안에 갇혀버린, 원형으로 평평해진 옛 무덤 하나. 서봉총이란 기념비가 그곳에 세워졌을 때 금판데는 재용의 유년과 함께 땅속 깊은 곳으로 묻혀버렸다. 그렇지만 재용은 금판데를 결코 잊을 수가 없었다. 잊어버리긴커녕 세월이 흐를수록 금판데에서 발굴된 장신구들이 자신의 몸뚱어리를 비끄러매는 환상에 시달려야만 했다. 5년 전,

구치소의 감방에 갇혀 있을 때에 그런 증상이 가장 심했다. 집행유예를 받고 구치소를 빠져나오자, 그는 아내에게 마음의 정리를 위해 여행을 떠나야겠다 하고는 곧바로 경주로 내려갔다. 경주에서의 그날 밤에도 어릴 적에 느꼈던 것과 비슷한 경험을 했다. 금판데 위에서 눈을 감고 온몸을 두 팔로 감싸 안은 채 모로 쓰러져 웅크리고 눕자, 마치 어머니의 따뜻한 자궁 속에 빨려드는 것 같은 깊고 고요한 평안함이 찾아왔던 것이다.

재용은 이번에도 아내에게는 지방에 그냥 헌팅을 하러 간다고만 말하고 훌쩍 내려왔다. 아내는 헌팅을 가는 사람이 차를 두고 열차를 타고 가느냐고 묻지도 않았다. 그러나 CF 감독 자리에 대한 일은 잊지도 않고 다짐을 해왔다. 아내는 자신의 겹치기 출연처럼 재용의 일도 그저 열심히 하면 되는 줄로만 알았다. 다큐멘터리도 하고 때로는 CF도 찍고 그런 것이 유능한 프리랜서 감독인 줄 알았다. 오히려 기회 있을 때마다 그동안 고생만 하고 실속은 없었던 다큐멘터리물을 떠나 아예 CF 감독으로 눌러앉아 버리라는, 은근한 압력도 행사해왔다. 한편으로 재용은 중국의 집안시集安市 고구려벽화를 다큐멘터리로 제작해달라는 한 방송사의 제의를 받고 망설이던 중이었다. 촬영팀과 리포터까지 거의 다 결정된 상태에서 자신만 결정을 내리면 바로 현지로 떠나기로 되어 있었다. 그렇지만 재용은 과연 이번에도 수작을 건져 올릴 수 있을까 하는 강박관념에 시달려야만 했다. 국외 제작물이 얼마나 힘겹고 부담이 되는지를 경험을 통해 누구보다 잘 알고 있었기 때문이다. 그러던 차에 아내를 통해 CF 감독 자리가 들어왔다. 아내의 눈에 보이지 않는 강요도 있었지만, 무엇보다 자신의 마음이 흔들리기 시작한 것이 더 큰 문제였다. 재용은 며칠 동안 고심을 하다 끝내 만사가 귀찮아졌다. 그런 갈등과 속박을 벗어나 어디론가 훌훌 떠나고 싶었다. 물론 그럴 때 어김없이 떠오르는 곳이 금판데였다. 이번에는 셔블 군도 동시에 떠올랐다. 그가 뉴욕으로 떠나기 전, 한 번은 그와 만나야 할 것 같은 막연한 예감과 함께.

노트북이라도 들고 왔더라면, 하고 재용은 담배 연기를 내뿜으며 못내 아쉬운 표정을 짓는다. 반년을 넘게 사귀면서 연락처나 전화번호를 한 번도 서로 묻지 않았다. 금판데 애기를 들어줄 때의 셔블 군의 진지한 태도로 봐서는 지금이라도 어디선가 불쑥 나타날 것만 같은데 그는 끝내 자신의 모습을 드러내지 않는다. 그러나 재용은 한편으로 그편이 잘되었다는 생각도 들었다. 노트북을 챙겨 오기가 꺼려진 것도 그렇지만 그와 만날 장소를 더 구체적이고 확실한 방법으로 제시하지 않은 것 역시 서로의 익명성을 존중하고 있었기 때문은 아니었을까.

재용은 벤치에서 일어난다. 아직 반이나 넘게 남은 담배를 손으로 비벼 껐다. 성큼 두어 걸음 앞으로 걸어가다 깜박 잊고 있던 일이라도 생각난 듯 몸을 돌린다. 그는 손에 말아 쥐고 있던 시사 주간지를 훌쩍 쓰레기통에 던져 넣는다. 그러고는 휘청거리는 걸음으로 도로 쪽을 향해 광장을 가로질러 간다.

3

그가 도로가에서 잠시 머뭇거리다 택시를 잡아탄다.

혜지는 목구멍을 밀고 터져 나오려는 여보세요, 하는 소리를 간신히 삼키고 서 있었다. 왜 그를 불러 세우지 못했을까. 그가 재용 씨일 경우 열에 아홉은 금판데가 그의 행선지일 거다. 혜지는 그가 탄 택시가 시야에서 사라져버리자, 자전거 안장을 짚고 있던 손을 떼고 핸들의 손잡이를 잡았다. 그가 앉았던 벤치에 어느새 젊은 남녀 몇이 비좁게 자리를 차지하는 게 보인다. 그들 옆의 쓰레기통에 반쯤 걸려 있는 주간지가 바람에 너풀거린다. 혜지는 발끝을 세워 자전거의 페달을 힘껏 밟는다. 그러면서 그의 행선지가 전혀 엉뚱한 곳일 수도 있다는 생각도 들었다. 재용이 아닌 생판 다른 사람일 수도 있을 테니까.

혜지가 아까 역에 도착해 광장을 몇 바퀴 돌았을 때였다. 새마을 대합실 쪽에서 키 큰 사내 하나가 휘청거리며 걸어오고 있었다. 밤색 사파리에 헐렁한 청색의 코르덴 바지, 검정 테 안경을 끼고 주간지 한 권을 말아 쥔 모습이 영락없이 재용이란 그 사람이었다. 그런데 정작 가까이서 훔쳐본 사내는 혜지가 미처 상상하지 못했던 나이 든 얼굴이었다. 아무리 적게 잡아도 40대 중반은 넘었을 것 같았다. 그가 분수대 곁에서 잠시 서성거릴 때라든가, 벤치에 앉아 담배를 피워 물고 뭔가 골똘한 생각에 잠겨 있을 때도 몇 번이나 그 앞에 다가섰으나 쉽게 말이 떨어지지 않았다. 결국 그렇게 몇 번이나 망설이다 그를 놓쳐버린 것이다.

혜지는 택시가 달려간 쪽으로 세차게 자전거의 페달을 밟는다. 얼마를 달렸을까. 노서리 고분군의 안내문이 세워져 있는 철책 앞 도로 변에서 혜지는 자전거를 세운다. 바로 눈앞에 보이는 금판데가 금관총이다. 그 뒤의 금판데가 서봉총, 그 너머 골목 안길 쪽의 호우총도 동산처럼 둘러앉은 고분들 사이로 얼핏 눈에 들어온다. 주말이나 휴일에도 이곳은 늘 평일처럼 한적한 곳이다. 간혹 조용한 곳을 찾는 연인들이 한두 쌍 눈에 띌 뿐.

재용 씨가 말하는 금판데는 아마 서봉총일 것이다. 그가 서봉총이라고 꼭 짚어서 말하진 않았으나 그의 금판데 얘기는 혜지에게 서봉총 주변의 낯익은 풍경들을 떠올리게 했다. 얼마 전 혜지가 구스타프 16세 얘기를 꺼냈을 때, 그가 갑자기 받침이 틀리는 오타를 수없이 치며 감정이 격앙되던 것만 봐도 그랬다.

기대와 달리 서봉총 주변에는 아무도 보이지 않는다. 금관총과 호우총 주변도 말끔하게 깎은 황금빛 잔디만 눈에 들어온다. 혹시나 싶어 혜지는 도로 건너편의 노동리 고분군의 금령총도 살펴봤으나 거긴 더 깊은 오후의 정적만 감돌고 있을 뿐이다.

혜지는 자전거를 세워둔 채 철책의 열린 입구에서부터 노서리 고분군 안쪽으로 깊숙이 들어간다. 워낙 덩치가 큰 고분들이라 봉우리 뒤편에 있는 사람은 찾기가 쉽지 않아서다. 혜지는 앙상한 가지를 세운 키 큰 살구나무와 감나무, 허연 맨가지를 드러낸 배롱나무들 사이로 비껴 내리는 환한 햇살 사이를 걷는다. 나무들이 끄는 짧은 그림자를 밟으면서 한때 민가의 골목길이었던 고분과 고분 사이를 천천히 둘러본다. 그러다 혜지는 쌍둥이봉황대 앞에서 걸음을 딱 멈춰 섰다. 쌍둥이봉황대의 가운데가 움푹 파인, 허리선 중턱의 그늘진 곳에서 그가 혜지를 내려다보고 서 있었기 때문이다. 혜지가 멈칫거리는 사이 그가 내려온다. 가볍게 눈인사를 하며 알은체한다. 아까 역 앞에서 혜지를 보아서 기억하고 있다는 뜻일까. 혜지도 그냥 웃어준다. 그는 그것으로 그만이라는 듯 무심코 혜지 곁을 지나친다. 긴 걸음으로 성큼성큼 걸어 서봉총 앞에 멈춰 서더니 무너질 듯 털썩 주저앉는다. 이제 망설이며 시간을 끌 이유가 없다.

그에게 다가간다. 그는 무슨 일인가 싶어 고개를 든다.

"저, 혹시 이재용 선생님?"

혜지는 자신도 모르게 그를 선생님이라고 부른다. 흠칫 놀라 일어서는 그에게 다시 묻는다.

"셔블 군을 아시죠?"

"그런데요. 아가씨는 누구신지?"

"셔블 군과 아주 가까운 사람이에요."

그가 혜지를 바라보며 도무지 영문을 모르겠다는 당혹스런 표정을 짓는다.

"그럼 안혜지 씬가요, 셔블 군 누님 되시는?"

"아뇨. 처음부터 누나 같은 건 없었어요. 안혜지는 맞아요, 제가."

"……그럼 셔블 군은? 셔블 군은 누굽니까. 그는 어디 있습니까?"

"셔블은 이제 없습니다. 선생님을 만난 순간 그는 날아가 버렸어요."

"날아가 버리다니요……?"

"셔블은 없다니까요. 선생님이 만나자고 했을 때 그는 지워져 버린 것이죠."

"그럼 아가씨가."

"억울해하실 것 없어요. 선생님도 절 속였으니까요. 30대인 척하신 것."

"아, 그랬던가요. 그렇게 느꼈다면 할 말 없군요."

"잘못이야 저한테 더 있겠죠. 그래 이렇게 될까 봐 만나지 말자고 했는데."

혜지는 답답하다는 듯 언성을 높인다.

"단단히 화가 났군요. 실은 나도 셔블 군, 아니 혜지 씨를 만난다는 사실에 뭔가 두려움 같은 걸 갖고 있었어요. 역에서 만나지 못한 걸 오히려 다행이다 싶기도 했거든요. 그래도 날려버린 파일을 다시 살릴 수도 있잖아요. 지워진 셔블 군을 살릴 수는 없을까요. 어차피 둘 다 이렇게 만났으니……."

재용은 안타까운 듯 말끝을 흐린다.

"그러니 제 탓도 있다는 말이군요. 맞아요, 그건. 재용 님이 어떤 분일까 하는 호기심을 이겨내지 못한, 제 잘못도 크겠죠. 어쨌든 역에서 선생님을 봤을 때, 제 머릿속의 재용 님은 날아가 버렸어요. 단지 이미 사라져버린 셔블을 찾고 있을 선생님이 딱해 보여 그런 사실을 알려드리려고 왔을 뿐이에요, 전."

혜지는 재용에게 가볍게 고개를 숙인다. 그러고는 철책 입구 쪽으로 잰걸음으로 간다. 재용이 뭐라고 다른 얘기를 할 틈도 없다. 혜지

가 올라탄 자전거가 금방 봉황대 앞을 지나 쏜살같이 달려간다. 재용
은 그녀가 떠나버린, 하얀 종이처럼 텅 비어 있는 도로 건너편을 우
두커니 지켜보고 서 있다.

4

혜지가 학원에 돌아왔을 때는 거의 4시가 다 되어 있었다. 아이들
을 태워다 주고 돌아왔는지 미란이 퇴근할 준비를 서두른다. 허벅지
살이 훤히 드러나는 짧은 스커트에 그 위로 허리와 가슴이 팽팽하도
록 꽉 조이는 가죽조끼를 받쳐 입고, 등에는 움켜쥐면 한 움큼밖에
되지 않을 것 같은 가죽 륙색을 걸머진 미란은 소파에 비스듬히 걸터
앉아 막 실내화를 벗어 던지고 군화처럼 투박한 발목이 긴 슈즈를 신
는 중이다. 그런 미란의 모습은 비좁은 작업실을 마구 들쑤셔 놓고
있는 디제이덕의 랩 음악과 딱 맞아떨어지게 자연스러워 보였다.

미란은 구두를 신고는 발딱 일어나 밝게 웃으며 컴퓨터가 있는 쪽
을 향해 손가락질해 가리킨다. 순간 현우의 팩스로구나, 하는 생각이
혜지의 머리를 스치고 지나간다. 삐삐는 일부러 꺼두고 있었다. 혜지
는 프린터에 밀려 나와 있는 종이를 잡아채 거기 찍혀 있는 활자들을
훑어본다.

좀 늦어지겠어. 7시가 넘으면 거기 가서 기다려. 보문의, 전번과 같은
방. 예약되어 있음.—현우

그는 늘 이런 식이었다. 미란은 혜지의 얼굴빛이 달라지는 걸 눈치 채고는 작업실 문을 얼른 닫고 나가버린다. 조심한다는 것이, 오히려 문 닫히는 소리가 평소보다 더 크게 울린다. 문소리에 실려 언젠가 미란이 하던 말이 환청처럼 들려온다.

언니, 치마 좀 입어. 입술에 루주도 바르고. 훨씬 멋져 보일 텐데.

미란은 현우가 다음 주 일요일에 혜지가 아닌 다른 여자와 결혼한 다는 사실을 모르고 있었다. 혜지는 미란이 털고 일어난 소파에 무너 질 듯 주저앉는다. 등을 기대자 스르르 눈이 감긴다. 한 번도 가보지 못한 뉴욕의 거리가 떠오른다. 앤디 워홀과 바스키아의 얼굴이 보인 다. 리히텐슈타인과 올덴버그, 폐품 조각을 구하러 뉴욕 거리를 헤매 고 다녔다는 윌렘 드 쿠닝, 그리고 젊은 시절의 백남준도 떠올린다. 그 위에 지워버린 줄 알았던 재용의 얼굴이 네거티브로 겹쳐진다. 잔 상처럼 떠오른 그 음화가 차츰 변색을 하면서 포지티브로 또렷이 음 영이 바뀌며 빙긋이 웃는 얼굴로 다가온다.

혜지는 감았던 눈을 뜨고 소파에서 일어나 앉는다. 음악을 끄고 PC의 오디오 플레이어에서 CD 음반을 꺼낸다. 그러자 컴퓨터 본체 에서 냉각기의 팬 돌아가는 소리가 울려 나오며 갑자기 실내가 커져 보인다. 작업실 창을 가려놓은 녹색 블라인드 틈새로 흘러든 햇살들 이 반대편 작업실의 벽과 그 아래 무질서하게 세워놓은 때 묻은 캔버 스 더미 위로 잘못 그려진 꺾은선그래프처럼 무수한 빗금을 그어댄 다. 거기에는 컴퓨터 그래픽으로 작업하고부터 홀대를 받기 시작한 습작기의 작품들이 방치되어 있다.

혜지는 그것들을 못 본 척 무시해버리고 창가의 컴퓨터 앞으로 가서 의자를 당겨 앉았다. 포토샵 4.0을 띄우고 오전에 작업하던 그림 파일을 다시 열었다. 한복 두루마기 차림의 구스타프 16세가 정중한 모습 그대로 떠올랐다. 혜지는 그것을 4 : 1로 축소시켜놓고 그 옆에 금판데의 배경 그림 파일을 열고는 거기 흩어져 있는 그림 중에 찌그러진 금관 그림을 골라 브러시로 몇 번 덧칠하는 작업을 하다가 아무래도 마음에 들지 않아 원래대로(Undo) 해놓았다. 지금쯤 현우가 몰고 달리는 무쏘가 추풍령휴게소를 막 떠나고 있을지도 모른다. 예상과 달리 차가 밀리면, 대전에서 늦은 점심을 들고는 휴대한 노트북으로, 아니 서울에서 사무실 PC로 미리 예약한 시간에 팩스를 처넣고 떠났을지도 모른다. 그는 아무리 차가 밀려도 7시가 넘을 무렵에는 보문단지를 향해 핸들을 꺾고 있을 것이다. 너무 눈에 익어 밋밋한 호수를 배경으로 한, 하품이 나게 단조로운 호텔 건물들. 그중 어느 한 곳이나, 똑같이 규격화된 방에 말쑥한 정장 차림의 그가 들어서는 시간은 적어도 7시 반을 넘기지는 않을 것이다. 전화 몇 통화, 컴퓨터 자판을 몇 번 두들기는 것으로 끝나는 편하디편한 그의 일정 짜기. 혜지 자신도 그의 철저한 일정에 맞춰 예약된 여자에 불과했으리라. 혜지는 그와의 지난 3년을 떠올리고, 그녀에겐 절대 짧지 않은 그 세월을 뭉텅 지워버리고 싶은 충동에 몸을 떨었다. 혜지는 포토샵을 닫고 윈도로 돌아가 선택한 파일을 한꺼번에 깨끗이 없애버리는 프로그램인 클린업(Cleanups)의 창을 열었다. 그곳에 들어가 Diary001.hwp, Diary002.hwp, Diary003.hwp……로 이어지는 파일들을 몽땅 끌어모

으고는 단번에 지워버렸다. 암호로 열쇠가 채워져 있는 그 일기장 파일들엔 지난 3년간 현우와 만났던 기억들이 차곡차곡 쌓여 있을 테지만 다시 그걸 꺼내 보고 싶은 미련 같은 감정은 이미 혜지에게 남아 있지 않았다. 혜지는 클린업의 창을 닫으려다 맨 아래쪽에 숨을 죽이고 있는 낯익은 파일 몇 개를 발견하고 멈칫 마우스의 버튼에서 손을 떼었다. 파일 이름이 KPD인 그것들은 분명 재용과의 통신이 접속되었을 때 그가 보낸 '금판데 이야기' 파일들이었다. 혜지는 그 파일들을 보자 금판데에서 만나 당혹스러워하던 그의 모습이 떠올랐다. 그는 아직도 거기서 서성거리고 있을까. 그는 왜 그 나이까지 자신의 어두운 유년에서 한 발짝도 벗어나지 못하는 것일까.

재용은 시간에 쫓기거나 자신의 느린 타자 실력으로는 도저히 대화를 감당할 수 없다 싶을 때 '금판데 이야기'를 파일에 담아 전자우편으로 보내왔다. 이미 읽어서 대충 아는 이야기들이었으나 혜지는 그것 중 가장 오래된 파일을 하나 열고 다시 읽기 시작했다. 마치 이것이 그에 대한 마지막 예의라도 되는 듯이.

셔블 군.

어릴 때 다리 밑에서 주워 왔다는 얘기를 들은 적이 있소?

경주 지역에서 유년 시절을 보낸 사람들은 아마 서천다리 밑에서 주워 왔다느니 영천 뚝다리 밑에서 주워 왔다는 얘기를 듣고 자랐을 거요. 나도 우리 할머니한테서 그런 얘기를 들으며 자랐습니다. 그런데 할머니는 다리 밑이 아니라 금판데에서 주워 왔다고 나를 놀리고는 했지요. 할머닌 워낙 우악스럽고 극성스런 분이라 동네 간섭은 다 하고 다니셨지요. 어머니는 그런 시어머니의 그늘에서 있는 듯 없는 듯 조용하게 지냈던 분이라고 합니다. 어머니는 제가 태어난 이듬해 세상을 떠나셨습니다.

당연한 일이겠지만 어머니에 대한 기억은 아무것도 없어요. 할머니에 대한 기억만 남아 있지요. 한밤중 할머니가 일어나 콩나물시루에 물을 주고는 곰방대에 불을 댕길 때 당신의 주름진 얼굴이 불빛에 비쳐 환해지던 모습이 지금도 선명하게 떠오르는군요.

할머니는 내게 정이 많아 나를 당신 곁에서 잠시도 떼어놓으려 하지 않으면서도 내가 무슨 잘못이라도 했을 땐 잔소리도 무척 심한 편이었습니다. 어쩌다 새벽녘에 깨어난 내가 멀리 떨어진 변소까지 가는 게 싫어 우물가에서 오줌을 누기라도 하면, "이노무 자석, 수챗구멍에 오줌을 누면 꼬치가 삐뚜러진다 안 카더나!" 하고 나를 사정없이 몰아대고는 했습니다. 그리고 그때 내가 울음을 터뜨리기라도 할라치면, "그래, 울기만 해봐라. 금판데에서 줏어 온 놈이니 금판데에 갖다 버리뿌리야제" 하고는 팔을 둥둥 걷어붙이고는 하셨습니다.

나는 어린 마음이라 그런지 할머니한테서 한두 번도 아니고 귀에 익을 정도로 그런 말을 듣고 보니 정말 내가 금판데에서 주워 온 아이일지도 모른다는 생각이 들 때도 있었습니다. 어머니 정을 모르고 자라서 더욱 그런 생각에 빠지게 되었는지도 모르지만 금판데가 어머니 품처럼 포근해 보이고는 했지요.

그 뒤로 나는 동네 아이들과 금판데에서 뛰어놀면서도 그 땅이 예사롭게 보이지가 않더란 말이에요. 아, 참. 셔블 군도 잘 알겠지만 노서리와 노동리 고분군에 있던 집들이 철거되기 전에는 주변에 있던 고분들이 모두 아이들 놀이터였죠. 금판데는 타작마당처럼 평평한 곳이라 놀기에 아주 좋은 곳이었습니다. 거의 매일 학교를 마치면 그곳에 달려가 아이들과 야구나 씨름을 하기도 하고 발굴의 흔적이 남아 있는 돌무더기와 흙구덩이 위로 짚단이나 나뭇단을 쌓아 그 안에서 놀기도 했죠.

그러던 어느 날이었습니다. 나는 그곳에서 이상한 일을 겪었습니다. 워낙 어릴 적 일이라 지금 생각하면 그게 꿈인지 환상인지 분간이 되지 않아요. 무슨 일인지는 몰라도 텅 빈 그곳에 혼자 쓰러져 있었고 누가 나를 가만히 가슴에 안더란 말입니다. 그 품 안이 얼마나 따뜻하고 부드러운지 깜박 잠이 들어버리고 말았어요.

셔블 군, 나는 할머니가 나를 찾는 소리에 깜짝 놀라 잠을 깨고 말았습니다. 어느새 금판데에는 캄캄한 어둠이 밀려와 있었고, 구덩이 안에서 잠을 깬 나는 와락 달려드는 무서움에 울음을 터뜨리고 말았지요. 사방이 캄캄한 굴 안에 갇혀 있다는 절박한 심정을 혹시나 셔블 군은 경험해봤는지요. 난 어디를 어떻게 해야 밖으로 나갈 수 있는지를 몰라 울음을 터뜨린 겁니다.

할머니가 울음소리를 듣고 달려와 구덩이 밖으로 나를 끌어내었지요. 그 뒤 나는 헛소리를 치며 며칠을 앓아누워 있었습니다. 앓는 동안 금판데에서 나온 금관과 금귀고리, 요대, 곡옥 같은 금붙이들이 내 눈앞에서 어른거렸고, 말 장식 같은 족쇄가 내 발목을 비끄러매는 것 같아 깜짝 놀라 깨어나고는 했답니다.

셔블 군, 나는 그 뒤로 금판데가 무서워 그곳 가까이에는 얼씬도 하지 않았어요. 그런데 참 이상한 일이지요. 한 달 정도 지나고 나니까 금판데가 다시 그리워지기 시작하더란 말입니다. 금판데에서 경험했던 누군가의 포근한 품 안에 달려들어 얼굴을 비비고 싶더란 말이에요. 나는 아무도 없을 때 금판데로 달려갔습니다. 우리 집 뒷문을 열고 대밭을 넘어서면 바로 금판데였죠. 그 당시 우리 집은 선거 손님을 받느라 하루도 조용한 날이 없었어요. 술상과 음식상을 들고 다니는 친척들과 동네 아주머니들 틈에서 할머니는 아버지가 못마땅해 끊임없이 넋두리를 늘어놓았습니다. 아버지가 선거에 미쳐 있었거든요…….

  셔블 군, 오늘은 이만하겠소. 좋은 시간 보내시오.

혜지는 처음 이 글을 읽었을 때 그와 그의 가족들이 누구인지 아무리 기억을 더듬어도 짐작이 가는 사람이 없었다. 이제 생각해보니 그건 당연한 일 같았다. 혜지와 적어도 17, 8년 이상은 벌어져 보이는 그와의 나이 차이 때문이었다. 그러고 보니 그가 간혹 주문처럼 내뱉던 선거라든가 데모대, 혁명, 빚쟁이 같은 말들이 왠지 낡고 오래된 느낌이 들었던 것도 이제야 알 것 같았다. 혜지는 언젠가 그가 어렵게 소설 한 편을 썼다면서 보내준 파일이 문득 생각났다. 별다른 사건도 재미도 없는 미완성 같은 짧은 소설이라 건성으로 읽고 말았는데 불현듯 그 소설이 떠오른 것이다. 혜지는 세 번씩이나 다른 파일을 헛짚은 끝에 마침내 제목이 「신열身熱」인 파일을 찾아 '아래아한글'을 띄우고 열어보았다.

금판데 위로 바람이 분다. 내일모레면 5월인데도 밤 날씨라 그런지 아직 바람이 차다. 대문을 열고 나올 때 대청마루 위의 괘종시계가 열 점을 쳤다. 용이는 무심결에 열린 대문 쪽으로 눈길을 주었다. 시커먼 바람이 집안 구석구석을 지네 떼처럼 휘젓고 돌아다니는 것 같아 흠칫 몸을 떨었다.

할머니는 왜 여태 오시지 않을까. 용이는 금판데의 흙구덩이 속에서 짚더미를 깔고 앉아 별별 생각이 다 들었다. 할머니도 새어머니처럼 목을 매버린 건 아닐까. 이내 용이는 머리를 저었다. 아니다. 모화에 사는 친척 집에 다녀온다던 할머니의 말이 거짓말일 리가 없다. 미음 한 숟갈 입에 떠넣지 않던 할머니가 가다가 혹 쓰러지신 건 아닐까. 아니다. 그럴 리 없다. 그 정도로 쓰러질 할머니가 아니다. 할머니는 돌아오실 거다, 꼭.

용이는 바람에 덜컹거리는 대문 쪽으로 잠시도 시선을 떼지 않았다. 불 꺼진 집 뒤편 정미소의 양철 지붕 너머로 시커멓게 솟아 있는 봉황대가 보인다. 봉황대 위에 깊이 뿌리를 박은 늙은 느티나무의 시커먼 가지 사이로 파르르 별이 떨고 있다. 용이는 자신도 모르게 짚더미를 헤치고 금판데의 흙을 한 줌 움켜쥐었다. 축축하면서도 서늘한 냉기가 손바닥에 전해진다. 핑 눈물이 돈다. 별빛이 흐려진다.

한 줄기 바람이 금판데를 할퀴듯 휘젓고 서천 쪽으로 달려간다. 한 달이 넘도록 훌쩍거리는 콧물과 함께 떨어지지 않는 고뿔 탓일까. 으슬으슬 한기가 돌고 몸에 열이 오른다. 용이는 짚북데기를 턱밑까지 끌어안는다. 이럴 때 명환이나 용철이 덕구 중에 누구든 한 사람이라도 옆에 있었으면 얼마나 좋을까. 그럼 서로 머리를 맞대고 시시덕거리면 시간 가는 줄 모를 텐데. 어쩌면 성수 형이 들를지도 모른다. 성수 형은 밤늦도록 돌아다니는 날이 많으니 금판데를 지나칠지도 모른다. 그래, 성수 형이라도 좋다. 욕하고 실컷 놀려먹어도 좋으니 함께 있어만 준다면. 그런데 웬일일까. 오늘 밤은 누구 하나 얼씬거리지 않으니 참으로 별일이다. 모두 다 어딜 갔을까.

용이는 짚북데기를 더 깔고 누워본다. 한결 따뜻하다. 언젠가 이렇게 있다가 잠이 들어버린 적이 있었지. 잠이 들면 안 된다. 할머니를 기다려야 한다. 할머니는 화를 내면 무섭지만 먹을 것도 많이 주고 아는 것도 많으시다. 할머니는 봉황대가 옛날 임금님 무덤이라는 것도 알고 금판데가 임금님 무덤을 파헤친 곳이란 것도 알고 있다. 할머니 방에서 잠을 잘 때면 용이는 할머니에게 옛날이야기를 해달라 하기도 하고 이것저것 궁금한 것들도 물어보곤 했다.

할무이, 큰 봉황대가 참말로 임금님 무덤이 맞능교.

그라모. 작은 봉황대들도 임금님 무덤이라카이.

쌍둥이봉황대도요, 할무이?

그라모, 맞다카이.

그라몬 금판데에서 구렁이가 나왔다는 게 참말인교?

이놈아, 구렁이가 아무 데서나 나온다 카더나. 금판데는 왜놈들이 파헤쳤다가 양코배기들이 뒤집어놓아 그 꼴이 됐다앙이가.

그라몬, 그라몬, 할무이, 금판데는 와 금판데라 하능교.

금 부치러기가 나왔다고, 금 파낸 자리라고 금판데라 안 카더나. 이노무 자석 다 알면시루 자꾸 묻네. 마, 자자.

할무이, 할무이, 딱 한 가지만 더 물어보고.

뭔데.

나를 참말로 금판데에서 줏어 왔능교?

아무려믄. 줏어 왔제. 고추가 빨간 얼라를 이 할미가 줏어 왔제.

그러면 용이는 참고 있던 울음을 으앙 하고 터뜨려놓았다.

아이다, 아이다, 우리 용인 줏어 온 게 아이다. 할미 새끼다. 뚝, 뚝 그래 뚝 그쳐야지, 옹야 내 새끼.

용이는 눈물을 뚝 그치고 할머니의 쪼그랑 젖가슴을 만지다 잠이 들고는 했다.

그런데 할머니는 왜 오시지 않는 걸까. 마지막 기차 시간이 지났을 텐데. 아니다. 모화에서 출발한 버스는 아직 도착하지 않았을 거다. 모화에는 왜 가셨담. 친척들이라곤 코빼기도 내밀지 않는데 무얼 하러 거길 찾아가셨담. 혹시 거기로 아버지가 피신해 가신 건 아닐까.

춥다. 전깃불만 나가지 않았더라면 집 안에 들어가 기다릴 텐데. 이마와 손은 어째 이렇게 뜨거울까. 그러나 할머니가 없는 집 안은 싫다. 새어머니가 목을 매단 감나무의 가장이가 시커멓게 방 안까지 뻗쳐 들어와 온몸을 휘어 감을 것 같아 무섭고 싫다. 이상하다. 신작로 건너편 집들에 전등불이 켜져 있는 걸 보면 우리 집만 불이 나간 게 틀림없다. 가만있자, 도장골에도 제법 불이 꺼졌는걸. 도장골 호계댁 새 며느리가 미구라고 하던 성수 형의 말이 참말일까. 그 얼굴이 하얗고 예쁜 아줌마가 미구라니 도저히 믿어지질 않아. 상여가 나가면 꼭 그날 밤 새 무덤을 파헤친다고 하던데. 술주정꾼인 용구 아버지가 죽은 사람 팔뚝을 썩둑 베어 무는 걸 봤다던데.

용이는 갑자기 으스스 몸이 떨려왔다. 성수 형은 정말 모르는 게 없어 보였다.

니거 아부진 이제 국회의원 못 한다. 혁명이 일어났거든, 아나.

혁명?

그래 혁명이다. 니거 아부지 같은 아편쟁이는 이제 잡혀갈 거다.

용이는 아버지가 아편쟁이란 말에 기가 죽어 금판데 안 깊숙이 몸을 웅크렸다. 어둠 속에서 아이들의 눈이 새까맣게 빛났다.

할머니의 말대로 아버지는 선거에 미치면서 사람도 달라진 듯했다. 그 당시 민의원이었던 아버지는 서울에 올라갔다가 온 뒤로 부쩍 바깥나들이가 잦아졌다. 곧 대통령 선거가 있다는 것이다. 집 안에는 갑자기 사람들이 들끓고 말술이 배달되고 윷판이 벌어지기도 하고 먼 친척들과 동네 사람들도 자주 들락거렸다.

아버지를 태운 지프는 더욱 바빠졌고, 거리의 담벼락에는 대통령 후보자들의 사진이 찍힌 벽보가 나붙기 시작했다. 전봇대 위로는 현수막이 너풀거렸다. 선거 유세장에는 쩔걱거리는 엿장수들의 가위질 소리처럼 왁자지껄한 사람들의 환성과 박수 소리, 발걸음 소리가 거리를 휩싸고 있었다.

아버지가 찬조 연설에 열을 올리고 있는 동안 용이는 봉황대 위에 앉아 학교 운동장을 내려다보고는 했다. 아버지는 운동장 저편의 조례대 위에서 마이크를 앞에 두고 뭐라고 알아들을 수 없는 말들을 확성기가 왕왕 울리도록 피를 토하듯 뱉어냈다. 용이는 꼼짝하지 않고 운동장을 지켜보다가 하품이 나올 때쯤이면 금판데로 내려가 짚더미를 깔아놓은 흙구덩이 안에 들어가 두 다리를 껴안은 채 모로 쓰러져 눕고는 했다. 그러면 누군가 용이를 부드럽고 포근하게 감싸주는 것 같았다. 용이는 자신도 모르게 스르르 잠 속에 빠져들었다. 얼마 동안 그렇게 잠이 들었을까. 누가 용이를 외쳐 부르는 소리가 꿈결인 양 들려온다. 용이가 졸린 눈을 비비고 떴을 때, 먼저 눈 속에 비쳐 들어온 것은 선도산 일대의 하늘을 붉게 물들인 노을빛이었다. 금판데에는 어느새 땅거미가 짙게 드리워지고 노을빛은 차츰 아득하고 멀게 느껴졌다. 이때 어디선가 체머리를 흔들며 할머니가 용이를 부르는 소리가 들려왔다. 용이는 일어나려고 안간힘을 썼지만, 몸은 무거운 철갑을 둘러쓴 듯 움직여지지 않았다. 그러자 그때까지 가만있던 금판데가 쩍 갈라지며 마구 장식들이 철렁거리는 소리와 함께 금관과 금팔찌와 금허리띠, 금귀고리를 치렁치렁 몸에 휘감은 사자死者가 벌건 흙을 덮어쓴 채 녹슨 칼을 겨누어 들고 달려들었다. 와락 무섬증이 든 용이는 울음을 터뜨렸다. 마침 달려온 할머니의 치마폭에 얼굴을 묻고 나서야 비로소 헐떡이던 숨을 멈추고 겨우 정신이 들고는 했다.

할머니는 정말 왜 이리 늦으실까. 오늘 밤을 넘기지 않겠다고 굳게 다짐을 받고 떠나신 할머니였다. 방금 괘종시계가 희미하게 열한 점을 치는 소리가 들리는 것 같았다. 바람 소리 때문에 잘못 들은 것일까.

오늘 밤 성수 형은 금판데에 들르지 않을 모양이다. 명환이 용철이 덕구도 이제 모두 제 집으로 돌아갔을 거다. 그런데 가만있자, 그러고 보니 벌써 며칠째 아이들은 이 근처에 얼씬거리지도 않았구나. 아이들의 눈치가 어딘가 수상쩍더라니. 여기에 오면 하던 얘기를 뚝 그치고 뭔가 저희끼리 수군덕거리고 서먹서먹한 분위기가 되고 말았다. 그렇다. 이제야 알 것 같다. 고등학생들이 아버지의 이름을 함부로 부르며 우리 집에 주먹만 한

돌을 던지면서 부정 축재자 물러가라고 외치기 시작한 그 무렵, 한 달 전쯤인 3월 말경 바로 그 무렵부터다.

아버지는 병원에 입원시킨다며 어딘가로 실려 나갔고, 갑자기 몰려들기 시작한 빚쟁이들에게 새어머니가 시달리기 시작하면서 친척들과 동네 사람들의 발길이 뚝 끊겼다. 며칠 뒤 새어머니가 감나무에 목을 매단 시체로 발견되었다. 빚쟁이들과 억척스럽게 싸움질을 하던 할머니는 실신하고 몸져누워 버리셨다. 그런 때 양복 입은 사람들이 몰려와 패종시계를 시작으로 값나가는 물건에는 모두 빨간딱지를 붙여버렸다. 뒤늦게 달려온 빚쟁이들이 그나마 남은 옷가지와 살림 도구를 챙기느라 집안 구석구석을 뒤지며 부산스러운 가운데 뒤란에서 누가 크게 내지르는 소리가 날아왔다. 용이는 한달음에 뒤란의 말라붙은 옛 우물로 달려갔다. 누가 들어냈는지 땅바닥에 붉게 녹이 슨 철제 뚜껑이 팽개쳐져 있었다. 용이는 그 위에 올라섰다. 머리를 안으로 들이밀자 반이나 토사로 메워진 우물 안이 내려다보였다. 그 속엔 마치 바깥의 햇살을 빨아 삼킬 듯이 노란 모르핀 액을 머금은 투명한 앰풀 병들이 수북이 쌓여 있었다. 그것들 사이사이로 보이는 날카로운 주삿바늘들이 한꺼번에 날아와 어린 용이의 가슴에 박혔다. 몸서리를 치며 용이는 얼른 우물 뚜껑에서 뛰어내리고 말았다.

할머니는 왜 오시지 않는 걸까. 아니다. 막차가 오려면 아직 멀었다. 할머니는 막차가 도착하면 금방 체머리를 흔들며 나타날 것이다. 용이는 정신이 아물거리면서 입안이 타들고 몸이 뜨거워지는 걸 느꼈다. 금판데 위로 스치고 가는 바람 소리가 불덩이 같은 머릿속을 서늘하게 휘저어놓았다. 그런데 이상한 일이다. 얼마 전만 해도 축축하고 기분 나쁘게 느껴지

던 눅진한 흙의 감촉이 이젠 따스하고 포근하게 감겨든다. 마치 어머니의
품속같이. 아늑히.

소설은 이렇게 끝나고 있었다. 재용의 연륜을 의식하면서 읽었던
탓일까. 소설을 다시 읽고 혜지는 전에 읽었을 때와는 사뭇 다른 느
낌을 받았다. 그러면서 혜지는 자신의 내부에 감춘 비밀 하나를 들킨
듯한 묘한 감정에 사로잡혔다.

셔블 군의 금판데는 아름다운 추억밖에 없군.

언젠가 대화 중에 그가 불쑥 이런 말을 띄웠을 때, 혜지는 찔끔했
었다. 지워버리고 싶은 기억을 다시 끄집어내어 어쩌잔 말인가. 혜지
는 금판데 얘기를 할 때마다 자신의 얘기는 접어두고, 늘 구경꾼으
로, 외톨이로 남아 지켜봤던 다른 아이들의 행복한 얘기만을 했다.
그렇게 얘기를 시작하다 보니 남자애들의 야구 놀이와 깡통 차기와
씨름도 마치 자신의 얘기인 것처럼 술술 풀려 나왔던 것이다.
혜지는 그의 금판데 파일을 하나 더 열어볼까 하다가 어깨가 썰렁
해지는 느낌을 받았다. 곧 4월인데 아직은 추운 날씨였다. 춥고 배가
고팠다. 그제야 점심때 미란과 라면 한 개씩을 끓여 먹었던 생각이
났다.
언닌 이러다가 뉴욕 가기도 전에 쓰러지지. 먹는 데도 아끼지 말고
좀 쓰고 그래. 이게 뭐야, 이런 것만 먹고 말 같은 처녀들이 어디 힘

을 쓰겠수, 언니.

그래, 미란의 말처럼 뭘 좀 먹어야지. 혜지는 자신에게 들으라는 듯 마음속으로 중얼거렸다. 윈도 95의 창 모서리에 깜박이는 디지털 시계가 7 : 12PM을 표시하고 있다. 혜지는 컴퓨터 앞에서 일어났다. 식빵으로 대충 때우기보단 오늘 저녁은 김치 한 가지에라도 무럭무럭 김이 오르는 밥이 먹고 싶었다. 그녀는 작업실 한구석에 옹색하게 끼어 있는 간이용 싱크대로 가서 비닐봉지에 든 쌀을 꺼내 씻기 시작했다. 뿌연 뜨물이 맑아질 때까지 여러 번 씻어 내리고는 전기밥솥에 쌀을 막 안치려는데 원생실과 연결된 무선전화기의 벨이 울렸다. 혜지는 현우가 아닐까, 하면서도 입시생의 학부형일지도 모른다는 생각이 들어 전화기를 들었다.

혜지, 왜 이러는 거야. 할 얘기가 있단 말이야.

귓전을 울리는, 너무 익숙해버린, 그러나 공허하게 들리는 현우의 목소리였다. 혜지는 아무 말 없이 전화를 끊어버렸다. 싱크대 위의 전기밥솥과 방금 씻어낸 쌀이 담긴 플라스틱 그릇을 버려둔 채 소파에 가 앉았다. 다시 벨이 몇 번 길게 울었다. 혜지는 무선전화기를 아무렇게나 던져버렸다. 식욕이 순식간에 달아나 버렸다. 이제 정말 아무것도 먹고 싶지 않았다.

컴퓨터를 통해 현우의 전화가 다시 걸려온 것은 그로부터 채 10분이 흐르지 않아서였다. 컴퓨터를 꺼버릴까 하다가 혜지는 일단 그의 통화를 받아들였다. 모니터에 그의 대화가 떠올랐다. 일대일 통신이었다. 혜지는 자판기 앞에 앉았다.

현우 : 왜 이래. 응답 좀 해봐, 혜지.

혜지 : 뭘 원하셔.

현우 : 그냥 만나줘. 그것뿐이야.

혜지 : 할 얘기 있으면 밖에서 만나 하자고 그랬잖아.

현우 : 그래, 밖에서 만나자. 내가 그리로 갈까?

혜지 : 올 필요 없어. 밖에서도 이젠 끝난 일이야.

현우 : 이럴 거야, 정말.

혜지 : 그럼 어떡해. 선배나 그 아가씨한테 잘하셔. 결혼할 그 여자 말이야.

현우 :

그는 더는 보채지 않았다. 머리 회전이 빠른 그는 단념도 빠를 것이다. 그는 침대에 누워 뒹굴다가 다시 노트북을 펼쳐 자판을 또닥거리다가 누군가에게 전화질했다가는 리모컨으로 텔레비전을 켰다, 껐다 할 것이다. 그것도 심심해지면 아까운 방 값을 카드로 긋고는 그의 사랑스러운 무쏘를 몰고 칠흑같이 어두운 고속도로를 달릴 것이다. 어디 있을지도 모를, 그의 불확실한 미래를 찾아.

혜지는 모니터 위에 남아 있는 그와의 대화를 말끔히 지워버렸다. 거기다 그와의 대화가 자동 저장된 임시 파일을 찾아내 노턴의 WIPEINFO.EXE를 써서 누구도 다시 살려낼 수 없도록 완벽하게 없애버렸다. 그러나 머릿속에 새겨진 현우와의 기억들은 지워지지 않았다. 지우려고 애를 쓰면 쓸수록 더욱 또렷이 살아나기만 했다. 이럴 때 미란이를 불러내 술이라도 마시고 취해버리면 속이 후련해질 텐데. 하지만 지금 누군가의 팔짱을 끼고 즐겁게 지내고 있을 미란에게 삐삐를 치고 싶지는 않았다.

미란과 함께 쓰는 옷장에서 혜지는 재킷을 하나 꺼내 걸쳤다. 작업실의 불을 켜둔 채 문만 채우고 밖으로 나갔다. 바깥바람이라도 쐬어야 마음이 가라앉을 것 같아서다. 도로 건너편에 빈틈없이 주차된 차들 가운데 낯익은 12인승 승합차가 눈에 띄었다. 청바지 주머니에 넣어둔 차 열쇠에 습관처럼 손이 갔으나 이내 손길을 거둬버렸다. 어디든 좀 그냥 이대로 걷고 싶었다. 혜지는 거리를 무턱대고 걸었다. 그러자 현우와의 지난 3년간이 눈앞에 밟혀왔다.

현우를 만난 건 대학 3학년 겨울방학 때였다. 종강을 앞두고 아르바이트 자리를 구하러 다니던 혜지는 선배 언니의 뜻밖의 제의에 지푸라기라도 잡는 심정으로 매달렸다. 일자리는 한창 주가를 올리는 신생 소프트웨어 회사였다. 회사라고 해야 직원 수가 20명도 넘지 않는 소규모였지만 몇 개의 도스용 게임을 만들어 판매에 성공한 덕에 갑자기 재원이 넉넉해진 회사였다. 그런 회사일수록 으레 큰 꿈에 부풀어 있게 마련인데, 윈도우즈용 프로그램 개발로 사세를 확장할 거라고 했다.

그 첫 번째 사업이 유아용 교육 프로그램이었다. 벌써 기획까지 마쳤다고 했다. 교육용 프로그램의 경우, 물론 유능한 프로그래머야 필수이겠으나 그에 못지않게 컴퓨터를 이해하고 다룰 줄 아는 교육 전

문가도 필요한 법이다. 더구나 어린이용 교육 프로그램은 미술을 전공한 디자이너가 절대적인 비중을 차지하게 되어 있었다. 마침 혜지는 유아미술을 전공하고 있는 데다 컴퓨터 그래픽에도 어느 정도 자신이 있었으므로 그걸 알고 있었던 선배 언니가 적극 추천을 해주었던 것이다.

혜지는 학생 신분이라 당장 정식 직원으로 채용되기는 어려웠지만, 아르바이트생으로 방학 동안 두 달만 바짝 일해도 생활비를 제하고도 한 학기 등록금은 너끈하게 건질 수 있는 상당히 좋은 조건이었다. 게다가 일하는 능력에 따라서는 객원으로 계속 일을 하면서 졸업 후에는 우선으로 입사를 시키겠다고 했으나 그 점에 대해서는 생각이 달랐다. 이미 2학년 때부터 내심 순수미술로 방향을 정하고 실제 창작을 하고 있던 혜지로서는 그래픽 디자이너의 길을 걷고 싶은 마음은 티끌만큼도 없었기 때문이다.

어쨌거나 혜지에게는 절호의 기회였다. 일하는 분위기도 자유로웠고 선배들에게 새로운 지식을 배우는 즐거움도 컸다. 그리고 그들 중에 혜지에게 가장 친절하게 대해주며 열심히 일을 가르쳐준 사람이 바로 팀장이었던 현우였다. 현우는 알만 한 사람은 다 아는, 그 분야에서는 인정을 받는 젊은 프로그래머였다.

만일 그 회사가 망해버리지만 않았더라도 어쩌면 혜지는 순수미술의 고집을 꺾고 안정된 직장 생활을 하면서, 현우와의 관계도 그렇게까지 어긋나 버리지는 않았을지도 모른다. 한 치 앞도 내다볼 수 없는 곳이 소프트웨어 시장이었고, 그게 사람의 일이었다. 지금은 원도 95가 씽씽 돌아가는 세상이지만 그 당시만 하더라도 윈도 3.1의 보급이 많지 않았던 데다 유아용 프로그램에 대한 인식이 크게 부족했다. 하얗게 밤을 새워가며 만든 유아용 교육 프로그램이 컴퓨터 사용자들로부터 외면을 당해버린 것이다.

아무리 우수한 소프트웨어도 소비자가 사주지 않으면 한 푼의 값어치도 없어지는 것이 소프트웨어 시장의 생리였다. 결국은 많은 자본과 우수한 두뇌, 아까운 시간을 들이고 개발한 프로그램이 대기업의 컴퓨터 판매에 번들용의 끼워 팔기로 전락해 헐값으로 처분돼버렸다. 물론 회사는 큰 타격을 받았고, 그걸 만회하지 못한 채 적자를 내다가 끝내 부도를 내고 도산해버리고 말았다.

그 무렵 혜지와 현우는 후배와 선배의 우정 이상의 관계로 발전해 있었다. 현우는 잠시 컴퓨터 잡지사에서 일하다가 프리랜서로 나서기 시작했다. 이때부터 둘 사이는 조금씩 삐꺽거리기 시작했던 것 같다. 현우가 쓴 초보자용 컴퓨터 입문서가 뜻밖의 인기를 누리면서 그의 생활이 갑자기 방만해져 버렸다. 혜지는 왠지 그런 현우가 불안해 보였다. 그 무렵 막 졸업을 한 혜지는 마침 고등학교 후배인 미란의 연락을 받고 고향인 경주로 내려와 버렸다. 다시는 고향 땅을 밟지 않겠다고 떠났는데 4년이란 세월 동안 워낙 힘들고 어렵게 공부했던 탓일까. 서울이란 데가 갑자기 무섭고 싫어졌다. 그래서 미란이 반반씩 부담해 미술학원을 인수하자고 했을 때 선뜻 응해버렸는지도 모른다.

현우는 바쁜 생활 중에도 주말이면 거의 빠짐없이 혜지를 만나러 경주로 내려왔다. 그는 예약된 호텔 방에서 혜지를 만나길 원했다. 그때마다 매몰차게 그를 뿌리치지 못했다. 씀씀이가 헤퍼진 현우가 다른 사람처럼 느껴지고는 했다. 한때는 한국의 빌 게이츠를 꿈꾸기도 한 그가 자신의 재능을 얄팍한 출판사의 상술에 다 써버리고 어떻게 하면 또 하나의 히트작을 낼까 하는, 잔머리만 굴리는 사람처럼 보였다. 불과 몇 년 사이에 그보다 젊고 유능한 프로그래머들이 속속 나왔고 초조해진 그는 아예 기획 출판사까지 차리고 장사판으로 뛰어들었다. 사업은 예상보다 훨씬 힘들어 보였다. 그럴 때 그와 거래를 하던 광고주 회사의 고명딸과 만나고 있다는 염문이 들려왔다. 마침내 지난달, 풍문으로만 듣고 있던 광고주 딸과의 관계가 사실임이 확인되자, 혜지는 그동안 미루고만 있었던 뉴욕행을 결심해버렸다.

혜지는 며칠 전 선배 언니가 현우의 결혼 소식을 전화로 알려주었을 때, 드디어 올 것이 왔구나 하는, 오히려 담담한 심정으로 돌아갈 수 있었다. 그런데 그는 파렴치하게도 다음 주에 결혼한다는 사실을 숨기면서까지 오늘도 혜지를 만나자고 한 것이다.

혜지는 눈물이 솟구쳐 올랐다. 어머니가 돌아가셨을 때도 나오지 않았던 눈물이었다. 어릴 때부터 모질고 가파른 길로만 치달려 와서일까. 도무지 아무리 슬픈 일에도 눈물이 나오지가 않았다. 그동안 눈물샘이 메말라버린 줄 알았더니 웬 눈물이 이렇게 줄줄 흐를까. 웃음이 다 나왔다. 그러면서 혜지는 자신이 어떻게 여기까지 걸어왔을까, 화들짝 놀랐다. 혜지가 걷는 길은 노서리 고분군을 둘러친 철책을 따라 이어진 좁은 소로였다. 철책 너머 바로 눈앞에 호우총壺杅塚

이 가로등 불빛에 훤히 드러나 보인다.

혜지는 여기서 그만 돌아설까 하다가 갑자기 어린 날의 자신이 떠올라 발걸음이 쉽게 떨어지지 않는다. 저곳에서 울고 서 있던 단발머리의 어린 혜지가 떠올랐기 때문이다. 그러자 혜지는 마치 소녀처럼 가볍게 철책을 딛고 올라서서 호우총 안으로 풀쩍 뛰어내린다. 그녀는 호우총 가운데로 걸어간다. 그러고는 걸음을 멈추고 언제까지 그렇게 서 있을 듯이 움직일 줄을 모른다.

5

재용은 처음에 자신의 눈을 의심했다. 웬 여자가 노서리 고분군의 철책 길을 따라 바쁘게 걸어가기에 여관의 2층에서 창을 통해 무심코 내려다보던 중이었다. 여자가 철책을 타고 넘어 뛰어내렸다. 여자가 뛰어내린 곳이 호우총 같았다. 아주 짧은 순간이지만, 가로등 불빛에 언뜻 드러나 보이는 여자의 얼굴을 보고 재용은 깜짝 놀랐다. 셔블군, 아니 혜지가 분명해 보였기 때문이다.

재용은 서둘러 겉옷을 걸치고 여관을 나와 철책 길을 따라 뛰었다. 여자가 순식간에 어디론가 사라져버리기라도 할 것 같아 마음이 급했다. 숨을 헐떡이며 재용이 달려가 철책을 뛰어넘는다. 혜지가 재용쪽으로 고개를 돌린다. 그때야 혜지는 정신을 차렸는지 재용을 보고어쩔 줄을 몰라 한다.

"아니, 이게 어떻게 된 일이오, 이런 시간에."

"죄송합니다, 선생님. 저도 모르게 이리로, 금판데로 발길이 움직였어요."

혜지는 울고 있었던 것 같았다. 그런데 금판데라니. 금판데는 저기 있는 서봉총일 텐데. 재용은 이 아가씨가 뭔가 잘못 생각하는 게 아닐까 싶었다.

"금판데라니요. 금판데는 저기 있는 서봉총이 아니오. 울고 있었군요."

"미안해요. 선생님이 달려오실 줄은 몰랐어요. 우스운 꼴 보였네요. 근데 방금 뭐라고 하셨죠? 저기 있는 서봉총이 금판데라고요?"

"그래요. 서봉총을 난 금판데로 알고 있는데. 여긴 호우총이 아니오."

혜지는 그만 웃음을 터뜨리고 말았다. 참으로 오랜만에 거침없이 웃었다. 재용은 어리둥절한 표정을 짓고 있다.

"금판데가 어디 거기뿐인가요, 선생님. 여기도 금판데, 저기 저 쌍상총도 금판데고, 금관총과 금령총, 은령총, 그리고 이름도 없는 금판데들이 또 얼마나 많은데요."

재용은 그 말을 듣자, 무엇에 호되게 머리를 얻어맞은 기분이 들었다.

"그게 정말이오? 내 기억엔 저기 있는 서봉총만을 금판데라고 했던 것 같은데."

"선생님이 제게 물으셨잖아요. 금판데란 이름의 유래를 아느냐고요. 그래서 전 이렇게 대답했을 거예요, 아마. 금을 파낸 데라고. 그래서 금, 판, 데,라고 말이에요."

“그렇지만 호우총은 청동합靑銅盒이 출토된 걸로 아는데. 광개토대왕의 명문이 새겨진, ……제기라는 말도 있고.”

“그렇다면 금관총과 금령총은 어떻게 설명하시겠어요. 거긴 금판데가 아니라고 하실 순 없으시겠죠. 호우총에도 다른 부장품들과 함께 금동관이 나왔으니까요. 발굴 당시 구경 나온 사람들은 그걸 금이라고 봤을지도 모르죠.”

“아, 그렇겠군. 근데 셔블 군과 통신을 할 땐 왜 서로 이런 얘기가 없었을까.”

“그야 재용 씨, 아니 선생님이 당연히 그런 사실을 알고 계신 줄 알았죠.”

“맞아. 어릴 때의 생각이었으니까. 단순히 금판데가 서봉총 하나인 줄 알았던 게지. 난 셔블 군도 그렇게 아는 줄 알았거든. 참 셔블 군은 날아가 버리고 없다고 했던가요. 날씨가 아직은 차갑지요. 다른 곳으로 어디 자리를 옮길까요. 찻집이나, 술을 마실 수 있었으면 더 좋겠고.”

혜지는 그 말을 듣자, 정말 한꺼번에 시장기가 몰려왔다. 작업실에서 전기밥솥에 안치다가 그만두고 나온 하얀 쌀이 떠올랐다.

“밥집으로 가요, 선생님. 방금 지은 따뜻한 밥이 먹고 싶어요. 제가 잘 아는 데가 있어요. 술도 한잔할 수 있을 거예요.”

“이런, 9시가 다 됐는데. 그런 데가 있다면 그럼 우리 밥을 먹으러 갈까요, 혜지 씨.”

재용과 혜지는 도로 쪽의 철책 입구를 통해 고분군 밖으로 나갔다.

재용은 그녀가 앞서 가는 방향을 따라 발걸음을 옮겨놓으면서 혜지의 금판데는 어떤 곳이었을까 궁금해졌다. 그녀가 통신으로 띄워 보낸 금판데 얘기는, 그녀 자신의 얘기가 아니었던 것 같았기 때문이다.

혜지는 지름길로 보이는 골목길을 거쳐 시장통으로 보이는 소방도로를 가로질러 간다. 어둑한 길 한편에 음식점 같은 나지막한 건물들이 즐비하게 늘어서 있었다. 그 가운데 ‘시장해장국밥’이라고 서투른 페인트 글씨가 써진 유리문을 드르륵 열고 안으로 들어갔다.

“해장국 같으면 팔오정 로터리의……”

재용이 아는 척을 했다.

“여기 할머니도 거기서 오래 장사를 하셨어요. 국도 좋지만 할머니가 손수 담은 국화주 막걸리가 일품이거든요.”

혜지가 식탁 앞의 의자를 끌어당겨 앉고는 주문을 한다. 재용이 저녁밥을 먹었다고 한다. 혜지는 해장국밥 하나에 해장국 하나, 거기에 국화주 한 되와 파전을 더 시켰다. 할머니와는 잘 아는 사이 같았다.

“단골인가 보군.”

“생각날 거예요, 이 집의 국밥과 국화주. 할머니도요.”

“뉴욕 얘기로군. 언제 떠날 예정이오.”

“보름쯤 있으면 비자가 나올 거예요. 참, 할머니가 이리로 오시면 금판데가 어디 있느냐고 한번 물어보셔요. 경주 토박이시거든요.”

혜지가 웃으면서 말한다. 싱그럽고 맑은 웃음이다. 재용은 할머니가 국화주와 함께 김이 오르는 국밥과 술국을 들고 왔을 때 혜지의 말대로 금판데가 어디 있느냐고 넌지시 물어보았다.

"금판데요? 손님이 찾는 금판데가 어디 있는 금판데인교. 금판데
가 어디 한둘이라야 말이지요."

재용이 아무런 말이 없자 할머니는 괜히 머쓱해진 얼굴이 되어 주
방으로 물러가 버린다. 혜지는 그것 보라는 듯한 표정을 짓는다. 그
녀는 표주박에 술을 가득 떠서 재용의 술잔에 넘치도록 따른다. 재용
은 혜지의 잔에도 그렇게 국화주를 따른다. 혜지는 부지런히 국밥에
만 숟갈을 놀린다. 몹시 시장했던 모양이다. 혜지의 말대로 국화주는
여느 막걸리와는 맛이 달랐다. 하지만 재용의 머릿속은 금판데 얘기
로만 가득 차 있었다. 자신의 비밀스러운 얘기로만 채워져 있다고 생
각했던 금판데가, 알고 보니 고유명사가 아닌 보통명사였다는 사실
은 그에게 적지 않은 혼란을 일으켰다. 재용은 자신이, 자신의 삶에
서 특히나 유년 시절에 지나치게 집착해오지 않았던가 하는 생각을
처음으로 하게 되었다.

혜지는 금방 국밥을 비워낸다. 생긋 웃으며 국화주 잔을 들고 재용
의 잔에 가볍게 부딪쳐 온다.

"선생님, 무슨 생각을 그렇게 골똘히 하셔요. 아직도 금판데 생각
이신가요. 오늘은 저의, 셔블이 아닌 안혜지의 금판데 얘기를 들려드
릴까요. 이걸 마시고 자리를 옮기도록 하죠. 별것도 아닌 제 얘기를
툭 털어버려야 속이 후련해질 것 같아서요."

이렇게 어린 여자가, 서울의 동숭동 거리나 신촌, 아니 명동이나
압구정동의 어느 거리를 활보해도 그 또래의 여자애들과 전혀 달라
보일 게 없는, 걱정거리라고는 얼굴에 티끌 한 점 없어 보이는 이 여

224

자의 어느 구석에 비밀스럽게 감춰둔 얘기가 있다는 것일까. 재용은 거푸 잔을 비워낸다. 국화주는 감칠맛 나는 부드러운 느낌과는 달리 제법 독한 술이었다. 혜지와 한 잔씩 더 마시고 나자 뚝배기 그릇에 떠 온 국화주 한 되가 바닥을 드러냈다. 할머니가 늦게 가져온 파전이 아직 반이나 남았지만 둘은 약속이라도 한 듯이 자리에서 일어섰다. 재용이 지갑을 꺼내자, 혜지가 한사코 말린다. 다음 장소에서 사라고 한다.

"좀 조용한 데로 가죠."

이번에도 혜지가 앞장을 선다. 어릴 적에 떠난 곳이라 그런지 재용에게는 언제나 낯설기만 한 도시였다. 혜지와 재용이 목조의 2층 계단을 밟고 올라간 '봉황'은 한눈에도 깨끗하고 아늑한 분위기가 느껴지는 찻집이었다. 실내는 케니 로저스의 감미롭고 부드러운 음색의 〈레이디〉가 홀 안 어두운 구석까지 휘저어대고 있었다. 혜지는 카운터에 앉은 아가씨와 안면이 있는 듯 가벼운 눈인사를 나눈다. 남자 종업원에게 한마디 하자, 빨간 벽돌 벽이 ㄷ 자 모양으로 둘러쳐져 있는 자리로 안내해준다.

혜지는 유자차를, 재용은 커피를 주문했다. 재용이 설탕을 반 스푼 넣고 커피를 저을 때까지도 혜지는 뜨거운 찻잔을 두 손으로 감싸 쥔 채 아무런 말을 하지 않는다.

혜지가 유자차를 한 모금 마신다. 술기운으로 발그레 물든 눈자위가 물기를 머금은 듯 부풀어 보인다. 드디어 혜지가 음악 소리보다도 낮게, 그러나 또렷한 발음으로 얘기를 시작한다. 재용은 중간에 말을

가로채기라도 하면 얘기가 끊어질지도 모른다는 생각이 들어 숨을
죽이고 가만히 듣기만 한다.

　"선생님. 저녁에 저를 만나셨을 때였죠. 노서리 고분군의 호우총에
서 말입니다. 금판데 얘기를 하던 중 광개토대왕의 명문이란 말이 나
왔지요. '을묘년국강상 광개토지호태왕 호우십乙卯年國岡上 廣開土地好
太王 壺杅十'이라는 열여섯 자 명문 말입니다. 제가 이 명문을 아는 것
은 특별히 이쪽 방면에 깊은 지식이나 조예가 있어서가 아니랍니다.
어릴 때 어머니가 이 명문을 하루에도 수도 없이 외었기에 지금도 잊
지 않고 기억하고 있을 뿐입니다. 저의 어머니는 점바치였어요. 경상
도에서는 점쟁이를 점바치라고 하거든요. 아, 알고 계시군요. 어머닌
열아홉 되던 해 무병에 걸려 남산 아래의 양지마을 큰무당한테서 내
림굿을 받고는 점바치가 되었다고 해요. ……외할아버지 집이 호우
총 위에 지어져 있었다고 합니다. 해방 이듬해 그곳을 발굴할 때 헐
려버리고 호우총 아래로 내려와 다시 집을 짓고 살았다는데, 그때부
터 집안사람들 가운데 한두 명씩 원인 모를 병에 시달렸다고 합니다.
그게 무병인 줄은 제 어머니가 내림굿을 받고부터 알게 된 거랍니다.
그러나 그때는 이미 외할아버지 외할머니도 병으로 돌아가셨고 어머
니의 오라버니와 언니들도 죽거나 폐인이 돼버린 뒤였어요. 그 뒤로
홀로 남겨진 어머니는 생계를 위해서라도 점바치 생활을 하지 않을
수 없었던가 봐요.

　어머닌 저를 서른다섯에 낳으셨답니다. 눈을 감으실 때도 아버진
누군 줄 모르겠다고 했어요. 말하자면 전 사생아로 태어난 겁니다.

226

어머니의 신당엔 광개토대왕과 장수왕의 초상이 걸려 있었어요. 어린 마음에 우리 아버지도 저렇게 무섭고 수염이 많은 분일까 하는 생각이 들기도 했어요. 전 국민학교에, 아 요즘은 초등학교라고 하죠. 초등학교에 입학하기 전까진 낮에는 거의 매일 금판데에, 그러니까 선생님이 알고 계신 서봉총 금판데가 아닌, 호우총 금판데죠. 거기 가서 혼자서 놀았던 기억이 남아 있어요. 그렇지만 셔블 군이 놀았던 것처럼 그렇게 아름다운 추억은 하나도 없는 것 같아요. 만날 아이들한테 놀림을 당했으니까요. 점바치 딸에 화냥년 딸년이라고 말이에요. 선생님도 잘 아시겠지만, 노서리 고분군이나 노동리 고분군이 철거되기 시작한 것은 80년대에 들어와서죠. 그전엔 고분 사이로 민가가 많이 들어서 있었지요. 실은, 선생님도 그렇지만, 이곳 사람들은 고분이란 말을 쓰지 않죠. 다 봉황대라고 하지 않습니까. 큰 봉황대, 작은 봉황대, 쌍둥이봉황대 하면서 말입니다. 물론 서봉총이니 금관총이니 호우총이니 하는 말도 쓰질 않았지요. 지금은 비가 세워지고 다들 그렇게 부르니까 따라 하지만 저희 때만 해도 그냥 봉황대고 금판데였으니까요.

그건 그렇고 어린 저를 아이들이 얼마나 놀려댔던지 전 지금 생각해도 혼이 좀 나간 아이 같았어요. 아이들이 저하고 놀아주지 않았으니 전 혼자 놀 수밖에 없었어요. 남자아이들이 야구 놀이를 할 때면 그 애들한테 잘 보이려고 금판데 밖으로 날아간 공을 주워주기도 했고, 여자애들이 고무줄뛰기를 할 때는 늘 고무줄만 잡아주었죠. 그렇지만 그렇게 애를 써서 잘 보이려고 해도 끝장에는 번번이 놀림만 당했어요. 그러면 전 다시는 그 애들하고 안 논다, 하고 이를 악물고선 혼자 멀리 떨어져 금판데의 땅바닥에 나뭇가지로 그림을 그리며 놀고는 했어요. 그러나 그것도 하루 이틀이지 혼자서 외톨이로 논다는 것이 얼마나 서럽고 무서운 일이었던지요. 차라리 놀림을 당하더라도 그 애들하고 노는 편이 훨씬 마음 편했으니까요. 근데 남산에 사는 천룡사의 법사 아저씨가 오는 날은 온종일 밖을 나돌아 다녀야 했어요. 저희 집은 어머니가 신주를 모시고 점을 치는 신당과 장롱과 이불 같은 살림살이를 차려놓은 방이 하나 더 있었어요. 법사 아저씨가 오는 날은 저는 그 방에서 쫓겨나 신당에서 잠을 자야 했어요. 그러나 신당에서 잠을 잔다는 게 얼마나 무서웠던지 전 밤늦도록 도둑고양이처럼 밖으로만 나돌아야 했어요. 밖을 나돌다 별수 없이 신당에 들어가 쓰러져 잠이 들 때도 있었지만 금판데에 짚단이라도 쌓여 있는 날은 거기가 제 잠자리가 됐어요. 선생님이 금판데가 어머니 품속처럼 따뜻하다고 했을 때 저도 공감했던 건 다 그런 까닭이 있었기 때문입니다. 나중에 안 일이지만, 겨우 한글을 더듬거리며 읽을 정도인 어머니가 주문처럼 외고 다녔던 '을묘년국강상 광개토지호태왕호우십'이란 명문도 그 법사 아저씨가 다 그렇게 외도록 했던 겁니다. 법사 아저씨가 한지에 광개토대왕의 명문을 한문으로 쓴 것을 어머니가 한글로 토를 달아놓은 걸 본 적이 있거든요. 법사 아저씨가 오는 날은 북천 건너에서도 아주머니들이 복채를 들고 우리 집을 찾아오고는 했답니다. 사람들은 법사 아저씨를 도사라고도 했고, 천리를 꿰고 있는 기인이라고도 했습니다. 그렇지만 전 그 법사 아저씨가 몹시 싫었어요.

　그런 생활 중에도 제가 어떻게 학교에 다닐 수 있었는지 신기하지 않습니까. 그건 순전히 법사 아저씨의 덕분이긴 하죠. 사람은 배워야 한다며 근엄한 얼굴로 어머니를 꾸짖어 사생아인 절 그분의 호적에 올려 학교에 넣어준 겁니다. 하긴 의무교육을 시행하는 나라에서 아무리 무식했던 어머니로서도 그냥 내버려 둘 수만은 없었겠지요. 법사 아저씬 그 뒤로 자연스럽게 저의 의붓아버지가 되어버렸지요. 그리고 산에서 아주 내려와 노동리에 천상교天上敎라는 교당을 하나 세웠지 뭡니까. 법사 아저씨의 종교라야 여러 종교를, 그러니까 불교에 기독교와 도교, 샤머니즘까지 혼합한, 자신도 교리가 잘 이해가 되지 않으면 불가지론을 들면서 어물쩍 넘어가는 그렇고 그런 사이비 종교였죠. 그런데 전 그들에게 없어서는 안 될 존재가 됐어요. 선생님이야 견문이 넓으시니까 아실 테지만 생불生佛이란 얘기 들어보셨을 거예요. 우리나라에도 다녀간 적이 있었습니다만 티베트에는 지금도 전생과 후생까지 꿰뚫어 본다는 소년 생불이 있고, 인도와 인접한 네팔에서는 초경을 치르면 쫓겨나는 소녀 생불도 있다고 하질 않습니까. 선생님, 저도 그런 생불로 살아간 적이 있었다면 과연 믿으려 하실지 모르겠습니다.

　제가 국민, 아니 초등학교 2학년에 올라가던 해의 어느 이른 봄날이었죠. 전 어머니와 의붓아버지에게 붙들려 회초리를 맞아가며 하기 싫은 화장을 억지로 해야만 했습니다. 마치 연극 무대에 서는 배우처럼 신부 화장보다 더 짙게 분칠을 하고 눈썹을 그리고는 선녀의 날개옷을 입어야 했습니다. 아홉 살짜리 소녀가 짙은 화장에 날개옷을 입고 머리에 금빛 나는 관을 쓰고는 교당의 가장 높은 연꽃대 위에 앉아 있는 모습을 상상해보십시오. 거기다 교단 아래로는 수많은 신도가 저를 향해 엎드려 절을 하며 악머구리처럼 들끓으며 진언眞言을 외는 모습이란. 신도들은 저를 보고 비로자나불이라고도 하고 천녀라고도 부르면서 두 손 모아 눈물을 흘리며 천상의 백성이 되길 빌고 또 비는 것이었습니다.

아마 제가 한 달만 더 그런 천녀 노릇을 했더라면 머리가 완전히 돌아버렸거나, 아니면 그 높은 연꽃대 위에서 교단 아래로 비명을 지르며 굴러떨어져 버리고 말았을 겁니다. 나는 천녀 노릇을 하는 서너 달 동안 학교에도 다니지 못했어요. 하루에 꼭 한 차례씩 맞게 되는 밤늦은 시간의 생불 현신生佛現身을 위해 화장을 하고 온갖 치장을 해야 했어요. 열흘에 한 번씩은 교주敎主인 의붓아버지의 거룩한 부름을 받아 치러지는 욕불浴佛 의식을 감내해야만 했습니다.

욕불 의식은 소수의 천상교 가족들만 참여하는, 저에겐 가장 견디기 어려운 시간이었습니다. 허리까지 차오르는 향물에 발가벗은 알몸인 저를 담그고 제의를 갖춘 의붓아버지가 천천히 제 몸 구석구석을 씻기는 것입니다. 저는 어린 가슴을 두 손으로 감싸 안고 파랗게 질려 있었지만, 어머니조차도 짙은 화장 속에 감춰진 제 그런 표정을 눈치채지 못했어요. 그런 제 의사 따위는 아랑곳없이 의붓아버지의 손이, 그 두툼하고 끈적끈적한 손길이 제 몸을 더듬듯이 씻겨 내려왔어요. 그렇게 천천히 미끄러져 내려오면서 향물 속에 잠긴 허리 아래의 사타구니를 헤집듯이 더듬거릴 때 전 처음으로 치욕이란 단어를 머릿속에 떠올렸습니다. 욕불 의식을 끝내고 나면 제 알몸을 씻긴 향물은 신성한 감로수가 됐어요. 신도들이 다투어 그 물을 떠서는 자신의 얼굴에 문지르고 한 모금씩 마시기도 했습니다. 그걸 보면서 저는 토악질을 했어요. 그 나이에 스스로 목숨을 끊고 싶다는 생각을 했을 정도였으니까요.

천상교는 오래가지 못했습니다. 재정 문제로 신도들 사이에 갈등이 일어났고 의붓아버지인 교주와 여신도들 사이에 간음한 사실이 알려지면서 모두 뿔뿔이 흩어져 버렸습니다. 어머니는 의붓아버지와의 관계를 끊었고, 우리는 다시 호우총 아래의 집으로 돌아왔지요. 그 후로도 나는 금판데에 뛰어 올라가 맘껏 뒹굴었던 기억이 납니다. 그 뒤 고분 일대의 민가들이 철거되면서 저희는 서천 건너 애기소가 보이는 금장으로 이사하였지요. 간혹 어쩌다 지나칠 때는 있어도 금판데에 들를 일도 차츰 없어지게 된 것입니다. 선생님과 통신을 하기 전만 해도 전 금판데에 관한 기억들을 까마득히 잊고 있었답니다. 아니, 의식적으로 그 당시 일을 잊으려고 애썼는지도 모르겠어요. 하지만 아무리 잊어버리려 해도 지워지지 않는 흔적 하나는 남아 있어요. 그건 그 뒤로 한 번도 소식을 듣지 못한 의붓아버지가 사생아인 제게 남겨준 안安이란 성입니다.”

혜지는 눈자위가 붉어져 있었다. 속으로는 울고 있으리라. 혜지의 금판데 이야기는 재용에게 전혀 예상하지 못했던 일이었다. 재용은 태우고 있던 담배를 재떨이에 비벼 껐다.

"선생님, 어떻게 한마디도 없으시군요. 저녁에 호우총에 가서 제가 왜 울었는지 궁금하지 않으셔요."

재용이 묻고 싶은 것을 혜지가 대신 말해주었다.

"한 남자와 헤어졌어요. 이미 예측한 일이라 좋은 기억이라도 남기려고 애를 썼는데, 그게 되질 않았어요. 그래서 파일을 지워버리듯 그를 지워버리려고 했죠. 근데 그것도 마음대로 되질 않더군요. 그래서 운 거예요. 자신도 모르게 호우총으로 가게 된 건 선생님이 보내준 소설 파일을 다시 읽은 뒤라서 그랬을 거예요. 그동안 꽁꽁 뭉쳐두고 지냈던 어린 시절의 기억이 한꺼번에 떠올라 견딜 수 없었어요. 그렇지만 이젠 속이 후련해졌어요."

재용은 어떤 말도 할 수가 없었다.

그는 유년 시절의 어두운 통로를 막 벗어난 기분이었다. 금판데가 자신만의 특별한 기억의 창고인 줄로만 알았는데 알고 보니 그 이름은 고유명사가 아닌 보통명사였다. 또 얼마나 많은 다른 사람들의 금판데가 있을지 몰랐다.

혜지가 웃었다. 얘기할 때의 분위기와는 전혀 다른, 화장기라고는 없는 얼굴이 나이보다 훨씬 어리고 티 없이 맑아 보였다. 통신 때의 ^.^ 이 떠올라 재용도 웃음이 나왔다.

"선생님은 제 작품에는 관심도 없으셨죠. 구스타프 16세만 하더라도 불만만 늘어놓으셨고."

"그러고 보니 통신 때도 주로 내 얘기만 했던 것 같군. 구스타프 16세, 그 양반을 혜지 씨가 어떻게 했는지 보고 싶군."

"보여드릴까요? 아직 시작이지만. 아, 좋은 음악이군요."

재용은 고개를 끄덕이고는 귀를 기울였다. 귀에 익은 음악이었다. 라이오넬 리치의 〈세이 유 세이 미〉. 영화 〈백야〉의 삽입곡이었던.

재용이 카운터로 가서 계산을 치르고 혜지와 목조 계단을 밟고 내려설 때까지 음악은 풀어진 명주 실타래처럼 허리에 감긴 채 발목 위에까지 미끄러지듯 흘러내린다.

6

밖으로 나갔을 때, 그믐이 가까운 밤하늘에는 다투어 별들이 반짝거렸다. 여전히 바람은 차지만 길가의 담장 너머로 환하게 피어오른 목련 꽃들이 봄밤의 정취를 은은하게 퍼뜨리고 있었다.

혜지의 작업실은 '시장해장국밥' 집과 얼마 떨어져 있지 않았다. 재용은 2층 창에 환하게 불이 밝혀진 혜지의 작업실을 올려다보았다. 창마다 한 자씩 선팅되어 오려 붙여진 '셔블미술학원'이라는 간판 글자가 푸르게 빛을 뿜어내고 있었다. 혜지는 멋쩍은 듯 웃고는 2층 계단을 뛰어 올라간다.

작업실에 들어서자 여자는 재킷을 벗어 던진다. 여태 켜둔 채 그대로 있는 컴퓨터의 캄캄한 모니터 위로 춤추듯 빗금을 치며 빙글거리는 천연색의 스크린 세이버가 눈에 들어왔다.

"잠시만 기다리셔요, 선생님."

가스레인지 위에 찻물을 올려놓고 안치다 그만둔 전기밥솥의 쌀 위에 물을 붓고 전원의 타이머를 조절한다. 그런 다음 그녀는 간이침대 옆의 녹색 블라인드가 내려진 창을 조금 열고는 가스난로를 켠다. 망사같이 촘촘한 가스난로의 광열판에서 붉고 아늑한 불꽃이 피어오른다. 혜지는 싱크대 위의 선반에서 봉지에 싼 찻잎 같은 것을 내리고, 무엇을 빠뜨리기라도 한 듯 CD 음반을 한 장 골라 플레이어에 밀어 넣는다. 곧 넓지 않은 작업실 안에 고운 음색의 선율이 잔잔히 차오른다. 존 덴버의 〈선샤인 온 마이 숄더〉. 좀 오래된 곡이다. 혜지는 재용의 연륜을 의식하고 음악을 고른 듯했다.

"재스민 차예요."

소파에 앉아 있는 재용에게 혜지가 찻잔을 날라 온다. 재떨이도 잊지 않고 앞에 놓는다. 재용은 담배를 꺼내려다 작업실이 좁고 컴퓨터가 있는 방이라 꾹 눌러 참는다. 소파 앞의 탁자 쪽으로 작업용 의자를 끌고 와 마주 앉는 혜지에게 재용이 말한다.

"여기서 모든 걸 해결하는군."

"힘들고 어려웠지만 정들었던 방이에요."

"왜 하필 뉴욕이오. 파리도 있는데."

"저하고 맞을 것 같아서요. 그곳을 거쳐 간 사람들의 치열한 삶이 맘에 들기도 했고요. 무엇보다 팝아트와 컴퓨터아트의 본고장이니까요. 어쩌면 실망을 할지도 모르죠. 아니, 절망할지도 몰라요."

"……얼마나 있을 건데."

"한 5년? 아니 10년이 걸릴지도 모르죠. 가봐야 알겠지만, 금방 보따리 싸서 돌아올지도 몰라요. 그래도 전 가야 해요."

"통신도 이제 할 수 없겠군. 그건 참, 지난 얘기였던가. 셔블 군과의.”

여자가 재스민 차를 한 모금 마시고는 웃으며 말을 받는다.

“인터넷으로 채팅하자 해도 이젠 안 돼요. ……구스타프 16세를 보여드릴까요? 웬 만화 같은 장난질이냐고 흉보진 마셔요. 컴퓨터아트를 순수미술이라 고집하는 제가 한심해 보여도 어쩔 수 없지만요.”

혜지는 찻잔을 손에 받쳐 든 채 컴퓨터 앞에 앉는다. 재용도 따라 일어나 여자의 옆에 붙어 선다. 혜지가 다른 한 손으로 마우스를 살짝 건드리자 금방 모니터의 화면에 윈도 95가 열리면서 포토샵의 창이 펼쳐진다. 혜지는 구스타프 16세의 파일을 열었다. 파헤쳐진 금판데를 배경으로 한복을 입은 구스타프 16세의 얼굴이 떠올랐다. 흑백의 이미지라 그런지 18세기나 19세기 사람 같아 보인다.

“그럼 파일들을 옮겨 붙이고 다시 그리고……, 할 일이 많아요.”

“다른 작품들도 있을 테죠, 물론.”

재용은 흥미를 느끼고 물었다. 그러자 혜지는 서랍에서 3.5인치짜리 HD 디스켓을 여러 장 꺼내놓는다.

“모두 압축된 작품 파일들이에요. 보여드릴까요?”

재용이 고개를 끄덕인다. 혜지는 디스켓 한 장을 A 드라이브에 넣고 압축된 작품 파일 하나를 풀어놓는다. 곧 모니터에 뜬 것은 남산의 마애여래대좌불 비슷한 불상이다. 언젠가 남산을 다큐멘터리로 제작할 때 냉골의 산마루턱 한쪽에 우뚝 솟아 있는 커다란 바위벽에 새겨진 그 불상을 한나절이나 힘들게 촬영했던 적이 있었다. 몸체는 음각으로 선을 그어 그리고는 부처의 얼굴만 바위벽에 툭 튀어나오게 입체적으로 표현한 독특한 불상이었다. 모니터에 떠오른 그림이 그걸 연상시키는 것이다.

"마애여래대좌불?"

혜지가 고개를 끄덕인다. 순간 재용은, 매핑과 모델링 작업을 한 것 같은 불상의 얼굴이 여자의 얼굴과 닮아 보여 자신도 모르게 물었다.

"누구요?"

"어머니예요. 열아홉 젊었을 때 찍었다는 엄마 사진과 합성을 했죠."

혜지는 담담하게 말한다. 그러고는 금방 다른 파일을 띄워 올린다. 화면에는 순식간에 마애대좌불이 사라지고 성덕대왕신종을 탁본한 그림이 쫙 깔린다. 그 위에 비천飛天이 날고 있다. 재용이 짙게 화장을 한 비천상의 얼굴을 눈여겨보다가 신음처럼 소리를 내지른다.

"혜지로군, 천녀! 이 얼굴."

혜지가 고개를 끄덕인다. 재용은 소파에 털썩 앉는다. 혜지는 마우스에서 손을 떼고 의자를 돌려 재용을 마주 본다.

"이상한 일이죠. 기억조차 하기 싫은 것들이 작품을 할 때면 나도 모르게 저의 의식을 헤집고 건드리면서 순식간에 막 쏟아져 나오니 말이에요. 팽개치고 싶지만 아마 이게 내 소중한 재산인가 봐요."

재용은 혜지의 재산이라는 말에 자신의 금판데가 떠올랐다. 동시에 할머니와 아버지, 얼굴도 모르는 친모와 감나무에 목을 매단 새어머니의 시신이 주룩 머릿속을 스치고 지나간다. 거기다 얼굴도 희미한 동네 어른들과 친척들, 어릴 적 친구였던 명환이 용철이 덕구의 얼굴도 떠오른다. 그들을 배경으로 노을빛으로 물든 선도산과 마구 장식을 철렁거리며 금허리띠와 금팔찌, 주렁주렁 곡옥을 몸에 걸친 채 금판데에서 불쑥 솟아올라 녹슨 칼을 겨누어 들고 달려들던 사자死者의 환상까지도. 어쩌면 지금 자신의 내면에 숨어 있는 무의식이란 것이 그런 기억의 조각들로 채워져 있는 광庫 같은 것일지도 모른다는 생각이 들었다. 혜지는 그걸 재산이라고 했다. 남모르게 감춰둔 비밀도, 심지어 기억하기조차 싫은 아픈 상처까지도 그걸 다스리고 어루만지기에 따라서는, 하긴 소중한 재산이 될지도 모를 일이다. 마치 혜지가 어두운 유년의 기억 저편에서 주워 올린 파편 같은 상흔들을 이렇게 현실이란 조각보에 하나하나 조각 그림처럼 끼워 맞추는 것처럼. 처음부터 금판데는 도망쳐야 할 피난처가 아니었던 것이다.

재용이 자신의 생각에만 골몰해 있어서일까, 둘 사이에 잠시 침묵이 흘렀다. 재용은 뭔가 혜지를 위해 한마디쯤은 해야겠다는 생각이 들었다.

"이걸, 출력해야겠지요. 그래야 완성된 작품이 될 테니까. 캔버스 같은 천에 확대해 출력하려면 상당한 장비가 필요할 텐데. 전문 출력소에 맡겨야겠지, 아무래도."

"캔버스가 꼭 필요한 걸까요. 굳이 출력하더라도 뉴욕에 가서 할 거예요. 전 디스켓만 갖고 비행기에 오를 겁니다. 그래서 여기 있을 때 한 개의 이미지라도 더 담아 가려고 열심히 하는 겁니다. 선생님, 혹시 사진 가진 것 있으셔요. 선생님 인물 사진 말입니다."

"사진이 없는데요. 카메라가 있으면 차라리 날 찍어두지요."

"디지털카메라가 있었으면 좋았을 텐데. 선생님을 오브제로 쓰고 싶어요. 지금 당장. 밤을 새워서라도 말이에요. 참, 좋은 생각이 떠올랐어요. 주민등록증은 갖고 계시겠죠. 자동차 면허증은 색감이 좋지 않아서."

"주민등록증이라면 갖고 있지요. 마침 얼마 전에 재발급한 것이라 사진은 깨끗할 거요. 그런데 이거 그러고 보니 잘못 걸렸군. 내 나이가 들통 나게 생겼으니."

그러면서도 재용은 지갑에서 주민등록증을 꺼내 선뜻 혜지 앞으로 내밀었다. 혜지는 보려고 하지 않았는데도 그의 52로 시작되는 주민등록번호가 눈에 들어왔다. 사진은 선명하고 말끔하다.

혜지가 주민등록증을 받을 때 둘의 손끝이 닿았다. 누가 먼저랄 것 없이 서로 손을 잡는다. 주민등록증이 미끄러져 아래로 굴러떨어진다. 둘이 부둥켜안는다. 입술과 입술이 포개진다. 재스민 향기가 입 안에 풍긴다. 둘은 한 덩어리가 되어 소파 위로 무너져 내린다. 여자가 아래에 깔리면서 한 손으로 스웨터를 머리 위로 밀어 올린다. 여자의 맨살이 드러난다.

7

"피곤하시죠. 소파도 좋지만, 선생님 키가 커서 불편할 거예요. 저기 침대에 누워 한숨 푹 주무셔요. 전 이대로 작업을 할 겁니다. 내일이 휴일이니 오랜만에 낮잠이나 자야겠어요. 선생님이 일어나시면 저를 깨우지 마시고 그냥 떠나셔요. 주민등록증은 여기 마우스 밑에 끼워두죠."

　몇 차례 다른 곡으로 바뀌던 음악이 뚝 끊긴다. 컴퓨터 본체의 냉각팬 돌아가는 소리가 들려온다. 시계를 보니 벌써 자정을 넘어서고 있다. 여관으로 다시 돌아갈 수도 있지만 재용은 혜지의 말에 순순히 따르기로 한다.

　재용은 옷을 걸쳐 입고 접었다 폈다 할 수 있는 군용 침대에 다리를 길게 뻗고 누웠다. 혜지가 일어나 CD 음반을 꺼내고 오디오의 전원을 껐다. 천장에 매달린 형광등 불도 껐다. 실내의 분위기가 금방 달라진다. 바이오 스탠드의 강한 빛살이 모니터에서 뿜어져 나오는 빛과 어우러져 책상 모서리의 한쪽 벽면만을 밝힌다.

　혜지의 뒷모습이 보인다. 아무런 일도 없었다는 듯 혜지는 금방 일에 빠져든다. 빛살을 머금은 듯한 생머리와 그 아래로 흘러내리는 등줄기가 아름답다. 재용은 안경을 벗어 들고 침대 머리맡의, 나지막한 선반 위에 올려놓는다. 다시 혜지 쪽을 봤을 때, 감색 스웨터를 걸친 그녀의 등이 뿌옇게 보인다. 그녀는 스캐너를 이용해 재용이 준 주민등록증의 사진을 스캔해서 새 파일에 담고 있다. 재용은 눈을 감는다. 하루라도 빨리 서울로 올라가서 당장 CF 감독 자리를 거절하고, 고구려 고분벽화의 다큐멘터리 제작을 의뢰한 방송사와 계약을 해야겠다는 생각을 한다. 그러자 오랜만에 일에 대한 의욕이 솟아올랐다. 광활한 만주 대륙에 흩어져 있는 고구려의 고분벽화가 황홀하게 눈앞에 펼쳐진다. 재용은 그런 생각을 하다 자신도 모르게 깊은 잠 속으로 곯아떨어졌다. 피곤이 한꺼번에 몰려온 것이다.

재용이 눈을 떴을 때, 모로 누워 있는 자신의 몸 위에 담요가 덮여 있는 걸 알았다. 작업실 안은 아직 어둠 속에 갇혀 있는 듯했다. 생각을 더듬어 안경부터 찾았다. 손목시계를 보자 야광 바늘이 6시 10분을 가리키고 있었다.

그는 일어나 블라인드를 젖혔다. 블라인드 틈으로 새벽의 한적한 도로가 내려다보인다. 그는 블라인드의 손잡이를 돌려 창밖의 미명을 실내 가득 채워 넣었다. 어스름 새벽빛이 스며들자, 작업실 안의 물체들이 차츰 윤곽을 드러낸다. 혜지가 소파 위에서 재킷 하나를 걸친 채 웅크려 새우잠을 자고 있다. 작업을 하다 쓰러져 잠이 들었으리라.

바이오 스탠드는 꺼지고 컴퓨터의 모니터에서 춤추듯 일렁이는 스크린 세이버가 빙글빙글 돌고 있는 게 보인다. 마우스 밑에 반쯤 밀어 넣어둔 주민등록증이 눈에 띈다. 무심코 재용의 손이 그리로 간다. 마우스의 감촉이 느껴지는 순간, 간밤에 혜지가 하던 말이 생각났다.

일어나시면 저를 깨우지 마시고 그냥 떠나셔요. 주민등록증은 여기 마우스 밑에 끼워두죠.

재용은 주민등록증에서 얼른 손을 뗐다. 그러나 마우스를 한 번 약간 움직인 것만으로도 스크린 세이버는 싹 달아나버린다. 순식간에 포토샵의 창이 열렸다. 빛바랜 흑백사진 같은 그림 한 점이 화면을 가득 채우고 있다.

그 그림은 마치 오랜만에 만난 대가족이 한자리에 모여 기념 촬영을 하는 모습처럼 보였다. 그림 밖의 저편에서 사진사가 하나, 둘, 셋 하면 마그네슘 플래시가 펑 하고 연기를 내며 터지는, 바로 그 직전의 모습 같았다. 웃거나 미처 웃지 못하고 찡그린, 실눈을 뜨거나 아예 눈을 감아버린 사람들, 그들은 한결같이 질긴 삼베옷이나 옷자락이 말려 올라간 무명옷에 고무신이나 짚신을 신고 있었다. 남자들 가운데는 긴 두루마기 차림의 정중한 얼굴을 한 사람도 눈에 띄었다.

　사람들이 모여 선 배경은 음화로 처리되어 있었다. 언뜻 보면 초가집이 연상됐으나 조금이라도 관심을 두고 살펴보면 둥그런 봉우리 모양을 한 그것은 적석목곽분 형태의 봉황대(고분)임을 알 수 있었다. 금판데로 보이는 형태는 바로 사람들이 딛고 서 있는 맨땅임이 분명해 보였다. 그곳의 군데군데 파헤쳐진 상흔과 함께 금관의 날개라든가 금허리띠, 곡옥, 마구 장식들이 흙 속에 뒤엉켜 있었다. 재용은 그 두루마기 차림의 남자가 구스타프 16세란 걸 어렵지 않게 알아챘다. 게다가 어젯밤에 보았던 마애여래대좌불의 얼굴을 한 혜지의 어머니도 쪽 찐 머리를 하고 다소곳이 서 있다.

　주민등록증 사진에서 스캔한 재용의 얼굴도 보인다. 컬러사진이 흑백으로 처리되어 흰 고무신을 신고 먼 산을 우러러보는, 우두커니 서 있는 재용이 누군가의 손을 잡고 있다. 단발머리를 한 맨발의 남루한 소녀였다. 사람들 틈에 끼여 간신히 까치발을 든 채 가늘고 긴 팔을 뻗쳐 매달리듯 재용의 손을 잡은 소녀는 옷차림과 어울리지 않게 연극배우처럼 짙은 화장을 했다. 그 소녀가 어릴 때의 혜지일 거란 생각이 들자, 재용은 잠들어 있는 그녀한테 자신도 모를 깊은 정이 끓어올랐다.

싱크대 위에 올려놓은 전기밥솥에서 밥물이 끓는 소리가 들린다. 재용은 마우스 밑의 주민등록증을 꺼내 지갑에 넣었다. 혜지는 깊은 잠에 빠진 듯 꼼짝하지 않는다. 재용은 자신이 덮고 잤던 담요를 걷어 왔다. 벽에 걸린 난로는 언제부터인가 꺼져 있었고, 창틈으로 스며드는 새벽 공기가 서늘하게 느껴진다. 재용은 담요를 넓게 펴서 혜지를 발끝부터 동그란 어깨까지 감싸준다.

작업실의 문을 열고 밖으로 나서면서 그는 뒤를 돌아보지 않으려고 애를 쓴다. 재용은 이른 새벽의 도로를 가로질러 큰 걸음으로 걸어간다.

8

그가 걸음을 옮겨놓을 적마다 맑은 새벽 공기를 가르며 쇳소리가 들려왔다. 그의 허리와 발목에 채워져 있던 낡은 금붙이들과 녹슨 족쇄들이 하나씩 벗겨져 길 위에 쩔렁거리며 떨어져 내린다. 소파에 웅크려 누워 있는 혜지의 귀에 그 소리가 환청처럼 들려온다. 그 소리의 울림 탓일까. 꼭 감은 혜지의 두 눈에 갑자기 눈물이 고이기 시작한다.

택시를 타지 않고도 고속버스 터미널까지 걸어서 5분이면 충분하리라. 아마 그는 서울행 첫 고속버스를 타게 될 것이다.

---

* 「슬픈 이중주」는 1997년에 발표한 작품이다. PC의 운영체제가 당시는 윈도 95가 최상위 버전이었다. 인터넷보다는 하이텔, 천리안 같은 국내 통신이 주류를 이루었고, 도스용 프로그램을 많이 사용하던 시대였다.

아버지의 선물

운전기사는 투덜대며 다시 길게, 경적을 울렸다. 차에 시동을 걸어 놓고도 보문 당숙 때문에 아직 떠나지 못하고 있는 것이다. 수전증에 걸린 노인의 손처럼 덜덜 떠는 장의차의 차창을 통해 우리는 산골짜기를 타고 내려오는 당숙을 지켜보고 있었다.

당숙이 뒤떨어져 온 걸 알게 된 것은, 내가 마지막으로 차에 오르고 운전사가 막 시동을 걸었을 때였다. 누군가 앞좌석 쪽에서 아직 한 사람 타지 않았다고 주의를 주는 말소리가 들렸다. 그때야 우리는 당숙이 타지 않은 사실을 깨닫고 차창 밖을 내다보았다. 마침 당숙이 절뚝거리며 골짜기를 타고 내려오는 모습이 보였다. 금방 넘어질 듯 절뚝거리면서도 당숙은 용케 걸음을 내딛고 있었다. 나는 몇 번이나 엉덩이가 들썩거렸으나 결국 의자에 눌러앉고 말았다. 원래 불안정한 걸음걸이에 술까지 꽤 취한 당숙인지라 아차 하는 순간 골짜기 아래로 굴러떨어질 것처럼 불안해 보이는데도 삼촌과 다른 친척들 누구 하나 선뜻 나서려 하지 않았다. 오히려 앞좌석에 몰려 앉은 신도들과 그 옆의 문가에 죽치고 있는 상여꾼들 사이에서 당숙을 염려하는 말들이 튀어나오고는 했다. 그때마다 어머니는 한사코 내버려 두라고 손을 내저었다.

"괜찮심더, 마. 저래 봬도 저 영감이 평생 산만 타고 살아왔심더. 걱정들 마시이소."

어머니의 목소리에는 축축하게 물기가 배어 있었다.

우리가 그렇게 보고 있는 동안에도 당숙은 절뚝거리며 잘도 걸어 내려온다. 골짜기 깊은 곳은 이미 어둠이 깔렸었다. 고개를 쳐들면 잔뜩 찌푸린 잿빛 하늘을 차일처럼 휘감은 준봉들이 무겁게 가슴에 안겨왔다. 살얼음이 언 냇물을 당숙이 흰 두루마기 자락을 날리며 뒤뚱 건너뛰는 모습은 도리어 날렵해 보일 정도였다. 상여꾼들이 아버지의 시신을 모신 관을 메고 등걸음치며 산을 오를 때부터 당숙은 내 곁에 바짝 따라붙으며 성가시도록 말을 걸어왔다.

"망자가 내 집처럼 오르내린 길이니라. 산길이란 하룻밤만 자고 나도 낯설어 보이는 뱁이거든. 잘 봐두거라. 나중에 오를 때 길 잃어뿌리지 말고. 산세만 잘 기억해두면 한결 찾기 쉬울 테니……."

삼촌은 울산에서 장의차를 타고 떠날 때부터 찌푸렸던 얼굴을 좀처럼 펴질 않고 묵묵히 걷기만 했다. 어머니도 아버지를 떠나보낸 슬픔보다 묘 터에 대한 불만이 더 큰 것 같았다. 웬만하면 다른 나이 많은 여신도들과 함께 차 안에서 기다리시라고 해도 억척을 부리며 따라나선 어머니였다. 그런데도 정작 험한 산길을 오르다 보니 울화가 치밀어 오르는지, "어이구, 니거 시아부지 하는 일이란, 그저" 하며 애꿎은 아내를 붙들고 망인을 원망하는 푸념을 해댔다. 상여꾼들도 후회하는 눈치가 역력해 보였다. 당숙의 말대로라면 지척의 거리일 텐데 가도 가도 묘 터 비슷해 보이는 것 하나 나타나지 않았다. 아니, 갈수록 산세는 험하고 가파른 오르막길이라 노동으로 단련된 장정 다섯 명의 등판이, 소설을 넘긴 초겨울 날씨인데도 흥건히 땀으로 젖을 만큼 고생이 심했다. 제물을 등에 지고 따라나선 대학 후배 둘도 이마에 흐르는 땀을 훔쳐냈다. 빈 몸으로 오르는 사람들도 숨이 턱에 차올라 헉헉거리기는 마찬가지였다. 다른 누구보다 장지까지 따라나선 목사님과 교인들 보기가 영 말이 아니었다. 그래도 목사님은 상여꾼 뒤에서 찬송가 대신 만가를 따라 부르며 신명을 돋워주었다. 종형은 그들이 이제 때려죽여도 더는 못 가겠다는 표정을 지으며 멈춰 설 때마다 맨 앞장을 선 영농 후계자란 상여꾼에게 뭐라고 달래면서 그의 바지 뒷주머니에 만 원짜리 지폐 한 장을 꾹 찔러주고는 했다. 그러자 한번은 그 모양을 훔쳐보고 있던 운전기사가 빈정거리는 투로 말했다.

"요즘 웬만한 재벌들도 이런 높은 산엔 묘를 쓰지 않는뎁쇼. 더구나 가묘까지 해두었다니, 원."

노인네들뿐인 여신도들 틈에 혼자 있기가 심심했던지 뒤늦게 올라온 운전사는 차 안에서 얻어들은 말까지 함부로 내뱉었다. 그 말에 화를 내는 대신 나는 그만 낯이 뜨거워졌다. 저승길 차비는 인색하게 굴더니만 어지간히 조상은 모실라는 게군. 하긴 푼수들을 보아하니 조상 덕을 보긴 단단히 봐야 되겠더라구. 느물거리며 웃는 그의 얼굴에 그렇게 쓰여 있는 것 같아서였다.

　자동차의 경적이 또 짜증스럽게 몇 번 울린다. 당숙은 이제 골짜기를 완전히 벗어나 차를 대어놓은 개천으로 바삐 걸음을 옮겨놓고 있었다. 점점 크게 흰 옷자락을 날리며 다가오는 당숙의 뒤로 바짝 물이 말라붙은 개천 바닥이 마치 뱀의 허물처럼 허옇게 엎드러져 있다. 당숙이 절뚝거리며 장의차의 앞문 가까이 거의 다가오자 그제야 삼촌과 종형이랑 누님들이 마지못해 자리에서 일어난다. 나도 엉거주춤 일어선다. 이때 벌써 차 안에 한쪽 발을 올려놓고 있는 당숙에게 아내가 재빠르게 달려가 손을 내민다.

　"마, 괜찮다, 아가. 나 땜에 모두 늦어졌구나. 늙은것들은 한시라도 퍼뜩 눈을 감아야제. 정신을 엇따 팔고 글쎄 이걸 흘리고 일어서다니……."

　수전증이 있는 당숙이 덜덜 떨리는 손으로 움켜쥔 것은 뜬쇠가 들어 있는 낡은 가죽 쌈지였다. 산에서 묘를 쓸 때 좌향을 본다며 힘겹게 두 손을 모아 뜬쇠를 그러잡고 내려다보던 당숙의 모습이 떠올랐다. 그러고 보니 술에 취해 비틀거리던 당숙이 뜬쇠를 쌈지째 잃어버리고 그걸 찾느라 뒤떨어졌던 것 같았다. 아내가 당숙을 곁부축해 내 옆자리에 모시자, 삼촌이 못마땅한지 차창 밖으로 고개를 돌려버린다. 차는 아내가 제자리에 돌아가 앉기도 전에 갑자기 심하게 흔들리며 덜커덩 앞으로 내닫는다. 순간 개천 둑 위의 마른 억새가 헤드라이트 불빛에 언뜻 비쳤다가 사라지고, 수많은 자갈이 와글거리며 차바퀴에 부딪혀 비명을 내지른다. 동시에 차 안이 파도에 휩쓸리듯 한쪽으로 기울어지며 당숙이 내 두 손을 꽉 잡는다. 처음에 나는 당숙이 몸을 가누지 못해 그러는 줄 알았다. 엉겁결에 받아 들고 말았지만 내 손에는 어느새 뜬쇠가 들어 있는 가죽 쌈지가 쥐어져 있었기 때문이다. 당숙은 내 옆자리에 앉을 때부터 내게 그것을 쥐여주려고 했던 것 같았다. 시끄러운 엔진의 소음을 헤치고 들려온 당숙의 몇 마디 말은 나의 그런 짐작을 분명히 해주었다.

"망자의 유품이니라. 니 조부의 유품이기도 하고. 요행히 니 애비 무덤 곁에 떨어져 있기에 쉽게 찾았다만, 내 것을 두고 이걸 가져온 건 꼭 이것으로 산소 좌향을 보고 싶기도 했고, 니한테 돌려주기도 해야 쓰겠고. 잘 간직해두거라, 니 애비가 맡겨뒀던 물건이니……."

나는 자신도 모르게 뜬쇠가 든 가죽 쌈지를 만지작거렸다. 둥글 묵직한 나무의 부피가 두 손안 가득 느껴져 온다. 그러면서 오랫동안 잊고 있었던 기억 한 토막이, 개천 바닥을 비추며 달려나가는 자동차의 불빛처럼 내 머릿속을 번쩍거리며 되살아나기 시작한다.

내가 국민학교에 갓 입학했을 무렵이었다. 무엇이고 좀 신기하다 싶으면 제 것으로 가져야만 성이 찰 나이였다. 아버지가 방적 공장과 정미소, 철공소 같은 사업체를 갖고 있어서였는지 내가 갖고 싶은 물건은 별로 어렵지 않게 손에 넣을 수 있었다. 우리 반에서 만화책과 구슬, 딱지를 가장 많이 가진 데다 태엽을 감아주면 쪼르르 달려가는 장난감 자동차도 있었던 나는 늘 인기가 최고였다. 그러나 나의 그런 인기는 한 달을 넘기지 못했다. 아버지가 전기 회사의 과장이라는 아이 하나가 전학을 오면서 반 아이들의 시선은 온통 그 아이한테로 쏠려버렸기 때문이다.

이름이 현철인 그 아이는 삼촌이 외항선을 타는 선장이라면서 한 달에 한 번씩은 자기한테 꼭 선물을 부쳐 온다고 자랑이 대단했다. 녀석은 정말 학교에 별의별 물건을 다 들고 왔다. 괴상하게 생긴 바다 돌과 무지갯빛 광채가 나는 조개껍데기에서부터 건전지를 넣고 스위치를 누르면 쏜살같이 내빼는 불자동차, 방아쇠를 당기면 빨갛고 파란 불이 켜지면서 요란한 소리를 내는 장난감 총은 아이들의 혼을 빼놓을 만했다.

그 아이가 어느 날, 나침반을 하나 들고 왔다. 흔히 우리가 학교 앞 문구점에서나 살 수 있는 그런 장난감 나침반이 아닌, 뱃사람들이 갖고 다닌다는 진짜 나침반이었다. 그때까지 다른 애들과 달리 녀석의 물건에 전혀 흥미가 없는 척했던 나로서도 도저히 고개를 쳐드는 호기심을 억누르기 어려웠다. 아이들 틈을 비집고 들어가 책상 위에 올려놓은 나침반을 보고 나자 나는 당장 그것이 갖고 싶어 안달이 났다. 하지만 어림없는 일이었다. 녀석은 유독 나한테만 냉정하게 굴었다. 나침반에 손끝 하나 대지 못하게 했다. 그럴수록 나는 더욱 그것이 갖고 싶었다. 집에 돌아와서도 나침반 생각만 했다. 심지어 꿈에도 그것이 나타났다. 길을 걸을 때는 남북을 가리키는 그것의 까만 방향 침이 내 머릿속에 들어앉아 빙그르르 도는 것 같아 현기증이 일어날 지경이었다.

그러던 어느 날이었다. 나는 아버지의 방에서 이상하게 생긴 나침반을 하나 발견했다. 아버지는 낮 동안 철공소에서 일했다. 그 틈을

다. 나는 학교에서 돌아오면 몰래 그 방으로 들어가 아버지가 연구하는 발명품들을 기웃거려보고는 했다. 연구실로 썼던 아버지의 방은 늘 여러 가지 설계 도면과 잡다한 기구와 연장들로 어지러웠다. 거기엔 또 평소 무엇이 들어 있을까 궁금증을 갖고 있던, 시커먼 조선 자물쇠로 굳게 채워진 벽장이 있었다. 그날따라 웬일인지 그 조선 자물쇠가 채워져 있지 않았다. 기다렸다는 듯이 나는 벽장을 열고 안으로 기어 들어갔다.

벽장 안은 캄캄했다. 차츰 어둠에 익숙해지는 내 눈에 다이얼이 달린 손금고 하나가 들어왔다. 다이얼이 고장 났는지 손금고는 손잡이를 비틀자 덜컹 열려버렸다. 손금고 안에는 단단히 노끈으로 묶은 서류 뭉치가 한 칸을 차지하고 나머지 칸에는 목도장 몇 개와 낡고 손때가 묻은 가죽 쌈지가 들어 있었다. 나는 숨을 죽이고 그 가죽 쌈지를 끌러보았다. 그러자 내 손바닥보다 좀 큰, 둥근 나무판 같은 것이 나왔다. 윗부분이 뚜껑처럼 생겨 살며시 벗겨보자 놀랍게도 그 안에는 나침반이 들어 있었다. 한눈에 봐도 그것은 현철의 나침반과는 전혀 달라 보였다. 그래도 그것이 예사로운 나침반이 아닐 거라는 생각이 들었다. 방향을 가리키는 눈금은 현철의 것보다 훨씬 더 복잡하고, 여러 겹으로 원을 둘러친 사이사이에 어려운 한자가 촘촘히 새겨져 있었다. 그것의 한가운데에 백동전만 한 유리가 박혀 있고 그 속엔 까만 바늘 같은 방향 침이 붕 떠서 간들간들 떨고 있었다. 나는 한참이나 넋을 놓고 들여다보다 마치 무엇에 홀린 것처럼 그것을 손에 들고는 방문을 열고 밖으로 나왔다. 나는 그것을 들고 다니며 온종일 재미있게 놀았다. 그날 밤 잠자리에 들기 전 나는 그것을 책가방 깊숙이 감추었다. 다음 날 학교에서 아이들한테 그걸 보여주고 자랑하기 위해서였다. 그러고는 얼마나 잠들었을까. 누가 심하게 흔들어 깨우는 바람에 눈을 떴다. 잠결에 느끼긴 했지만 역시 아버지였다. 몹시 화난 얼굴이었다. 아버지의 한 손엔 방향 침이 파르르 떨리고 있는 그것이 꽉 쥐어져 있었다. 다른 한 손에는 어머니가 한복을 지을 때 쓰는 대나무 자가 들려 있었다. 나는 겁에 질려 두 손을 모아 싹싹 빌었으나 소용이 없었다. 아버지는 사정없이 내 엉덩이와 종아리를 마구 후려쳤다. 매질이 계속되자 옆에서 보다 못한 어머니가 악에 받쳐 소리를 내질렀다.

"그까짓 풍수쟁이 연장 하나 땜에 앨 이렇게 때리는 법이 어딨능교."

어머니가 흐느끼며 아버지의 팔을 잡고 늘어졌다. 아버지는 어머니를 발로 걷어차고 휑하니 밖으로 나가버렸다.

다음 날 오후였다. 내가 학교에서 돌아왔을 때 아버지는 일찍 철공소 일을 끝내고 왔는지 연필을 쥐고 무엇인가 열심히 그리고 있었다. 나를 보자 평소 때처럼 무뚝뚝한 얼굴을 하고 언제 사두었는지 장난감 나침반을 하나 불쑥 내밀었다. 그러면서도 말씨는 한결 부드러웠다.

"중규야, 어제 그건 너희가 갖고 노는 나침반이 아니란다. 그건 뜬쇠라고, 패철이라고도 하는 건데 할아버지가 남겨놓으신 소중한 물건이란다. 대신 이걸 갖고 놀아라, 응?"

나는 어제 일이 켕기기도 해서 못 이기는 체하고 받긴 받았지만,
속으로는 까짓, 이런 가짜 나침반을, 하고 돌아서면 팽개칠 참이었
다. 아무튼 그날 그렇게 받은 장난감 나침반이, 아버지가 내게 준 그
많은 선물 중 최초의 것이 아니었던가 싶다.

갑자기 차가 왼편으로 꺾어 돌면서 오르막길을 오르기 시작한다.
앞쪽에서는 상여꾼들이 연장을 주섬주섬 챙긴다. 어느새 차는 개천
을 벗어나 산업도로로 빠지는 둑길을 달린다. 들녘 건너 하나둘씩 떠
오르는 인가의 불빛이 차창 뒤로 밀려난다. 나는 깜박 졸기라도 한
듯 번쩍 고개를 쳐들었다. 검정 양복의 상의 주머니에 뜬쇠가 든 가
죽 쌈지를 집어넣었다. 삼베 두건을 고쳐 쓴 다음 일어나 앞좌석으로
걸음을 옮겨 간다. 종형이 그들과 인사를 나누는 중이다. 상주로서의
도리는 해야겠다 싶어 나는 그들과 일일이 악수하고 머리를 숙였다.
차가 멈추고 그들이 장의차에서 내릴 때 다시 한 번 사람 좋아 보이
는 영농 후계자에게 인사를 했다. 아무리 친한 종형의 부탁이었다고
는 하지만 젊은 사람이 귀한 농촌에서 한 번에 대여섯이나 되는 장정
을 구하기란 여간 어렵지 않았을 터였다. 목사님과 다른 사람들도 몇
몇 그들에게 인사말을 건넨다. 운전사도 핸들을 잡은 한 손을 들어
그들을 보고 "잘 가슈" 하며 눈웃음을 짓다가 힐끗 돌아본 나하고 눈
길이 딱 마주쳤다. 돌연 그가 싸늘한 표정을 지으며 눈길을 피해버린
다. 순간 나도 아침의 일이 떠올라 냉큼 고개를 돌려버렸다.
오늘 아침, 바로 이 둑길 위에서 차를 세워둔 채 운전사와 나는 한

바탕 입씨름을 벌였던 것이다. 종형이 영농 후계자인 친구에게 전화를 걸어 상여꾼을 구해 둑길에서 기다리기로 한 약속 시각이 제때에 맞아떨어지지 않은 것이 탈이라면 탈이었다. 정자재를 넘으면서부터 툭하면 까탈을 부리기 시작한 운전사는 이곳에서 상여꾼들을 기다리느라 반 시간을 넘게 지체하자 노골적으로 드러내 놓고 짜증을 부렸다. 마침내 기다리던 상여꾼들이 도착해 차에 올라탔을 때도 운전사는 팔짱을 낀 채 꼼짝하지 않았다. 개천으로는 차가 상하기 때문에 더는 들어갈 수 없노라고 생트집을 잡는 거였다. 그래 나는 상주라는 체면도 잊고 벌컥 화를 내버렸다. 한동안 삿대질이 오가고 입씨름이 붙자, 후배 하나가 대뜸 운전사를 끌어내리고 자신이 운전을 해보겠다고 나서는 바람에 사태는 더욱 험악해졌다. 종형이 중간에 나서 운전사를 구슬려댔기에 망정이지 목사님과 신도들 보는 앞에서 볼썽사나운 일이 벌어질 뻔했었다. 겨우 못 이기는 체 핸들을 잡은 운전사는 되게 재수가 없는 날이라며 그때부터 조금만 눈에 거슬리는 일이 있어도 경적을 울리며 은근히 불만을 터뜨려놓기 시작했다. 종형이 내게 저승길 차비를 몇 푼 집어줄 걸 그랬다고 귀띔을 해주었다. 아차, 싶었으나 까짓 놈을, 하고 이미 나도 배알이 뒤틀려 있었던 뒤였다.

상여꾼들을 보내고 내가 뒷자리로 돌아왔을 때, 삼촌은 종이컵에 소주병을 기울이고 있었다. 당숙은 담배를 물고 성냥을 찾는지 호주머니를 더듬거렸다. 내가 얼른 라이터를 꺼내 불을 붙여드리자 양쪽 볼이 홀쭉해지도록 담배 연기를 빨아들였다가 한숨을 쉬듯 훅 내뿜는다. 그러고는 가래 끓는 기침을 쿨룩거리면서 누구에게랄 것도 없이 메마른 소리를 내뱉는다.

"아무래도 뭐가 쏟아질라는갑다. 아까부터 어째 하늘이 심상치 않다 싶더니만……."

나는 당숙의 옆자리에 가서 앉았다. 먼저 앞자리에 앉은 종형은 그동안 쌓인 긴장이 풀린 탓인지 지그시 눈을 감고 있었다. 앞좌석 쪽에서 가만가만 찬송가를 부르는 소리가 들려온다. 차는 어둠을 가르듯 둑길을 달려나간다. 차창 밖으로 보이는 산과 들이 선 굵은 목판화처럼 떠올랐다가는 어둠 속으로 묻혀버리곤 한다. 차는 개천을 가로지르고 있는 얕은 다리를 지나 곧장 산업도로로 꺾어 든다. 새로 포장된 산업도로에 들어서자 속력을 내기 시작한다. 이때, 막내 삼촌이 반쯤 비운 소주병과 종이컵을 들고 일어서려다 비틀거린다. 내가 일어나 부축을 하려는데 내 옆자리에 끼어 앉으며 종이컵에 술을 따른다. 술이 넘치는 종이컵을 당숙 앞으로 내밀며 삼촌이 퉁명스럽게 한마디 쏘아붙인다.

"애당초 형님이 말리셔야 했심더."

당숙이 떨리는 손으로 잔을 받아 단숨에 쭉 들이켠다. 막내 삼촌은 첫마디를 뱉어내자 막힌 봇물이 터지기라도 한 듯 불만을 터트려놓는다.

"망형 유언이라 카이 입을 다물긴 했습니다만, 망형이 살아생전 가묘까지 만든 걸 보고도 모른 척하셨다니 원망스럽소. 보문의 옥답을 팔아 저런 험산을 사둔 망형도 망형이지만, 형님은 거들기까지 하셨다니 두 분 형님이 어쩜 그렇게 배포가 맞으셨소. 하긴 망형이야

워낙 별난 분이라 제정신이 아니셨다 치더라도 형님은 지금이 어떤 세상인데 아직도 풍수 놀음이시오. 고속도로가 산맥을 뚫고 댐이 마을을 메우고도 잘만 사는 세상 아입니꺼. 지혈이 어떻고 좌청룡 우백호가 우쨌단 말입니꺼. 말캉 다 헛깁니더. 이제 와서 이런 말 해봐도 소용없는 일이지만 당장 삼우제 때 산소에 갈 생각 해보소. 여기 장조카도 걱정이 태산 같겠지만 그 험한 산길을 요즘 젊은이들이 어째 다시 올라갈라 하겠능교. 그저 형수님 말대로 공원묘지가 좋았는 기라요."

지그시 눈을 감고 듣고만 있던 당숙이 컵을 쥔 손을 덜덜 떨면서 카랑카랑한 목소리를 내뱉는다.

"자넨 모른다, 제수씨도. 자네 망형 마음을. 세상이 아무리 바뀌어도 지맥의 정기는 어쩔 수 없는 법이야. 뭘 안다고 말을 함부로 하는 게야."

막내 삼촌도 지지 않고 대들었다.

"망형의 마음을 모른다 모른다 하시지만, 그분이 살아생전 풍수를 믿기라도 했답디까."

"그건 나도 모른다. 그 사람이 진정 풍수를 얼마나 알고서 날더러 묏자리를 봐달라고 했는지는 몰라도 이것 하나만은 분명한데 이……."

당숙이 잠시 뜸을 들이는 사이 나는 두 분 틈에서 몸을 일으켰다. 막내 삼촌이 비워둔 자리에 건너가 앉기 위해서였다. 내가 거북한 걸음으로 한 발짝 통로에 발을 옮겨놓았을 때였다. 높은 숨결과 함께 튀어나온 당숙의 말이 주먹만 한 돌멩이가 되어 날아와 내 뒤통수를 후려친다.

"다 중규를 위해서지. 마지막으로 중규를 위해 해줄 수 있는 일이 이것밖에 없다면서, 자신이 묻힐 명당자릴 한 군데 봐달라고 매달리는 걸 난들 어쩌겠나. 그때만 해도 중규가 쫓겨 다닐 때 아니던가. 음택의 기운을 빌려서라도 자식을 위하겠다는 망자의 깊은 심중을 누가 짐작이라도 했겠는가……."

막내 삼촌이 또 뭐라고 대거리를 해댔지만 귀에 들어오지는 않았다. 나는 당숙의 얘기를 못 들은 척 자리에 앉아 눈을 감았다. 바른손은 양복 주머니 속의 가죽 쌈지를 꽉 움켜쥔 채였다.

아버지는 지병인 간경변증으로 돌아가실 때 짤막한 유언을 남겼다. 뻘물 같은 피를 대야에 쏟아내다가 마지막으로 울컥 시커먼 핏덩이와 함께 토해놓은 말이었다.

"장지를, 보문 형님한테……, 맡겨라……."

처음에 우리는 단지 호상을 당숙한테 맡기라는 말로만 새겨들었다. 원래 아버지는 당숙을 냉랭하게 대해왔는데 어쩐 일인지 몇 해 전부터 부쩍 경주 쪽의 보문 나들이가 많아졌지만 별로 의아하게 여기지는 않았다. 이미 공원묘지에 기독교식으로 장례를 치르기로 준비하고 있던 어머니도 일이 그렇게 되고 보니 어쨌든 당숙을 기다릴 수밖에 없었다. 당숙은 아버지의 유언을 들려주자 기다렸다는 듯 고개를 끄덕이며 놀랍게도 가묘까지 써둔 장지가 있다고 말했다.

벌써 여러 해 전에 아버지가 양북 땅 대종천 골짜기 너머 기림사가 내려다보이는 산봉우리 일대를 보문의 옥답을 팔아 사두었다는 것이다. 거기 누가 먼저 묘를 쓸까 봐 가묘까지 만들어두었다는 당숙의 말에 우리는 기가 막혔다. 도대체 아버지란 사람은. 나는 그렇게 속으로 중얼거렸던 것 같다. 보문의 전답은 얼굴도 모르는 할아버지의 유산 중에 마지막으로 남은 땅뙈기였다. 할아버지가 지관으로 한창 이름을 날렸을 적에 모았다는 재산이 상당했었던 모양이다. 일찌감치 삼촌들에게 재산을 나누어주긴 했으나 아버지가 발명 특허를 따낸답시고 정미소와 철공소, 거기다 여기저기 흩어져 있는 전답까지 팔아치우자 삼촌들은 말할 것 없고 친척들 사이에도 말들이 많았다. 그래도 그나마 보문의 논밭이 남아난 것은 지관 일만으로는 생계가 어려웠던 당숙이 그 땅에다 농사를 지어 먹고 있었으므로 차마 거기까지는 손을 못 댄 걸로 알고 있었다. 한데 그 땅마저 팔아 이번에는 엉뚱하게 산을 사두었다는 것이다. 그것도 이미 그 자리에 광중까지 파둔 가묘를 써둔 채로. 그런데도 정작 가장 괘씸하게 여겼어야 할 당숙이 오히려 아버지가 한 일을 두둔하고 나서는 데는 기가 찰 노릇이었다. 당시 보문에는 보문호를 중심으로 들어선 호텔들이 골프장을 만들기 위해 그 일대의 농지를 마구 사들였으므로 어차피 팔릴 땅이었고, 무엇보다 그런 명당자리를 놓칠 수가 없었다고 한다. 그러면서 당숙은 지그시 눈을 감고 이렇게 말했다.

"망자도 여한이 없겠지. 나도 이제 저세상에 가서도 백부님 뵐 면목이 섰구나."

언젠가 아버지가 술에 취해 할아버지의 무덤이 없는 것은 보문 형님 탓이라며 당숙을 원망하던 일이 떠올랐다.

6·25 때였다고 한다. 경주의 최씨 집 문중에 상이 나서 묏자리를 봐달라는 부탁을 받은 당숙이 그즈음 울산으로 솔가해 온 할아버지를 찾아왔다. 최씨 집 문중에서는 유 지관이 아니면 묘 터를 잡을 수 없다고 해 난리 통인데도 백부님을 모시러 왔다는 것이었다. 어머니는 위험하다며 한사코 말렸지만 할아버지의 고집을 꺾을 수가 없었다. 그 뒤 당숙 말로는 경주에서 산을 타다가 안강까지 가버렸는데 갑자기 포탄이 날아와 터지는 바람에 혼비백산해 할아버지를 내버려 둔 채 도망을 쳤다고 한다. 발목을 다쳐 절뚝거리며 어디를 어떻게 헤치고 나왔는지 겨우 정신을 차리고 보니 백부님이 아끼던 뜬쇠 하나만 달랑 손에 쥐어져 있더라고 했다. 뒤늦게 그 소식을 듣고 당시 육군 공병대의 하사관이었던 아버지는 부대에서 급히 지프를 몰고 나와 당숙을 태우고 달려갔다. 사고를 당한 그 일대를 샅샅이 뒤졌으나 할아버지의 것으로 보이는 유골이나 유품 한 점 찾을 수가 없었다고 한다. 그 뒤로 아버지는 당숙을 늘 못마땅하게 생각했다. 당숙이 할아버지 뒤를 이어 지관 행세를 하는 걸 보고 "반풍수 집안 망칠 일 있나" 하며 같잖게 여겼다고 한다. 한데 그런 아버지가, 일가친지들 사이에서도 풍수에 미친 사람쯤으로 경원시되고 있던 당숙과 한통속이 되어, 그것도 가족들 몰래 금싸라기 같은 보문의 옥답을 팔아 아무 짝에도 쓸모없는 돌무더기 험산을 사두었다니, 평생을 삯바느질로 생계를 도맡다시피 참고 살아온 어머니로선 분통이 터질 노릇이었다.

"어이구, 의뭉스런 양반, 그 잘난 발명인가 뭔가 하는 사업 다 팽개치고 바람처럼 쏘다니더니, 멀쩡한 논밭전지 팔아 험산 자드락에 가묘 쓰는 그것도 특허감이지. 아암, 그렇구말구. 특허 사업인지 발명 사업인지 사업 한번 참말로 잘했구마.”

어머니의 가시 돋친 넋두리에 당숙은 뭐라고 말할 듯하다가는 쯧쯧, 혀를 차고는 굳게 입을 다물어버렸다.

차는 해안을 끼고 달리고 있었다. 차창에는 성긴 눈발이 흩날리기 시작했다. 감청색 물감을 풀어놓은 것 같은 저녁 바다가 시커먼 솔숲 너머로 넘실거린다. 허연 물거품을 일으키는 파도는 금방이라도 달려와 차창을 때릴 기세다. 앞좌석에서 찬송가 소리가 점점 높아져 간다. 신도들 외에는 대부분 눈을 감고 졸고 있는 듯하다. 언성을 높이던 당숙과 삼촌도 조용해졌고, 종형은 깊은 잠에 곯아떨어졌는지 머리를 깊숙이 창 쪽으로 묻고 있다. 내 옆의 먼 친척뻘 되는 아저씨는 코까지 골아댄다. 차는 문무왕의 수중릉이 있는 봉길리 앞바다를 내려다보고 달린다. 어두운 바다 위로 원자력발전소에서 뿜어내는 불빛이 명멸한다. 바다 쪽에서 불어오는 바람이 세차게 눈발을 몰아와 차창을 어지럽힌다. 차가 하서를 지나 잠시 속력을 줄이며 양남으로 접어들자 뽀얀 불빛의 알전구가 켜진 검문소가 보인다. 앳된 얼굴을 감추기라도 하듯 철모를 눌러쓴 해병이 M16 소총을 옆구리 높이 쳐든 채 한 손을 크게 저으며 차를 통과시킨다. 해병의 철모와 파카 위로 소복하게 쌓인 눈이 불빛에 비쳤다가 사라진다.

문득 아버지의 무덤이 떠오른다. 아버지의 무덤 위에도 지금 눈이 내리고 있을 거란 생각이 들자 비로소 당신의 죽음이 실감이 되어 가슴에 닿아온다. 광중까지 파두었다는 가묘는 여느 무덤과 다를 게 없었다. 상여꾼들은 떼가 잘 입혀진 봉분을 걷어내고 삽질을 했다. 콜타르를 입힌 널판을 뜯어내자, 텅 빈 광중壙中이 어둠처럼 시커먼 입을 벌렸다.

"과연 명당이로고."

당숙이 감탄한 듯 한마디 내뱉었다. 주위의 빛살을 빨아 먹으며 조금씩 희부옇게 떠오르는 구덩이 속은 석회와 모래로 잘 회격이 된 덕도 있었겠지만 물기 하나 없이 깨끗했다. 당숙이 좌향을 본 뒤 하관을 하자 목사와 신도들이 묘 터를 둘러싸고 찬송가를 불렀다. 같이 찬송가를 부르던 어머니가 마침내 참고 있던 울음을 터트렸다. 누님들과 아내도 어깨를 들먹이며 흐느꼈다. 관을 덮은 명정 위로 흙을 퍼 넣고 그 위에 다시 봉분을 돋우고는 당숙의 고집대로 평토제를 올렸다. 음복할 때 당숙은 몇 잔이고 연거푸 소주를 마시고는 혼자 돌아앉아 움직일 줄을 몰랐다.

―내 영혼이 은총 입어 중한 죄 짐 벗고 보니 슬픔 많은 이 세상도 천국으로 화하도다…….

앞좌석에서 들려오는 찬송가의 한 구절이 내 귓속을 파고들었다. 나는 눈을 감은 채 양복 호주머니 속의 가죽 쌈지를 꽉 움켜잡았다. 손안에 뜬쇠의 촉감이 느껴지며 눈시울이 뜨거워진다.

아버지는 사업에 실패할 때마다 내게 선물을 하나씩 사다 주고는 했다. 아버지의 그런 묘한 선물 공세는 장난감 나침반을 사다 준 뒤부터 내가 대학에 들어가는 해까지 줄곧 계속되었다. 지금 기억에 남는 것들만 해도 우주선 모양의 팽이와 별이 달린 털모자, 명작 동화 그림이 보이는 요지경에다 중학교에 입학하면서 스케이트와 공기총, 손목시계 같은 것들을 사주었다. 때로는 손수 설계한 책상이나 책꽂이를 목공소에 특별히 부탁해 맞춰주기도 했다. 그러나 내가 세상에 대해 조금씩 눈을 뜨기 시작한 중학교 3학년 무렵부터는 아버지가 주는 선물이 큰 부담으로 여겨졌다. 선물을 받을 때마다 마음이 조마조마해서 견딜 수가 없었다. 내게 선물을 주고 난 다음 아버지는 대낮부터 횟술을 마셔댔고, 그로부터 한두 달을 넘기지 못하고 아버지의 사업은 허망하게 무너져 내렸기 때문이다. 중학교 졸업식이 있던 날 저녁이었다. 술이 거나하게 취한 아버지가 오리엔트 손목시계를 사 들고 오셨다. 아버지가 내미는 시계를 받아 손목에 차면서 선물을 사이에 둔 아버지와 나의 묘한 관계를 깨닫고 소스라치게 놀라고 말았다. 나는 손목에 채워진 번쩍거리는 쇠줄을 벗기고 시계를 책상 서랍 안 깊숙이 밀어 넣어버렸다. 끈질긴 아버지의 선물 공세가 왠지 두렵고 불안했다. 어쩌면 아버지가 사업에 실패할 것 같은 예감을 내게 그런 식으로 표현하는지도 모른다는 생각이 들자 가슴이 저렸다.

사실 아버지의 사업이란 게 워낙 기상천외한 것들이라 당신은 항상 실패하리라는 불안한 예감에 시달렸을 터이다. 어머니의 말을 빌리면, 아버지의 발명 특허 사업이란 것이 거의 모두가 현실성이 없는 것들이었다. 이를테면 휘발유를 쓰지 않고 맹물로 움직이는 자동차의 엔진이라든가, 교통 충돌을 방지하는 자동 감응 장치, 연탄 쓰레기를 이용한 건축용 벽돌, 해초와 잡곡을 배합하여 비타민과 미네랄이 풍부한 인조미를 생산한다는 식이었다. 그렇다고 아버지의 발명품이 전혀 터무니없지만은 않았다. 실제로 아버지가 특허를 따낸 것만 해도 수십 종에 달했기 때문이다. 아버지의 새롭고 놀랄 만한 발상에 누구든지 고개를 끄덕이지 않는 사람은 없었다. 그런데 바로 그점이, 아버지에게는 늘 위험한 함정이 되고는 했다. 수십 년 동안 그렇게 쉬지 않고 줄기차게 실패할 수 있었던 것도 모두 그렇게 고개를 끄덕여준 일말의 가능성 때문이었다. 그러나 결과는 늘 경제성이 없다는, 지극히 당연하고 상식적인 이유 하나만으로 그동안 땀 흘려 성공한 발명품들이 하루아침에 물거품이 되고는 했던 것이다. 게다가 거듭된 사업의 실패는 아버지를 술독에 빠지게 했고, 성격마저 난폭해지는 자포자기 상태로 몰아갔다. 나로선 무엇보다 견딜 수 없었던 것은, 어머니에 대한 아버지의 사나운 폭력이었다. 아버지의 사업에 어쩌다가 어머니가 한마디 참견을 했다가는 심한 욕설과 함께 발길질이 날아들었다. 그렇게 술과 어머니를 향한 욕설과 매질도 시들해질 즈음이면 아버지는 언제 그런 일이 있었느냐는 듯 말끔하게 이발까지 하고는 철공소와 집안의 연구실을 오가며 새로운 일에 열중하고는 했다.

내가 대학 입시에 합격한 그해 겨울이었다. 아버지는 내게 몽블랑 만년필을 선물로 사주었다. 그 당시 아버지는 도난 방지용 경보기를 연구하고 있었는데 거의 실용화되는 단계에서 뒷돈을 대어주던 사업주에게 특허권을 뺏겨버리고 허탈해진 상태에 있었다. 이미 할아버지의 재산은 바닥을 드러냈고, 집안의 생계는 어머니의 한복 삯바느질로 간신히 유지되고 있던 때였다. 다행히 등록금은 출가한 큰누님이 대어주어 해결되었지만, 등록금 대신 고급 만년필을 내미는 아버지에게 나는 그만 질려버리고 말았다. 만년필을 받지 않으려고 손을 내저었다. 어느덧 머리가 반백이 되어버린, 지칠 대로 지친 50대 중반의 겉늙어버린 아버지가 왠지 보기 싫었다. 나도 모르게 불쑥 이런 말이 튀어나와 버렸다.

"제발 이런 것 인제 그만 주셔도 됩니다. 전 이제 어린애가 아니에요, 아버지."

내가 매정하게 거절하는 바람에 아버지는 만년필을 슬그머니 내 책상 위에 두고 나가버렸다. 내가 간신히 대학 졸업장을 받아 들었을 때였다. 뜻밖에도 그때 아버지가 내민 건 뜬쇠였다. 그 당시 이미 발명과 사업을 할 의욕마저 완전히 잃어버린 아버지는 거의 폐인이나 다름없었다. 낡은 가죽 쌈지에서 두 손을 덜덜 떨며 뜬쇠를 꺼내 내 앞으로 내밀고 있는 아버지를 도저히 참아낼 수가 없었다. 나는 한마디 말도 없이 방문을 박차고 나가버렸다. 그런 뒤로 아버지는 내게 어떤 선물도 주지 않았다. 어쩌다 나를 봐도 관심이 없는 무표정한 얼굴빛이었다. 내가 시국 사건에 연류돼 구치소에 갇혀 있었을 때도 어머니와 매형, 누님들은 차입을 들인다, 극성을 부렸지만 딱 한 번 면회를 온 아버지는 무덤덤하게 나를 바라보기만 했다. 그 뒤로 강제 징집을 당해 열차를 타고 떠날 때도, 온갖 불이익과 학대를 견디며

군 복무를 마치고 집으로 돌아왔을 때도 아버지의 그런 태도는 변함이 없었다. 단지 변화가 있다면 그렇게 못마땅해하던 보문 당숙을 만나러 가는 날이 부쩍 늘어났다는 것뿐이었다. 사회에 나와서도 나는 곧 쫓기는 몸이 되었다. 후배들의 하숙집과 공사장의 함바 한구석, 심지어 친구의 단칸 신혼 방에서 새우잠을 잔 적도 있었다. 그렇게 쫓겨 다니면서도 이를 악물고 내가 지탱할 수 있었던 건 다른 어떤 사상이나 신념에 의지해서라기보다 결단코 아버지와 같은 잘못된 인생은 살지 않겠다는 반발심과 오기 때문이었을지도 모른다. 아버지에 대한 나의 그런 감정은, 내가 결혼을 하고 아이를 낳고 가족에 대한 책임을 느끼면서 더욱 증폭되었으면 되었지 조금도 사그라지지가 않았다. 어느덧 나는 대학의 후배들에게 배신감을 줄 만큼 철저한 생활인이 되어 있었다. 불과 두 해 만에 컴퓨터 대리점을 세 곳이나 확장시킨 것은 학생운동으로 단련된 조직적이고 끈질긴 근성이 발휘된 점도 있었겠지만, 따지고 보면 아버지에 대한 무의식적인 반발심이 더 크게 작용을 했을 터이다.

장의차는 속력을 늦춰 정자 바다를 굽어보는 언덕길을 조심스럽게 넘는다. 이미 산은 온통 하얗게 눈을 뒤집어쓰고 있다. 낮게 드리워진 나뭇가지를 스치며 지날 때 주먹만 한 눈덩이들이 차창을 쓸고 쏟아져 내린다. 앞좌석의 찬송가 소리가 잦아들고 엔진의 소음만 들릴 뿐 차 안은 물 밑처럼 착 가라앉아 있다. 차는 촉각을 잔뜩 세운 딱정벌레처럼 위태로운 벼랑길을 기어 올라간다. 정자재를 거의 눈앞에 두고 길바닥에 착 달라붙은 듯 서행 운전을 하면서 얕은 고개 하나를 넘었을 때였다. 차가 몇 번 경적을 울리고는 덜컹 멈춰 섰다. 창문을 열었는지 바람 소리가 일어나면서 뭐라 알아들을 수 없는 운전사의 고함이 들려온다. 앞좌석에서 몇 사람이 우르르 일어섰다. 나도 엉덩이를 들고 차창 밖을 내다보았다. 벼랑 쪽의 도로가에 차체가 몹시 기울어진 1.5톤 정도로 보이는 소형 트럭 한 대가 헤드라이트 불빛에 비쳐 드러난다. 트럭 앞에서 방한모를 눌러쓴 두툼한 점퍼 차림을 한 사람이 다급하게 외치고 있었다. 굵직한 남자의 목소리가 바람을 타고 차 안으로 날아든다.

"도와주시오! 차가 빠졌소."

나는 앞좌석으로 가서 운전사 옆에 바짝 붙어 서서 내려다보았다. 남자 옆에서 손을 흔들고 있는 여자도 보인다. 남편인 듯싶은 남자가 다시 큰 소리로 그간의 사정을 알리기가 벅차다는 듯 급하게 말한다.

"커브 길에서 갑자기 튀어나오는 승용차를 피하려다 앞바퀴가 하나 빠졌소. 그 자식은 뺑소니를 쳐버렸어요. 소형차론 어림도 없고, 오늘따라 트럭이 보이지 않는군요. 염치 불구하고 차를 세웠습니다. 상중인 줄 알지만, 빨리 손을 쓰지 않으면 저 아래로 굴러떨어질지도 몰라요."

남자는 운전사보다 숫제 내 쪽을 보고 애원 섞인 구원을 청한다. 운전사는 난처한 얼굴로 내 눈치만 살핀다. 이때, 삼촌의 걸걸한 목소리가 들려왔다.

"기사 양반, 거 뭐 멀뚱하게 보고만 있습니꺼. 퍼뜩 도와줘야제."

당숙도 일어나 도와주라며 손짓을 한다. 여기저기서 한마디씩 거든다.

"도와줍시다. 우리가 좀 늦어지더라도."

아침의 일로 보아서 또 운전사가 빡빡하게 굴까 봐 나는 부드럽게 말했다.

"전 벌써 그럴 생각으로 차를 세웠습니다만, 승객들이 어떨까 해서요. 자, 그럼."

그는 말이 떨어지기 무섭게 신 나는 일감이라도 만난 듯 차에서 훌쩍 뛰어내린다. 바깥에 나가 트럭을 살펴보던 운전사가 난처한 얼굴을 하고 다시 차에 올라온다.

"이대로 끌어보긴 하지만, 아무래도 힘들 것 같습니다. 앞바퀴가 너무 깊숙이 빠졌구만요. 승객들만 타지 않은 빈 차라면 까짓것 두 눈 딱 감고 끌어보겠는데."

운전사가 망설이자 삼촌이 다시 나선다.

"그렇다면 우리가 잠시 내립시더. 언제 큰 차가 올지 모르고, 아차 하면 트럭이 굴러떨어질 것 같지 않소. 우리가 밖에서 좀 떠는 게 안 낫겠능교."

먼저 당숙이 절뚝거리며 문 쪽으로 걸어 나간다. 목사님도 자리에서 일어선다. 그러자 모두 약속이라도 한 듯이 한 사람씩 차에서 내린다. 눈발은 그쳤으나 바람이 세차게 불어왔다. 밖으로 나가니 생각보다 훨씬 춥다. 나는 괜한 짓을 하는 게 아닌가 하는 불안한 마음이 들기도 했으나 다른 사람들의 표정은 진지하고 일종의 흥분감마저 감돌았다. 어머니는 트럭의 여주인에게 보온병에 남아 있는 뜨거운 물을 컵에 따라 주며 안심을 시켰다. 이들 부부는 트럭에 확성기를 달고 시골 장 구석구석을 찾아다니며 생활용품을 판매하는, 말하자면 이동식 잡화 상인들이었다. 다음 날 서는 양남장을 보러 가다 이런 낭패를 당했다고 한다.

후배 둘과 종형까지 거들어 눈길에 미끄러지지 않도록 장의차 앞바퀴에 체인을 감았다. 장의차와 트럭의 앞머리 범퍼를 쇠줄로 튼튼히 연결하고는 운전사가 차에 뛰어올라 가 핸들을 잡고 후진을 해본다. 장의차의 타이어 바퀴만 헛돌 뿐 트럭은 꿈쩍하지 않는다. 운전사가 다시 내려오고 돌을 날라 와 트럭의 앞바퀴에 괴고 하느라 시간이 흘러간다. 그래도 누구 하나 불평하는 사람이 없다.

드디어 이 정도면 됐다고 판단을 했는지 운전사가 장의차에 뛰어올라 간다. 그가 핸들을 잡는 순간 차에서 심한 엔진의 소음이 들리며 트럭과 연결된 굵은 쇠줄이 팽팽해진다. 어둠 속에서도 사람들의 눈은 긴장과 흥분으로 빛난다. 용케 벼랑 쪽으로 빠진 트럭의 앞바퀴 하나가 도로 위로 떠오른다. 사람들은 자신도 모르게 와 함성을 내지른다. 바퀴가 천천히 굴러와 트럭이 벼랑을 뒤로하고 길바닥 위에 온전한 모습으로 멈춰 선다. 장의차에서 두 번이나 짧게 경적이 울린다. 운전사가 차 안의 불빛 속에서 환하게 웃고 있다.

나는 운전사에게 다가가 손을 내밀었다. 서로 웃으며 맞잡은 그의 손이 따뜻하다. 차에 오를 때 트럭의 부부가 고맙다며 일일이 허리를 굽혀 인사를 한다. 우리가 탄 장의차가 출발할 때까지 그들 부부는 손을 흔들어주었나. 기다렸다는 듯 멈추고 있던 눈발이 다시 날린다.

눈발 속에도 덕분에 앞바퀴에 체인을 감은 차는 오르막길을 쉼 없이 올라간다. 차 안은 아무런 일이 없었다는 듯 차분하게 가라앉아 있다. 앞좌석에서 가느다랗게 찬송가 소리가 흘러나온다. 당숙과 삼촌은 다시 술잔을 기울인다. 종형은 말끔히 졸음이 걷힌 얼굴로 옆자리에 앉은 후배와 얘기를 나눈다.

나는 그제야 잊고 있던 물건을 꺼내듯 양복 주머니를 뒤적거렸다. 가죽 쌈지를 꺼내 무릎 위에 올려놓았다. 쌈지를 단단히 묶은 끈을 풀자 손때가 반들거리는 뜬쇠가 나온다. 그것의 뚜껑을 열었다. 손끝이 가늘게 떨린다. 여러 겹의 원 사이사이 촘촘하게 새겨진 글자가 방향을 표시하는, 가는 선마다 또렷이 먹물을 먹인 윤도輪圖가 눈에 들어온다.

차가 기우뚱하자 그 둥근 나무판의 한가운데 박혀 있는 백동전만 한 유리 속의 까만 방향 침이 심하게 흔들린다. 뜬쇠의 그 흔들림이 차의 진동 때문만은 아니었다. 그건 올곧게 방향을 가리키기 위한, 자성의 보이지 않는 힘 때문이었다. 나침반의 숨은 의지. 얼핏 그런 생각을 하며 무심코 차창 밖으로 고개를 돌리는 순간이었다. 어둠 속에서 아버지의 무덤이 환영처럼 떠올랐다. 얼핏 둥근 무덤이 커다란 나침반처럼 보인다. 무덤 속의 관이 방향 침처럼 흔들렸다. ……음택의 기운을 빌려서라도 자식을 위하겠다는 망자의 깊은 심중을 누가 짐작이라도 했겠는가. 당숙이 했던 말이 환청처럼 들려왔다. 마지막 선물을 내미는 아버지의 주름진 손이 눈앞에 나타났다가 사라진다. 나는 졸음을 물리치기 위해 눈을 크게 떴다. 성긴 눈발 사이로 손에 잡힐 듯 가까이 도시가 보이기 시작한다. 도시의 불빛이 온통 축축하게 젖어들고 있었다.

* 「아버지의 선물」은 1985년 지역 문예지인 《울산문학 10집》에 발표했던 작품이다. 1998년 저자는, 1990년 방송대문학상(14회) 소설 부문 당선작인 「뜬쇠」가 「아버지의 선물」을 전문 표절한 작품임을 확인했다. 표절작 「뜬쇠」는 소설 제목과 소설 속의 지명만 살짝 바꾸고 전문을 거의 그대로 베긴 작품으로, 1995년에 출간된 『한국방송통신대학교문학상 작품집』에 실려 있었다.

어렸을 적 일이다. 갓 중학교에 입학했을 무렵이었다. 길을 가다가 우연히 복동이라는 친구를 만났다. 복동이는 공부하고 담을 쌓았지만, 워낙 잘 돌아다녀서 그런지 또래의 소년들보다 훨씬 어른스러운 데가 있었다. 그 친구가 대뜸 나한테 이런 말을 하는 것이었다.

"……문학을 할 거야, 앞으로 너는."

당시 나는 시인, 작가라는 말뜻은 어렴풋이 알고 있었으나 문학이란 말이 무척 낯설게 들렸다. 문학이란 것이 장래의 나와는 전혀 상관없을 것 같았다. 그래서 피식 웃으며 녀석을 무시해버렸다.

초등학교 동문이긴 했지만 복동이는 나하고 다니는 중학교가 달랐다. 이상하게도 그날 이후 3년이 넘도록 한 번도 그와 마주치지 않았다.

그러던 어느 날이었다. 중학교를 졸업하고도 한참이나 지난 뒤였다. 초등학교 동창회에 가서 복동이의 소식을 들었다. 복동이는 이미 이 세상 사람이 아니었다. 나와 길거리에서 만났던 바로 그해 여름, 강물에 빠져 세상을 떠났다는 것이다. 그 소식을 듣고 무어라 표현하기 어려운 착잡한 심정에 빠져들었다. 그러면서 그가 했던 말이 자꾸 생각났다.

이후 나는 복동이가 한 말에 마술이라도 걸린 듯이 문학이라는 먼 길을 걸어왔다. 알게 모르게 복동이처럼 내 삶과 문학에 영향을 준 분들이 적지 않다. 책을 묶는 동안 그들이 나의 내면에서 살아 움직이면서 함께 글을 쓰고 있다는 사실을 깨달았다.

삼가 그분들에게 이 소설집을 바친다.

2011년 3월

김옥곤